GOLDMANN

Buch

Carmen Sternwood, ein neurotisches blondes Gift, ist aus dem Sanatorium verschwunden ... Wo Raymond Chandlers Klassiker »Der große Schlaf« endet, setzt Robert B. Parkers »Tote träumen nicht« ein.

Norris, der Butler des Hauses Sternwood, ist besorgt um das Ansehen der Familie und beauftragt Philip Marlowe mit der Suche nach Carmen. Dieser Auftrag verstrickt Marlowe in zwielichtige Machenschaften der kalifornischen Halbwelt, führt ihn in ein düsteres Labyrinth des Verbrechens. Von Killern und gemieteten Schlägern bedroht, von korrupten Polizisten behindert, verfolgt Marlowe unerbittlich sein Ziel. Und dabei hat er gute Chancen, ein für allemal unter die Räder zu kommen.

Robert B. Parker erweckt in »Tote träumen nicht« Schauplätze und Figuren aus »Der große Schlaf« zu neuem Leben. Dabei gelingt ihm eine bewundernswert nahtlose Adaption der vielgerühmten Qualitäten Raymond Chandlers: seiner atmosphärischen Wirkungen, seiner Dialogkunst, seiner meisterhaften Charakterzeichnung und seines unschlagbar sarkastischen Humors.

Autor

Robert B. Parker, geboren 1932, wird als einer der großen Erneuerer des modernen Privatdetektivromans angesehen. Der Ex-Literaturprofessor und international gefeierte Autor der 1973 begonnenen Serie um den Privatdetektiv Spenser gilt als einer der wenigen legitimen Nachfolger von Dashiell Hammett, Raymond Chandler und Ross Macdonald. Robert B. Parker lebt mit seiner Frau Joan in Cambridge, Massachusetts.

Bereits erschienen:

Robert B. Parker: Starallüren.
Roman (41485)
Robert B. Parker: Keine Schonzeit für Spenser.
Roman (41520)
Raymond Chandler/Robert B. Parker: Einsame Klasse.
Roman (41229)

ROBERT B.
PARKER

TOTE TRÄUMEN NICHT

ROMAN

Die Fortsetzung von
Raymond Chandlers
Der große Schlaf

Aus dem Amerikanischen
von Wulf Bergner

GOLDMANN VERLAG

Die amerikanische Originalausgabe erschien 1991 unter dem Titel
»Perchance to Dream« bei G. P. Putnam's Sons, New York

Umwelthinweis:
Alle bedruckten Materialien dieses Taschenbuches
sind chlorfrei und umweltschonend.
Das Papier enthält bereits Recycling-Anteile.

Der Goldmann Verlag
ist ein Unternehmen der Verlagsgruppe Bertelsmann

Made in Germany · 8/93 · 1. Auflage
Genehmigte Taschenbuchausgabe

Umschlaggestaltung: Design Team München
Umschlagfoto: Loh Productions, Heidelberg
Satz: Filmsatz Schröter GmbH, München
Druck: Elsnerdruck, Berlin
Verlagsnummer: 42192
SN · Herstellung: Ludwig Weidenbeck
ISBN 3-442-42192-6

Für Joan

To die, to sleep – to sleep,
perchance to dream . . .

Sterben, schlafen – schlafen,
vielleicht auch träumen . . .

WILLIAM SHAKESPEARE,
Hamlet, 3.1

PROLOG

Das sanftäugige Mädchen mit dem Pferdegesicht führte mich treppauf in den langen, grauweißen Wohnraum, in dem die elfenbeinfarbenen Vorhänge üppig über den Boden wallten und der weiße Teppich sich von Wand zu Wand erstreckte. Das Boudoir eines Filmstars, ein Ort voller Charme und Verlockung und so echt wie ein Holzbein. Im Augenblick war es leer. Die Tür hinter mir schloß sich so unnatürlich lautlos wie die Tür in einem Krankenhaus. Neben der Chaiselongue stand ein Frühstückstisch auf Rädern. Sein Silber glitzerte. In der Kaffeetasse war Zigarettenasche. Ich setzte mich und wartete.

Es schien eine ganze Weile zu dauern, bis die Tür wieder aufging und Vivian hereinkam. Ihr austernweißer Hausanzug mit weißem Pelzbesatz floß an ihr herab wie eine sommerliche See, die über den Strand einer kleinen, fernen Insel schäumt.

Sie ging mit langen, weichen Schritten an mir vorüber und setzte sich auf den Rand der Chaiselongue. Sie hatte eine Zigarette im Mundwinkel. Ihre Nägel waren heute kupferrot von der Wurzel bis zur Spitze, ohne Halbmonde.

«Sie sind eben doch ein brutaler Kerl», sagte sie ruhig und starrte mich an. «Völlig abgestumpft und brutal. Sie haben heute nacht einen Menschen getötet. Egal, woher ich das weiß. Ich weiß es eben. Und jetzt müssen Sie auch noch hierherkommen und meine kleine Schwester in Angst und Panik versetzen.»

Ich sagte kein Wort. Sie wurde zappelig. Sie ging hinüber zu einem Schaukelstuhl und legte ihren Kopf gegen ein weißes Kissen, das zur Wand hin die Rückenlehne des Stuhls bedeckte. Sie blies blaßgrauen Rauch empor und sah zu, wie er zur Decke hinauftrieb und sich in kleine Fähnchen zerteilte, die noch ein Weilchen in der Luft zu erkennen waren und dann zu einem Nichts zerschmolzen. Dann senkte sie sehr langsam den Blick und sah mich kalt und hart an. «Ich verstehe Sie nicht», sagte sie. «Ich bin verdammt froh, daß einer von uns beiden vorletzte Nacht nicht den Kopf verloren hat. Schlimm genug, daß ich in meiner Vergangenheit einen Schnapsschmuggler aufzuweisen habe. Warum sagen Sie nichts, Herrgott noch mal?»

«Wie geht es ihr?»

«Oh, ganz gut, glaube ich. Sofort eingeschlafen. Sie schläft immer sofort ein. Was haben Sie ihr getan?»

«Überhaupt nichts. Ich kam aus dem Haus, nachdem ich ihren Vater besucht hatte, und sie war draußen. Sie hatte mit Pfeilen nach einer Scheibe an einem Baum geworfen. Ich ging hinunter, um mit ihr zu sprechen, weil ich noch etwas hatte, das ihr gehörte. Einen kleinen Revolver, den Owen Taylor ihr mal geschenkt hat. Sie hat ihn neulich abends mit zu Brody gebracht, am Abend nämlich, als er erschossen wurde. Ich habe ihn ihr dort wegnehmen müssen. Ich habe das nicht weiter erwähnt, deshalb wissen Sie's vielleicht nicht.»

Die schwarzen Sternwood-Augen wurden groß und leer. Diesmal spielte sie *das Schweigen im Walde.*

«Sie war froh, daß sie ihre kleine Kanone wieder hatte,

und bat mich, ich solle ihr beibringen, wie man schießt, und sie wollte mir unten im Tal die alten Bohrtürme zeigen, mit denen Ihre Familie ein bißchen Geld verdient hat. Wir fuhren also hinunter, und das Plätzchen war ziemlich gruslig, mit all dem verrosteten Eisen und dem alten Holz und den stillgelegten Türmen und den fettig-schaumigen Öltümpeln. Vielleicht hat das sie umgeworfen. Sie sind selbst sicher schon mal dort gewesen. Es ist irgendwie schaurig.»

«Ja – das stimmt.» Die Stimme klang jetzt dünn und atemlos.

«Wir sind also dort reingefahren, und ich hab 'ne Büchse in 'nem Windenrad aufgestellt, nach der sie ballern sollte. Plötzlich war sie aus dem Häuschen. Mir kam's vor wie ein milder epileptischer Anfall.»

«Ja.» Dieselbe winzige Stimme. «Das hat sie hin und wieder. Ist es nur das, weshalb Sie mich sprechen wollten?»

«Ich nehme an, Sie wollen mir immer noch nicht sagen, was Eddie Mars gegen Sie in der Hand hat.»

«Überhaupt nichts hat er. Und ich bin der Frage allmählich etwas überdrüssig», sagte sie kalt.

«Kennen Sie einen gewissen Canino?»

Sie zog nachdenklich die feinen, schwarzen Brauen zusammen. «Kann sein. Den Namen muß ich schon mal gehört haben.»

«Der Ballermann von Eddie Mars. Eine schlimme Type, sagt man. Das war er wohl auch. Wäre mir nicht eine Dame ein bißchen zu Hilfe gekommen, dann wäre ich da, wo er jetzt ist – im Leichenschauhaus.»

«Die Damen scheinen ...» Sie brach plötzlich ab und wurde blaß. «Ich kann nicht darüber scherzen», sagte sie einfach.

«Ich mache auch keine Scherze, und wenn es so aussieht, als redete ich im Kreis herum, so sieht es wirklich nur so aus. Es ist alles miteinander verknüpft – alles. Geiger und seine cleveren, kleinen Erpressungen, Brody und seine Bilder, Eddie Mars und seine Roulettetische, Canino und das Mädchen, mit dem Rusty Regan nicht durchgebrannt ist. Es paßt alles zusammen.»

«Sie ermüden mich», sagte sie mit toter, erschöpfter Stimme. «Gott, wie Sie mich ermüden!»

«Das tut mir leid. Ich will wahrhaftig nicht meine Zeit damit vertrödeln, den hellen Knaben hervorzukehren. Ihr Vater hat mir heute morgen tausend Dollar angeboten, damit ich Regan finde. Das ist für mich viel Geld, aber ich kann es nicht machen.»

Sie riß den Mund auf. Ihr Atem war plötzlich mühsam und rauh. «Geben Sie mir eine Zigarette», sagte sie undeutlich. «Warum?» Der Puls in ihrer Kehle klopfte sichtbar.

Ich stand auf und nahm ihr die qualmende Zigarette aus den Fingern und zerdrückte sie in einem Aschenbecher. Dann zog ich Carmens kleinen Revolver aus der Tasche und legte ihn sorgfältig, mit übertriebener Sorgfalt, auf ihr weißes Seidenknie. Ich balancierte ihn aus und trat zurück, den Kopf zur Seite geneigt wie ein Schaufensterdekorateur, der die Wirkung einer neuen Halstuchschleife am Hals einer Puppe betrachtet.

Ich setzte mich wieder hin. Sie regte sich nicht. Ihre

Augen senkten sich Millimeter um Millimeter und blickten auf den Revolver.

«Er ist harmlos», sagte ich. «Alle fünf Kammern leer. Sie hat sie alle leergeschossen. Alle auf mich.»

In ihrer Kehle pulste es wild. Ihre Stimme wollte etwas sagen und konnte nicht. Sie schluckte.

«Aus einer Entfernung von fünf oder sechs Fuß», sagte ich. «Ein süßes, kleines Wesen, nicht wahr? Zu dumm, daß ich den Revolver mit Platzpatronen geladen hatte.» Ich grinste dreckig. «Ich hatte so eine Ahnung, was sie tun würde – wenn sie Gelegenheit dazu bekäme.»

Sie holte ihre Stimme aus einer weiten Ferne zurück. «Sie sind ein abscheulicher Kerl», sagte sie. «Abscheulich.»

«Genau. Und Sie sind ihre große Schwester. Was werden Sie jetzt tun?»

«Sie können kein Wort davon beweisen.»

«Was kann ich nicht beweisen?»

«Daß sie auf Sie geschossen hat. Sie sagten doch, Sie waren mit ihr dort unten bei den Bohrtürmen, allein. Sie können kein Wort von dem beweisen, was Sie sagen.»

«Ach, das», sagte ich. «Ich habe gar nicht daran gedacht, es zu versuchen. Ich habe an ein anderes Mal gedacht – als die Patronen in der kleinen Kanone richtige Kugeln enthielten.»

Ihre Augen waren finstere Teiche, viel leerer noch als Finsternis.

«Ich dachte an den Tag, an dem Regan verschwand», sagte ich. «Spät am Nachmittag. Als er mit ihr zu den alten Bohrtürmen hinunterfuhr, um ihr das Schießen beizubrin-

gen, und irgendwo eine Büchse aufstellte und ihr sagte, sie sollte drauf ballern, und als er dann ganz nahe bei ihr stand, während sie schoß. Und sie hat nicht auf die Büchse geschossen. Sie hat den Revolver herumgerissen und ihn erschossen, genau wie sie mich heute zu erschießen versucht hat, und aus genau demselben Grund.»

Sie bewegte sich etwas, und der Revolver glitt von ihrem Knie und fiel zu Boden. Ein lauteres Geräusch hatte ich kaum je gehört. Ihre Augen waren starr auf mein Gesicht gerichtet. Ihre Stimme war ein langgezogenes Stöhnen voller Qual. «Carmen ... Barmherziger Gott, Carmen! ... Warum?»

«Muß ich Ihnen wirklich sagen, warum sie auf mich geschossen hat?»

«Ja.» Ihre Augen waren noch voller Schrecken. «Ich ... Ja, das müssen Sie.»

«Als ich vorgestern abend nach Hause kam, war sie in meiner Wohnung. Sie hatte den Hausverwalter beschwatzt, sie hereinzulassen, damit sie auf mich warten konnte. Sie lag in meinem Bett – nackt. Ich habe sie ohne viel Federlesens hinausgeworfen. Ich vermute, Regan hat ihr wohl mal dasselbe angetan. Aber so etwas darf man mit Carmen nicht machen.»

Sie zog die Lippen zurück und machte einen halbherzigen Versuch, an ihnen zu lecken. Sie sah dadurch, für einen kurzen Augenblick, aus wie ein erschrecktes Kind. Die Linien ihrer Wangen wurden schärfer, und ihre Hand erhob sich langsam, wie eine künstliche Hand, die sich an Drähten bewegt, und ihre Finger schlossen sich langsam und steif um den weißen Pelz ihres Kragens. Sie zogen den Pelz eng um ihren Hals. Danach saß sie nur noch da und starrte vor sich hin.

«Geld», krächzte sie. «Ich nehme an, Sie wollen Geld.»

«Wieviel Geld?» Es sollte nicht höhnisch klingen.

«Fünfzehntausend Dollar?»

Ich nickte. «Das käme so etwa hin. Das wäre der angemessene Preis. Genau das hat er in seiner Tasche gehabt, als sie ihn erschoß. Das hat wohl auch Mr. Canino dafür bekommen, daß er die Leiche beiseite schaffte, als Sie Eddie Mars um Hilfe angingen. Aber es wäre doch nur ein kleines Trinkgeld gegen das, was Eddie demnächst zu kassieren gedenkt, stimmt's?» (...)

Sie war stumm wie eine Frau aus Stein.

«In Ordnung», fuhr ich heftig fort. «Wollen Sie sie wegbringen? Weit weg von hier und dahin, wo man ihren Fall behandeln kann und dafür sorgt, daß sie keine Schießeisen und Messer und phantastischen Elixiere zu fassen kriegt? Teufel, vielleicht wäre sie sogar zu heilen, wissen Sie. Es ist schon vorgekommen.»

Sie stand auf und ging langsam zum Fenster. Die Vorhänge lagen in schweren, elfenbeinfarbenen Falten um ihre Füße. Sie stand in den Falten und sah hinaus auf die stillen, dunklen Vorberge. Sie stand reglos, verschmolzen fast mit den Vorhängen. Die Hände hingen schlaff an den Seiten herab. Völlig bewegungslose Hände. Sie wandte sich um und kam zurück durch den Raum und ging blind an mir vorbei. Als sie hinter mir war, holte sie tief Atem und sprach.

«Er liegt im Sumpf», sagte sie. «Ein schrecklich verwestes Etwas. Ich habe es getan. Ich habe genau das getan, was Sie sagten. Ich bin zu Eddie Mars gegangen. Sie ist nach Hause gekommen und hat es mir erzählt, genau wie ein Kind. Sie ist nicht normal. Ich wußte, die Polizei würde alles aus ihr herausbekommen. Nach einer kleinen Weile würde sie damit sogar großtun. Und wenn Dad es erführe, würde er sofort anrufen und ihnen die ganze Geschichte erzählen. Und in derselben Nacht würde er dann sterben. Es ist nicht sein Sterben – es geht darum, was er denken würde, bevor er stürbe. Rusty war kein schlechter Kerl. Ich habe ihn nicht geliebt. Aber ich glaube, er war in Ordnung. Er hat mir nur nichts bedeutet, so oder so, lebendig oder tot, gemessen an dem, was alles ich Dad ersparen könnte.»

«Sie haben sie also», sagte ich, «frei herumlaufen und neues Unheil anrichten lassen.»

«Ich mußte Zeit gewinnen. Einfach Zeit. Ich habe es natürlich falsch gemacht. Ich dachte, sie würde vielleicht die ganze Geschichte vergessen. Ich habe mir sagen lassen, daß sie immer vergessen, was bei solchen Anfällen passiert. Vielleicht hat sie's vergessen. Ich wußte, Eddie Mars würde mich weißbluten lassen, aber das war mir gleichgültig. Ich brauchte Hilfe und konnte sie nur von seinesgleichen bekommen . . . Es hat Zeiten gegeben, in denen ich das alles selbst kaum glauben konnte. Und dann wieder gab es Zeiten, in denen ich mich schnell betrinken mußte – gleich, zu welcher Tageszeit. Nur verdammt schnell mußte es sein.»

«Sie werden sie wegbringen», sagte ich. «Und zwar verdammt schnell.»

Sie wandte mir noch immer den Rücken zu. Sie sagte jetzt sanft: «Was ist mit Ihnen?»

«Nichts ist mit mir. Ich gehe. Ich gebe Ihnen drei Tage. Wenn Sie bis dahin weg sind – okay. Wenn nicht, kommt alles heraus. Und glauben Sie nicht, ich würde's nicht tun.»

Sie drehte sich plötzlich um. «Ich weiß nicht, was ich Ihnen sagen soll. Ich finde den Anfang nicht.»

«Jaja. Bringen Sie sie hier raus und sehen Sie zu, daß sie jede Minute unter Beobachtung ist. Versprochen?»

«Versprochen.»

«Weiß Norris Bescheid?»

«Er wird nichts sagen.»

«Ich dachte mir, daß er's wüßte.»

Ich ging rasch von ihr weg und durchs Zimmer und hinaus und die Fliesentreppe hinunter zur vorderen Halle. Ich sah niemanden, als ich hinausging. Ich fand meinen Hut diesmal allein. Die hellen Gärten draußen wirkten gespenstisch, als ob kleine, wilde Augen mich hinter den Büschen belauerten, als ob der Sonnenschein selbst ein mysteriöses Etwas in seinem Licht berge. Ich stieg in meinen Wagen und fuhr den Hügel hinunter.

Was machte es schon, wo man lag, wenn man tot war? In einem schmutzigen Tümpel oder in einem Marmorturm oben auf einem hohen Berg? Man war tot, man schlief den großen Schlaf, man brauchte sich um solche Dinge nicht zu kümmern. Öl und Wasser bedeuteten dasselbe wie Wind und Luft. Man schlief einfach den Großen Schlaf, unbekümmert darüber, wie ekelhaft man gestorben oder wohin man gefallen war. Ich selbst, ich war jetzt ein Teil dieses

Ekels. Viel mehr, als Rusty Regan es war. Aber der alte Mann mußte es nicht sein. Er konnte ruhig unterm Baldachin in seinem Bett liegen, die blutlosen Hände über der Decke gefaltet, und warten. Sein Herz war ein schwaches, ungewisses Rasseln. Seine Gedanken waren grau wie Asche. Und nach einer kleinen Weile würde auch er, wie Rusty Regan, den großen Schlaf schlafen.

1

Das Wasser wölbte sich in einem langen, trägen Silberstrahl aus dem Schlauch, den der japanische Gärtner über den smaragdgrünen Rasen führte. Das Sternwoodsche Haus sah genau wie früher aus.

Der General war gestorben. Was schade war. Und Eddie Mars war nicht gestorben, was auch schade war. Und Carmen war aus dem Verkehr gezogen worden. Aber Vivian war noch da. Und Norris, der Butler, war noch da. Er hatte angerufen und mich gebeten, rauszukommen.

Die Szene steckte voller Erinnerungen. Hinter dem Haus erhoben sich dieselben niedrigen, massiven Vorberge. Derselbe terrassenförmige Rasen führte sanft und weit abfallend zu den eben noch sichtbaren Bohrtürmen hinunter, die noch immer knarrend ein paar Barrel Öl pro Tag förderten. Die Sonne beschien die olivgrünen Bäume und belebte die Vögel, die durch ihr Laub flatterten. Die Vögel sangen, als sei die Welt noch jung.

Was sie nicht war.

Norris machte mir auf, als ich klingelte. Er war groß und silberhaarig, ein vitaler Sechziger mit dem rosigen Teint eines Mannes, dessen Kreislauf in Ordnung ist.

«Mr. Marlowe», sagte er. «Freundlich von Ihnen, daß Sie gekommen sind.»

Die Eingangshalle war noch genau so, wie ich sie beim erstenmal gesehen hatte. Das Porträt des glutäugigen

Vorfahren über dem Kaminsims. Der Ritter und die Dame für immer in dem bunten Glasfenster erstarrt. Der Ritter stets bemüht, sie loszubinden. Die Dame stets gefangen. Die Dame war noch immer nackt. Das Haar noch immer zweckdienlich lang. Es war eine Weile her, seitdem ich zum erstenmal hier gestanden hatte, seitdem Carmen Sternwood reingekommen war und mir erzählt hatte, daß ich groß sei, und in meine Arme gefallen war. Mir kam's vor wie gestern.

Sie war an die zwanzig, klein und schnuckelig ziseliert, sah aber ganz so aus, als ob sie einiges verkraften könnte. Sie trug blaßblaue Hosen und sah gut darin aus. Sie ging, als ob sie schwebte. Sie hatte hübsches lohfarbenes Haar, das viel kürzer geschnitten war, als es die derzeitige Mode mit ihren eingerollten Pagenkopffransen verlangte. Ihre Augen waren schiefergrau und fast völlig ausdruckslos, als sie mich ansahen. Sie kam auf mich zu und lächelte mit dem Mund und hatte kleine scharfe Raubtierzähne, weiß wie frisches Orangenmark und schimmernd wie Porzellan. Sie blitzten zwischen dünnen, gestrafften Lippen. Ihr Gesicht war fahl und wirkte nicht sehr gesund.

«Sind Sie aber groß», sagte sie.

«Ich hab's mir nicht ausgesucht.»

Ihre Augen kullerten. Sie war verdutzt. Sie dachte nach. Ich merkte schon nach dieser kurzen Bekanntschaft, daß sie mit dem Denken ihre liebe Not hatte.

«Und gut sehen Sie aus», sagte sie. «Und ich wette, Sie wissen's auch.»

Ich knurrte.

«Wie heißen Sie?»

«Reilly», sagte ich. «Dobermann Reilly.»

«Ist das aber ein ulkiger Name.» Sie biß sich auf die Lippe und wandte etwas den Kopf und beäugte mich von der Seite. Dann senkte sie die Wimpern, bis sie ihr fast die Wangen streichelten, und hob sie langsam wieder auf wie einen Theatervorhang. Diesen Trick durfte ich später noch näher kennenlernen. Er sollte wohl bewirken, daß ich mich auf den Rücken wälzte und alle viere von mir streckte.

«Sind Sie Boxer?» fragte sie, als sie merkte, daß ich nicht zu Boden ging.

«Eigentlich nicht. Ich bin Spürhund.»

«Sie sind was?» Sie warf ärgerlich ihr Haar zurück, und das reiche Blond gleißte im Dämmerlicht der großen Halle. «Sie machen sich über mich lustig.»

«Hmhm.»

«Wie bitte?»

«Nur weiter so», sagte ich. «Sie haben mich schon verstanden.»

«Sie haben ja gar nichts gesagt. Sie wollen mich nur auf den Arm nehmen.»

Sie nahm ihren Daumen und biß hinein. Es war ein komischer Daumen, dünn und schmal wie ein sechster Finger und ohne Biegung im ersten Gelenk. Sie biß hinein und suckelte gemächlich dran herum und drehte ihn im Mund wie ein Baby seinen Schnuller.

«Sie sind irrsinnig groß», sagte sie. Dann kicherte sie belustigt in sich hinein. Darauf wandte sie, ohne die Füße

zu heben, langsam und geschmeidig ihren Körper. Ihre Arme fielen schlaff herab. Sie neigte sich mir auf Zehenspitzen entgegen. Sie fiel mir einfach in die Arme. Ich mußte sie auffangen, wenn ich ihren Kopf nicht auf den Mosaikboden bumsen lassen wollte. So fing ich sie denn unter den Armen, und im Nu hing sie mir mit weichen Knien am Leibe. Ich mußte sie eng an mich drücken, um sie auf den Füßen zu halten. Als ihr Kopf an meiner Brust lag, sah sie zu mir hoch und kicherte.

«Sie sind süß», kicherte sie. «Aber ich bin auch süß.»

Ich sagte überhaupt nichts. Also wählte der Butler diesen passenden Augenblick, um durch die Glastür zurückzukommen und sie in meinen Armen vorzufinden.

Nun, vielleicht nicht ganz wie gestern.

Ich folgte Norris' geradem Rücken denselben Korridor entlang in Richtung Terrassentür. Das Haus wirkte jetzt stiller. Wahrscheinlich bildete ich mir das nur ein. Das Haus war zu groß und in zuviel kalte Trauer gehüllt, um jemals laut gewesen zu sein. Diesmal bogen wir unter der Treppe ab und stiegen einige Stufen in die Küche hinunter. Das Dienstmädchen mit dem Pferdegesicht war dort. Sie lächelte und nickte mir zu. Ein Blick von Norris genügte, und sie nickte wieder und verließ die Küche.

Die Küche war groß und führte auf Rasenflächen hinaus, die hinter dem Haus abfielen. Wie bei so vielen Herrenhäusern in Hanglagen von Los Angeles war das Erdgeschoß vorn der erste Stock hinten. Der Fußboden war mit glänzend braunen mexikanischen Fliesen ausgelegt. Die Mitte des Raumes nahm ein großer hölzerner Arbeitstisch ein, an der Rückwand stand ein riesiger, professionell wirkender Herd, rechts standen zwei Kühlschränke, und an der linken Wand befand sich eine lange Spüle mit zwei Becken und gemauertem Ausguß.

«Darf ich Ihnen einen Kaffee anbieten, Sir?» sagte Norris.

Ich bejahte, und Norris verschwand in der Anrichte neben der Küche und kam einen Augenblick später mit einer silbernen Kaffeegarnitur sowie Tasse und Untertasse aus feinem Porzellan zurück. Er goß den Kaffee in die vor mir stehende Tasse. Und stellte einen Aschenbecher daneben.

«Bitte rauchen Sie, wenn Sie möchten, Mr. Marlowe», sagte Norris.

Ich trank einen kleinen Schluck Kaffee, holte eine Zigarette heraus und zündete sie mit einem Streichholz an.

«Wie geht's den Mädchen?» fragte ich.

Norris lächelte.

«Genau das Thema, über das ich mit Ihnen sprechen wollte, Sir.»

Norris stand aufrecht neben dem Tisch. Ich wartete.

«Der General hat seinen Kaffee gern mit Brandy getrunken, Sir», sagte Norris. «Möchten Sie auch welchen?»

«Leisten Sie mir Gesellschaft», sagte ich.

Norris begann den Kopf zu schütteln.

«Auf den General», sagte ich. Norris nickte, holte eine

weitere Tasse, goß Brandy in meine Tasse und kippte sich einen Schuß pur in seine Tasse.

Er hob seine Tasse in meine Richtung.

«Auf General Guy Sternwood», sagte er und sprach «Guy» dabei französisch aus.

Ich hob ebenfalls meine Tasse.

«General Sternwood», sagte ich. Ich war ihm zum erstenmal im Treibhaus am Rand des Rasenteppichs begegnet.

Die Luft war dick, feucht, dampfig und satt vom widerlichen Duft tropischer Orchideen in voller Blüte ... nach einer Weile kamen wir mitten im Dschungel auf eine Lichtung unter dem Kuppeldach. Hier war auf sechseckigen Fliesen ein alter, roter, türkischer Teppich ausgelegt, und auf dem Teppich stand ein Rollstuhl, und im Rollstuhl saß ein alter und offenbar sterbender Mann und blickte uns mit schwarzen Augen entgegen, in denen längst alles Feuer erloschen war; doch noch immer hatten sie die kohlschwarze Direktheit jener Augen auf dem Porträt, das über dem Kamin in der Halle hing. Das übrige Gesicht war maskenhaft starr, mit den blutleeren Lippen und der scharfen Nase und den hohlen Schläfen und den nach außen gedrehten Ohrläppchen unwiderruflichen Zerfalls. Sein langer, hagerer Körper war – trotz der Hitze – in eine Reisedecke und einen verblichenen roten Bademantel gehüllt. Seine dünnen, klauenartigen Hände lagen mit purpurn angelaufenen Nägeln locker gefaltet auf der Decke. Ein paar Strähnen trockenen weißen Haars hingen an seinem

Schädel wie wilde Blumen, die auf nacktem Fels um ihr Leben kämpfen.

Ich trank langsam meinen Kaffee. Norris nahm unauffällig einen Schluck Brandy. In der großen Küche war es totenstill. Der Geist des Generals war bei uns, und in seiner Gegenwart schwiegen wir beide.

«Was wissen Sie über meine Familie?»

«Ich habe mir sagen lassen, daß Sie Witwer sind und zwei junge Töchter haben, beide hübsch und beide wild. Eine war dreimal verheiratet, das letzte Mal mit einem ausgedienten Schnapsschmuggler, der in der Branche als Rusty Regan bekannt war. Das ist alles, was ich weiß, General.»

«Miss Carmen ist verschwunden, fürchte ich», sagte Norris und unterbrach damit meine Gedanken.

«Von wo denn?» sagte ich.

«Nach diesem, äh, Mißgeschick mit Rusty Regan», sagte Norris, «hat Miss Vivian sie – auf Ihren Rat hin, wie ich glaube – in einem Sanatorium untergebracht.»

Ich nickte. Der Kaffee war stark und zu heiß, um anders als schluckweise getrunken werden zu können. Obenauf schwamm der Brandy und erzeugte eine andere Art Wärme, sobald ich einen kleinen Schluck nahm. Ich konnte die Stimme des Generals hören: vor Alter dünn, von lange unterdrückten Emotionen angespannt.

«Vivian ist verzogen, anspruchsvoll, raffiniert und ziemlich skrupellos. Carmen ist ein Kind, das den Fliegen gern die Flügel abreißt. Keine von beiden hat mehr Moral als eine Katze. Ich übrigens auch nicht.»

In der Stimme schwang noch etwas anderes mit. Außer der Müdigkeit und der eisernen Selbstbeherrschung war ein wehmütiger Unterton zu hören, ein Echo dessen, was hätte sein können, ein Echo nochmals erforschter Sünden, die nicht wiedergutgemacht werden konnten. Und dieser Unterton fesselte mich, wie ich wußte, daß er Norris fesselte, wenn auch nur in der Erinnerung, lange nachdem der Sprechende verstummt war.

«Vivian hat gute Schulen für kleine Snobs besucht und war auf dem College. Carmen ist durch ein halbes Dutzend Schulen gegangen, eine liberaler als die andere, und hörte schließlich da auf, wo sie angefangen hatte. Ich nehme an, sie beide hatten und haben noch immer die üblichen Laster. Für einen Vater mag das ein bißchen finster klingen, Mr. Marlowe. Aber mein Interesse an diesem Leben ist zu schwach geworden, als daß ich noch viktorianische Heuchelei nötig hätte.» Er lehnte seinen Kopf zurück und schloß die Augen, dann schlug er sie plötzlich wieder auf. «Ich muß nicht hinzufügen, daß ein Mann, der im Alter von vierundfünfzig zum erstenmal Vaterfreuden genießt, eben das bekommt, was er verdient hat.»

«Sie hat sich im Sanatorium sehr gut gemacht», sagte Norris. «Ich selbst habe die Ehre gehabt, sie jede Woche besuchen zu dürfen.»

«Und Vivian?» fragte ich. Die Namen der Töchter schienen den Geist des Vaters zu vertreiben.

«Miss Vivian hat sie besucht, wann immer, äh, sie konnte.» Norris drehte die Tasse langsam in seinen sauberen kräftigen Händen. «Der Tod ihres Vaters ist schwierig für sie gewesen. Und sie hat weiterhin Umgang mit Mr. Mars.»

Norris achtete sorgfältig darauf, daß seine Stimme wertfrei klang, als er das sagte. Die Stimme des perfekten Butlers, der nichts dachte, sondern nur Tatsachen registrierte.

«Wie nett für sie», sagte ich. «Haben Sie von ihr Anweisung erhalten, mich anzurufen?»

«Nein, Sir. Ich habe mir diese Freiheit selbst genommen. Miss Vivian glaubt, daß Mr. Mars Miss Carmen finden und ins Sanatorium zurückbringen wird.»

«Sein Preis ist bestimmt höher als meiner», sagte ich.

«Ganz recht, Sir.»

«Und Sie wissen, wieviel ich berechne?»

«Ja, Sir. Sie werden sich erinnern, daß ich das Scheckbuch des Generals verwaltete, als er Sie damals engagierte.»

«Und Sie können sich mich leisten?»

«Der General hat mich in seinem Testament sehr großzügig bedacht, Sir.»

Ich atmete eine Lunge voll Rauch ein und ließ ihn

langsam heraus und kippte meinen Stuhl auf die hinteren Beine zurück.

«Trotzdem arbeiten Sie weiter hier», sagte ich.

«Ich glaube, daß der General es so gewünscht hätte, Sir. Seine Töchter . . .» Den Rest des Satzes ließ Norris in beredter Selbstverleugnung eines Butlers untergehen.

«Ja», sagte ich. «Davon bin ich überzeugt. Wann ist Carmen verschwunden?»

«Vor einer Woche. Ich bin zu meinem wöchentlichen Besuch hingefahren und habe festgestellt, daß sie fort war. Das Personal ist in bezug auf ihr Verschwinden recht schweigsam gewesen, aber ich habe feststellen können, daß sie tatsächlich schon mindestens zwei Nächte fort war.»

«Und das hatte niemand gemeldet?»

«Anscheinend nicht, Sir. Ich habe natürlich Miss Vivian Sternwood informiert und mir erlaubt, mit Captain Gregory vom Vermißtendezernat zu telefonieren.»

«Und?»

«Und das war, wie ich mich an seine Worte erinnere, ‹das erste, was ich davon höre›.»

«Und Vivian?» fragte ich.

«Miss Vivian hat gesagt, ich solle mir deswegen keine Sorgen machen. Sie habe ihre Möglichkeiten, und Miss Carmen werde wieder auftauchen.»

«Und mit ‹Möglichkeiten› hat sie Ihrem Verständnis nach Eddie Mars gemeint?» fragte ich.

«Ganz recht, Sir.»

«Was hält sie davon, daß Sie mich angerufen haben?» fragte ich.

«Das habe ich ihr noch nicht mitgeteilt, Sir.»

Ich trank den Rest des mit Brandy versetzten Kaffees. Er war soweit abgekühlt, daß er nicht mehr brannte. Mein Nicken galt mehr mir selbst als Norris.

«Wie heißt dieses Sanatorium?» fragte ich.

«Resthaven, Sir. Geleitet wird es von einem Dr. Bonsentir.»

«Okay», sagte ich, «ich fahre mal hin.»

«Ja, Sir», sagte Norris. «Ich danke Ihnen sehr, Sir. Darf ich Ihnen einen Honorarvorschuß geben?»

«Ein Dollar genügt vorerst», sagte ich. «Damit ist unser Vertrag geschlossen. Über den Rest reden wir später.»

«Wirklich sehr freundlich von Ihnen, Sir», sagte Norris. Er zog eine helle Lederbrieftasche aus seiner Jacke und nahm eine Dollarnote heraus und gab sie mir. Ich stellte ihm eine Quittung aus, nahm den Schein und steckte ihn nachlässig in meine Tasche, als hätte ich schon so viele darin, daß ich nicht darüber nachzudenken brauchte.

«Kann ich Sie hier anrufen?» fragte ich.

«Gewiß, Sir. Ich werde oft hier angerufen. Das Entgegennehmen von Anrufen gehört normalerweise zu meinen Obliegenheiten.»

«Und wie geht's Vivian?» fragte ich.

«Sie ist noch immer sehr schön, Sir, wenn Sie diese Bemerkung gestatten.»

«Und geht noch immer mit 'nem Ganoven aus», sagte ich.

«Sollten Sie damit Mr. Mars meinen, Sir, so ist das der Fall, fürchte ich.»

2

Ich kam aus dem Sternwoodschen Haus und stand mit meinem Hut, den ich an der Krempe leicht gegen meinen rechten Oberschenkel gedrückt hielt, auf der Vordertreppe. Unter mir, viele terrassenförmig angelegte Ebenen hügelabwärts, war der hohe Eisengitterzaun, der die Sternwoods – oder was noch von ihnen übrig war – von den Menschen trennte, die noch für ihren Lebensunterhalt arbeiteten. Die Sonne glitzerte auf den vergoldeten Speerspitzen des Zaunes. Im Norden beschien sie den Schnee auf den San Gabriel Mountains. Ich sah über den Rasen hinweg zur anderen Seite hinunter, wo die wenigen müde knarrenden Bohrtürme noch immer fünf bis sechs Barrel Erdöl pro Tag förderten. Es war schwer, sie von hier aus zu sehen und unmöglich, über sie hinweg bis zu dem stinkenden Sumpf zu sehen, in dem Rusty Regan traumlos lag und den großen Schlaf schlief.

Hinter mir ging die Tür auf.

«Marlowe?»

Ich drehte mich um und musterte Vivian Regan, die ältere Tochter des Generals, die mit den heißen Augen und dem verdrossenen Zug um die Mundwinkel und den großartigen Beinen. Diesmal trug sie eine Art Hausanzug aus weißer Seide: ein weitärmeliges Top mit tiefem Ausschnitt und eine weite, schlabberige Seidenhose, die die großartigen Beine verbarg, aber zugleich andeutete, daß sie tatsächlich großartig wären, wenn man einen Blick auf sie werfen könnte. Zwischen den Lippen hatte sie eine nicht angezündete Zigarette.

«Haben Sie mal Feuer?» fragte sie und beugte sich durch die offene Tür ein bißchen zu mir hinüber.

Ich grub ein Streichholz aus und riß es mit dem Daumennagel an und gab ihr Feuer.

«Noch immer das herrische Scheusal, nicht wahr?» sagte sie.

Ich wollte nicht sagen, ich sei keines, deshalb ließ ich ihre Frage mit der ziellosen Strömung Sternwoodschen Lebens davontreiben.

«Sitzen Sie noch am Fenster», fragte ich, «und spionieren durch die Vorhänge?»

«Ich wohne hier, Marlowe, oder haben Sie das vergessen? Ich weiß gern, wer hier ein- und ausgeht.»

«Ich bin vor 'ner Weile reingegangen», sagte ich. «Jetzt komme ich gerade 'raus.»

Vivian trat ins Freie und schloß die Tür hinter sich. Sie sog etwas Rauch ein, während sie zu der weit entfernten Kette von Bohrtürmen hinabstarrte.

«Ein Spaziergang durch die Erinnerungsgasse, Mr. Marlowe? Oder vielleicht wollten Sie einer Dame den Hof machen und haben den Mut verloren?»

Ich schüttelte den Kopf.

«Noch immer der starke, schweigsame Typ, nicht wahr?»

Ich grinste sie an und nickte und setzte meinen Hut auf,

die Krempe über der Stirn heruntergebogen. Ich trat von der Vordertreppe und machte mich hügelabwärts auf den Weg zu meinem Wagen. Vivian begleitete mich. Ich konnte die Spannung in ihr spüren. Ihre Bewegungen waren eckig davon.

«Sie haben mit Eddie Mars gesprochen», sagte sie.

«Klar, nach dieser Sache mit Regan. Ich hab' gesagt, daß ich's tun würde.»

«Wie hat er darauf reagiert?»

«Sie wissen, daß ich mit ihm gesprochen habe», sagte ich. «Sie wissen wahrscheinlich, wie er darauf reagiert hat.»

«Sie haben ihn aufgefordert, die Finger von mir und Carmen zu lassen. Sie haben gesagt, mein Vater dürfe nie davon erfahren, und falls er's doch erführe, würden Sie persönlich dafür sorgen, daß Eddie für lange Zeit hinter Gitter komme.»

«Ich wollte nur Konversation machen», sagte ich. «Hoffentlich hat ihn das nicht beunruhigt.»

«Eddie Mars? Um Eddie Mars zu erschrecken, braucht's mehr als 'nen billigen kleinen Schnüffler!»

«Ich rechne nach Tarif ab», sagte ich. «Und Ihr Vater ist gestorben, ohne davon zu wissen.»

«Ja», sagte sie. «Das stimmt.»

Ihre angespannten Gesichtszüge wurden für einen Augenblick weicher. Sie legte ihre Hand auf meinen Arm, während wir auf dem Klinkerpfad zum Gartentor gingen.

«Dafür bin ich Ihnen dankbar, Marlowe.»

«Mmh-hmm», sagte ich.

Wir waren schon fast am Tor. Ich hatte meinen Wagen auf der Straße unter einem Pfefferbaum geparkt – wie damals beim ersten Mal in jenem Oktober, als ich bei guter Sicht auf die wolkenverhangenen Vorberge hergekommen war, weil Bernie Ohls, der Chef-Ermittler des Staatsanwalts, mir gesagt hatte, daß General Sternwood einen Privatdetektiv brauchte.

«Warum sind Sie hier, Marlowe?»

«Ich bin hergekommen, um Ihren Butler zu besuchen», sagte ich.

«Ohne mich zu fragen?»

«Wir sind hier in Südkalifornien, Mrs. Regan, im zwanzigsten Jahrhundert. Hauspersonal besteht heutzutage aus Angestellten, nicht aus Sklaven. Ich weiß, daß Ihnen das nicht gefällt, aber Sie werden sich früher oder später damit abfinden müssen.»

Sie versuchte, mich zu ohrfeigen, aber ich brachte meinen Unterarm zwischen mein Gesicht und ihre Hand.

«Hundesohn», sagte sie.

«Wie geht's Carmen?» fragte ich.

«Gut», sagte Vivian.

«Das bezweifle ich», sagte ich. «Es ging ihr gar nicht gut bei unserer letzten Begegnung, als sie versucht hat, mich mit fünf Kugeln zu durchlöchern wie Regan.»

«Ich habe getan, was Sie gesagt haben, das wissen Sie. Ich habe sie weggebracht. Wir haben eine Reise in die Schweiz gemacht, sie ist in Behandlung gewesen.»

«Und jetzt sind Sie zurück», sagte ich. «Und wo ist Carmen?»

«In einem Sanatorium», sagte Vivian.

«Resthaven?»

Vivian warf mir einen scharfen Blick zu. Die Haut über ihren Backenknochen schien zu straff gespannt.

«Was hat Norris Ihnen erzählt?» fragte sie.

«Berufsgeheimnis», sagte ich. «Was tun Sie, um sie zu finden?»

«Dieser Hundesohn», sagte Vivian. «Er hat's Ihnen erzählt, stimmt's?»

«Sie sollte nicht frei herumlaufen», sagte ich.

«Ihr fehlt nichts. Ich lasse Leute nach ihr suchen.»

«Mars?» fragte ich.

«Eddie hat versprochen, sie zu finden. Wahrscheinlich ist sie bloß mit irgendeinem Mann durchgebrannt. Sie wissen doch, wie Carmen ist.»

Vivian war unbesorgt wie ein Schmetterling auf einer Tulpe.

«Sie hat diesen Kerl, mit dem sie durchgebrannt sein muß, wohl auf 'ner Party im Sanatorium kennengelernt?»

«Nicht sarkastisch sein, Schätzchen. Das ist so abgedroschen. Im Sanatorium finden unter Aufsicht gesellschaftliche Aktivitäten statt. Dr. Bonsentir ist sehr progressiv.»

«Darauf möchte ich wetten», sagte ich. «Wie haben Sie ihn gefunden?»

«Er ist mir sehr empfohlen worden», sagte Vivian.

«Von wem?» fragte ich. «Eddie Mars?»

«Zum Teufel mit Ihnen, Marlowe, warum haben Sie's

so auf Eddie abgesehen? Seit Vaters Tod ist er mir ein guter Freund gewesen.»

«Mars ist ein Spieler, ein Auftraggeber von Mördern, ein Dieb und wahrscheinlich ein Zuhälter. Sollte er irgend jemands guter Freund sein, heißt dieser Jemand Eddie Mars, alle anderen sind bloß Rohmaterial», sagte ich.

Vivian ließ die Zigarette fallen, die ich ihr angezündet hatte, und zertrat sie mit der Spitze ihres rosa Slippers auf den Klinkerplatten. Sie sah zu mir auf, und in ihren Augen stand der heiße Blick, an den ich mich erinnerte. Der Blick gehörte vermutlich zum Sternwoodschen Blut und war im besten Fall Ausdruck von Heldentum und im schlimmsten Fall von geschmacklosen Ausschweifungen.

«Ich habe Sie satt, Marlowe. Ich habe Ihr Gesicht satt. Ich hab's satt, Sie in meinem Leben zu haben. Ich hab's satt, wie Sie salbadern und moralisieren und so tun, als wären Sie besser als ich, obwohl Sie bloß ein zweitklassiger Schnüffler mit einem schäbigen Büro in einem miesen Viertel und ganzen zwei Anzügen sind. Von Ihrer Sorte könnte ich mir fünfzig kaufen und hier im Haus als Bücherstützen verwenden.»

Sie wandte sich ab und stampfte auf der Suche nach einer Tür, die sie zuknallen konnte, den Klinkerpfad hinauf. Sie fand keine, bis sie das Haus erreichte, und als sie dort ankam, stürmte sie hinein und knallte sie zu.

In Tornähe schwebte ein Kolibri heftig vibrierend über einer blühenden Azalee.

«Wahrscheinlich hat sie nicht genug Bücher», sagte ich zu dem Kolibri.

Er achtete nicht auf mich. Ich zuckte mit den Schultern und ging hinaus und setzte mich in meinen Wagen und fuhr in mein schäbiges Büro in einem miesen Viertel zurück.

3

Zum ersten Mal gesehen hatte ich Vivian Regan, als ich ihren Vater aufgesucht hatte, den ich von einem Erpresser befreien sollte. Sie war noch mit Rusty Regan verheiratet, der früher angeblich eine Brigade der Irish Republican Army befehligt hatte. Aber Rusty war verschwunden, und der General bedauerte sein Verschwinden. Ich glaubte damals – und glaube es weiterhin –, der General habe mich engagiert, um sicherzugehen, daß der Erpresser nicht Rusty Regan war. Wäre er's gewesen, was nicht zutraf, hätte es ihm das Herz gebrochen. Als ich an jenem Tag mit schweißnassem Hemd und durchgeschwitztem Kragen den General verließ, teilte Norris mir mit, Mrs. Regan wünsche mich zu sprechen.

Ich setzte mich auf den Rand eines tiefen, weichen Sessels und blickte auf Mrs. Regan. Sie war einen Blick wert. Sie war das pure Unheil. Sie lag ausgestreckt auf einer supermodernen Chaiselongue, die Slipper abgestreift, und ich starrte auf Beine in hauchdünnsten Seidenstrümpfen. Sie schienen zum Draufstarren arrangiert zu sein. Sie waren bis zum Knie sichtbar und eins noch ein gutes Stück darüber. Die Knie, weder knochig noch spitz, hatten

Grübchen. Die Waden waren makellos, die Fesseln so lang und schlank, daß ihre melodische Linie für eine ganze Tondichtung ausgereicht hätte. Sie war groß und kräftig und langgliedrig. Ihr Kopf lehnte an einem elfenbeinfarbenen Seidenkissen. Ihr Haar war schwarz und voll und in der Mitte gescheitelt, und sie hatte die heißen, schwarzen Augen des Porträts in der Halle. Sie hatte einen schönen Mund und ein schönes Kinn. Sie hatte einen verdrossenen Zug um die Mundwinkel, und die Unterlippe war voll.

Sie hatte wissen wollen, ob ihr Vater mich engagiert habe, Rusty Regan zu finden. Da nicht sie meine Auftraggeberin war, ging sie das nichts an. Ich dachte nicht daran, es ihr zu sagen. Das gefiel ihr nicht.

Sie wurde rot. Ihre heißen, schwarzen Augen waren voller Wut. «Ich wüßte nicht, was es da zu verbergen gäbe», fauchte sie. «Und Ihre Manieren passen mir auch nicht.»

«Auf Ihre bin ich auch nicht scharf», sagte ich. «Schließlich habe ich Sie nicht sprechen wollen. Sie haben nach mir geschickt. Von mir aus können Sie die feine Dame markieren oder aus einer Whiskypulle frühstücken. Sie dürfen mir auch gern Ihre Beine zeigen. Es sind prima Beine, und es ist mir ein Vergnügen, ihre Bekanntschaft zu machen. Sie können meine Manieren kritisieren. Sie sind ja auch schlecht. Ich habe an langen Winterabenden schon manche Träne darüber vergossen. Aber versuchen Sie nicht, mich ins Kreuzverhör zu nehmen.»

Sie knallte ihr Glas so hart hin, daß es auf ein elfenbeinfarbenes Kissen überschwappte. Sie schwang ihre Beine herum und stand mit feuersprühenden Augen und geblähten Nüstern vor mir. Ihr Mund war geöffnet, und ihre strahlenden Zähne blitzten mich an. Ihre Fingerknöchel waren weiß. «So spricht man nicht mit mir», sagte sie heiser.

Ich blieb sitzen und grinste sie an. Sehr langsam schloß sie den Mund und sah auf den vergossenen Schnaps herab. Sie setzte sich auf den Rand der Chaiselongue und stützte ihr Kinn in die Hand.

«Gott, sind Sie ein großer, hübscher, brutaler Kerl! Man sollte Ihnen einen Buick an den Kopf werfen.»

An jenem Tag hatte es in Strömen gegossen, und irgendwann würde es wieder regnen. Aber heute, während ich an Vivian dachte, fuhr ich in heißem Sonnenschein in Richtung Hollywood zurück.

Das hatte es schon immer zwischen uns gegeben: scharfkantiger Eigensinn, der sich an hartnäckig drängendem Begehren rieb. Dieses Gefühl hatte damals von uns Besitz ergriffen, und ich spürte auch jetzt Anziehung und Abstoßung zwischen uns.

An der Erpressung war nicht viel dran gewesen. Nur einige nicht einklagbare Schuldscheine, die auf einen gewissen Geiger ausgestellt waren. Das hätte ich an einem Nachmittag erledigen können, wenn es mir gelungen wäre, zu Geiger vorzudringen. Aber es gelang mir erst, als es zu spät war, und dann war es wirklich zu spät.

Auf einer Art niedrigem Podium am einen Ende des Raums stand ein hochlehniger Teakholzsessel, darin saß Miss Carmen Sternwood auf einem orangenen Fransenschal. Sie saß sehr gerade, die Hände auf den Armlehnen, die Knie eng zusammen, den Körper steif aufrecht in der Pose einer ägyptischen Göttin, das Kinn erhoben, die Lippen über ihren kleinen, hell schimmernden Zähnen geteilt. Ihre Augen waren weit geöffnet. Das dunkle Schiefergrau der Iris hatte die Pupille verschlungen. Es waren irre Augen. Sie schien bewußtlos zu sein, aber sie hatte nicht die Haltung einer Bewußtlosen. Sie sah aus, als täte sie, im Geist, etwas sehr Wichtiges und täte es sehr gut. Aus ihrem Mund kam ein dünn kichernder Laut, der ihren Gesichtsausdruck weder veränderte noch ihre Lippen bewegte.

Sie trug ein Paar lange Jadeohrringe. Es waren hübsche Ohrringe, und sie hatten sicherlich etliche hundert Dollar gekostet. Sonst trug sie nichts. (...)

Ich hörte auf, sie anzusehen, und sah auf Geiger. Er lag mit dem Rücken auf dem Boden, hinter dem Rand des chinesischen Teppichs, vor einem Ding, das wie ein Totempfahl aussah. Das Ding hatte das Profil eines Adlers, und sein großes, rundes Auge war eine Kameralinse. Die Linse zielte auf das nackte Mädchen im Sessel. Eine ausgebrannte Blitzlichtbirne war seitlich in den Totempfahl geklemmt. Geiger trug chinesische Pantoffeln mit dicken Filzsohlen, seine Beine steckten in einem schwarzen Seidenpyjama, und seine obere Hälfte trug eine chinesisch bestickte Jacke, die vorn fast nur aus Blut bestand. Sein Glasauge blinkte hell zu mir auf und war bei weitem das Lebendigste an ihm. Es war klar, keiner der drei von mir gehörten Schüsse hatte ihn verfehlt. Er war sehr tot.

Seitdem waren eine Menge Leute umgekommen. Und hier waren wir, die Überlebenden, und umkreisten in einer Art ziellosem Ritual weiterhin unsere kleine Carmen. Beim Gedanken daran brauchte ich einen Drink, und als ich in mein Büro kam, setzte ich mich allein an meinen Schreibtisch und genehmigte mir einen. Er nützte nichts. Andererseits schadete er auch nicht sonderlich.

4

Resthaven breitete sich in einem kleinen Canyon aus, der unmittelbar unter dem Mullholland Drive vom Coldwater Canyon abzweigte. Irgendein Filmzar hatte es einst gegen Ende der zwanziger Jahre erbauen lassen, vermutlich vom ersten großen Bündel noch nicht versteuerten Geldes, das er mit im Topanga Canyon gedrehten Billigfilmen verdient hatte. Es hätte eine Ranch sein können, wenn man sich eine Ranch vorstellen konnte, die nach den Wünschen eines mitteleuropäischen Hausierers erbaut worden war, der es zu Geld gebracht hatte. Es besaß ein Hauptgebäude aus Rotholzstämmen, die entrindet, auf quadratisches Format gebracht, eingekerbt und fugenlos aufeinandergesetzt worden waren. Es gab die Unterkunft für das Personal, eine längere, niedrigere Kopie des Haupthauses, und drei weitere Gebäude im selben Stil.

Wie im größten Teil Südkaliforniens wäre das Land, hätte man es sich selbst überlassen, trocken und häßlich gewesen. Aber es war sich nicht selbst überlassen geblieben. Es war bewässert und bepflanzt und zurechtgestutzt und gedüngt worden, und zahllose blühende Büsche bildeten Farbtupfer auf dem grünen Rasen und säumten die mit Korallengrus bestreute Zufahrt, die in einer Kurve zum Haupteingang hinaufführte. Nirgends ein Mensch. Und lediglich ein in ein poliertes Rechteck aus Rotholz eingebrannter diskreter Schriftzug sagte: RESTHAVEN. Ich parkte unter einem großen alten Eukalyptusbaum, den der Wind in eine Position verkrümmter Hingabe gequält hatte, und knirschte über die Einfahrt, um zu läuten.

Die Klingel war dezent, ein melodischer kleiner Gong irgendwo tief im Hausinneren. Außer Sichtweite, vielleicht um die Ecke, war das leise Geräusch eines Rasensprengers zu hören, der in langsamer Folge klickte, während er vor und zurück schwenkte. Ich wartete, horchte auf Schritte und hörte keine. Dann ging die Tür auf, und ein blasser Mann mit schmalen Schultern und sehr öligem schwarzen Haar, das er glatt nach hinten gekämmt trug, stand auf der Schwelle.

«Marlowe», sagte ich. «Für Dr. Bonsentir.»

Ich gab ihm meine Karte. Die unauffällige: Name, Adresse, Beruf. Die mit den gekreuzten Säbeln hob ich mir auf, um damit andere Klienten zu beeindrucken. Der

Kerl im weißen Kittel führte mich in die Eingangshalle, in der es kühl und düster war. Auf den gebohnerten breiten Dielen lagen Navajoläufer. An den Wänden hingen gerahmte, wichtig aussehende medizinische Dokumente, einige Ehrenplaketten für Erfolge bei gemeinnützigen Projekten und ein gut ausgeleuchtetes und geschickt retuschiertes Brustbild von Dr. Bonsentir persönlich. Eine kleine Messingplakette unter dem Foto besagte: DR. CLAUDE BONSENTIR, UNSER GRÜNDER.

Der Bedienstete ließ mich stehen, damit ich Dr. Claude bewundern konnte, und kam nach etwa zwei Minuten zurück.

«Folgen Sie mir bitte, Sir», sagte er mit ganz schwachem Akzent, den ich nicht identifizieren konnte.

Ich folgte ihm durch eine Tür nach rechts. Wir gingen durch einen Raum, der vermutlich eine Bibliothek war, mit Regalen voller Bücher an allen getäfelten Wänden und einem massiven Natursteinkamin an der Rückwand des Raumes. An allen Fenstern hingen schwere Portieren in einer Art Türkisgrün, die bis zum Boden reichten und sich an der Wandleiste überreichlich bauschten. Hinter der Bibliothek lag ein Büro: kleiner als die Bibliothek, aber im selben Stil eingerichtet und ebenfalls komplett ausgestattet mit einem etwas verkleinerten Exemplar des Natursteinkamins, der hier an der Vorderwand stand, damit ein Schornstein für beide reichte. Hier drinnen waren die türkisgrünen Vorhänge zugezogen, und im Raum herrschte Dämmerlicht. Vor den Fenstern stand ein Schreibtisch, der ein Basketballfeld für Zwerge hätte sein können. Und dahinter saß Claude Bonsentir.

Er war ein dunkler, schlanker Mann, dessen ziemlich langes Haar genau in der Kopfmitte gescheitelt war. Er hatte ein schmales Menjoubärtchen, und seine schwarzen Augen lagen so tief in ihren Höhlen, daß er einen von irgendwo tief aus seinem Innern anzustarren schien. Er trug einen dunklen Anzug mit breiten weißen Nadelstreifen. Über seiner Weste hing eine massive goldene Uhrkette, mit einer Art Schlüssel daran. Er saß mit aneinandergelegten Fingerspitzen da und hatte die Ellbogen auf den Schreibtisch gestützt. Seine Nägel waren manikürt und glänzten, als habe er sie vor kurzem poliert. Er tippte sich mit den Fingernägeln sanft gegen die Unterlippe. Auf dem Schreibtisch vor ihm, lag exakt ausgerichtet meine Karte. Bis auf eine Schreibgarnitur aus Onyx war die Platte leer. Er starrte auf meine Karte hinunter. Ich blieb vor seinem Schreibtisch stehen. Er starrte weiter auf meine Karte hinunter. Ich wartete.

Auf der anderen Seite des Raumes standen zwei Ledersessel mit Messingknöpfen entlang der Nähte und massiven Armlehnen. Ich ging hinüber und holte mir einen und zerrte ihn vor seinen Schreibtisch und nahm ihm gegenüber Platz. Er hob langsam den Kopf und starrte mich aus tiefen Augenhöhlen an.

Ich wartete. Er starrte.

«Wollen Sie meine Zähne nachsehen?» fragte ich.

Bonsentir lächelte nicht, und sein Blick blieb unbeirrbar auf mich gerichtet.

«Sie sind Privatdetektiv», sagte er. Er hatte eine dieser durch Hollywooder Sprachunterricht ausgebildeten Stimmen, die keinen wirklichen Akzent haben, aber fast britisch klingen – vor allem, wenn man das Original nicht kennt. Er sprach wie ein Kerl, der im Radio schlechte Gedichte rezitiert.

«Wenn ich nicht gerade meine Jacht poliere», sagte ich.

Bonsentir starrte mich immer noch an. Ich wartete. Als meine Augen sich an das Halbdunkel gewöhnten, konnte ich sehen, daß die Wände mit indianischen Metallarbeiten geschmückt waren. Türkise und andere Steine, die ich nicht kannte, bildeten Muster auf einem großen Silberschild. Davon gab es an den Wänden des Büros sechs oder sieben Stück. Über dem Kamin hing ein großes Ölgemälde von Bonsentir, der einen langen weißen Kittel trug und tiefsinnig wirkte. «Ich bin ein ernsthafter Mann, Mr. Marlowe. Ich bin für das Wohlergehen vieler Menschen verantwortlich. Ich verwende meine Zeit darauf, über sie nachzudenken. Mir bleibt keine Zeit, amüsant zu sein.»

«Sie können's nicht schlecht», sagte ich.

Er zog eine Augenbraue hoch. «Sie finden mich amüsant?» fragte er.

«Berückend», sagte ich. «Ob Sie mir wohl verraten können, wo Carmen Sternwood sich aufhält?»

Bonsentir lehnte sich langsam in seinen Sessel zurück und öffnete den Mund gerade so weit, daß er mit seinen Daumen an die unteren Zähne tippen konnte. Dabei bedachte er mich noch etwas länger mit seinem Blick. Der sollte mich dazu bringen, zu einer Pfütze auf dem Fußboden vor seinem Schreibtisch zusammenzuschmelzen, vermute ich.

«Weshalb fragen Sie das?»

«Ich habe den Auftrag, das zu fragen.»

«Von wem?»

«Von dem, der mich beauftragt hat.»

«Dem?»

«Dem oder der», sagte ich.

«Darf ich den Namen des oder der Betreffenden erfahren?» fragte Bonsentir.

«Wozu?» sagte ich.

Bonsentir ließ seine Hände auf die Schreibtischplatte sinken und dort flach liegen. Er beugte sich leicht nach vorn: «Sie sind sehr lästig, Mr. Marlowe.»

«Das habe ich schon früher gehört», sagte ich. «Ich habe mir oft vorgenommen, mich zu bessern.»

Bonsentir verharrte in seiner neuen Pose.

«Ich fürchte, daß ich im Interesse des Wohlergehens meiner Patientin alle nicht autorisierten Anfragen abwehren muß, Mr. Marlowe. Das Recht jedes unserer Patienten auf Privatleben ist mir heilig.»

«Sie ist also hier?»

«Tut mir leid, aber ich kann mich nicht zu irgendwelchen Fragen Ihrerseits äußern.»

«Ich habe gehört, daß sie nicht hier ist», sagte ich. «Ich habe gehört, daß sie fort ist – und daß ihre Schwester, Vivian Regan, einen harten Burschen namens Eddie Mars gebeten hat, sie aufzuspüren.»

«Sind Sie im Auftrag von Mrs. Regan hier?»

«Nein. Ich vertrete ihren Butler.»

«Ihren Butler?» Bonsentir kam einem Lachen vermutlich so nahe, wie ihm das möglich war. Es ließ sein Menjoubärtchen leicht erbeben.

«Mein lieber Mr. Marlowe, ich hege die ganz schreckliche Befürchtung, daß Mrs. Regans Butler hier sehr wenig gilt.»

«Doktor, wir können diese Sache auf sehr verschiedene Weise anpacken», sagte ich. «Sie könnten mit mir zusammenarbeiten, indem Sie mir entweder Carmen Sternwood gesund und munter vorführen oder mir erklären, wo sie ist, und mir helfen, sie zu finden; oder ich kann hier mit ein paar stämmigen Deputy Sheriffs aus L. A. County aufkreuzen, die Ihre Narzissen zertrampeln und Ihre Angestellten verhören und Ihre Patienten vermutlich um fünf Jahre zurückwerfen. Cops sind manchmal ziemlich direkt.»

«Ich versichere Ihnen, Marlowe, daß das ein Fehler wäre», sagte Bonsentir. «Ich bin nicht ahnungslos, was meine gesetzlichen Rechte betrifft, und ich bin nicht ohne Einfluß.»

«Aber wie es aussieht, sind Sie ohne Carmen Sternwood», sagte ich.

«Es wird Zeit, daß Sie gehen, Marlowe.»

Bonsentir drückte auf einen Knopf unter dem Schreibtischrand, und die Tür seines Büros ging auf, und zwei Kerle in Weiß kamen herein. Einer von ihnen war ein blonder Beachboy. Er hatte fast weißes Haar, und seine Haut war an den Stellen, wo er aus seinem weißen T-Shirt quoll, goldbraun. Ich hätte ihn mit ’nem Cocktailstick umstoßen können.

Der andere Kerl verhieß Unheil. Er war ein Mexikaner mit glanzlosen schwarzen Augen und vollem schwarzem Haar, das er zurückgekämmt und zu einem Pferdeschwanz zusammengefaßt hatte. Seine Arme waren unnatürlich lang, und seine O-Beine wirkten zu kurz für den massiven Oberkörper.

«Meine Krankenpfleger bringen Sie jetzt hinaus.»

Mir war klar, daß sie’s tun würden. Ich stand auf.

«Ich finde Carmen Sternwood, darauf können Sie sich verlassen», sagte ich zu Bonsentir. «Und ich hoffe für Sie, daß ich sie hier finde.»

«Mr. Marlowe, Sie sind ein kleiner Mann, der die glanzlose Arbeit eines kleinen Mannes tut. Vergeuden Sie Ihre Zeit nicht damit, mir drohen zu wollen. Es wird jetzt Zeit für Sie, zu gehen.»

Die beiden Krankenpfleger standen links und rechts neben mir und blickten auf Bonsentir. Ich konnte riechen, was der Mexikaner zu Mittag gegessen hatte. Ich sah zu Bonsentir hinüber und zuckte mit den Schultern und ging zur Tür. Die Pfleger folgten mir zu meinem Auto hinaus und blieben in der Einfahrt stehen und beobachteten mich, bis ich außer Sicht war. Als ich den Sunset Boulevard erreicht hatte, fuhr ich in Richtung Zentrum weiter. Der Versuch, Dr. Bonsentir in Angst zu versetzen, war nicht sonderlich erfolgreich gewesen. Also war’s Zeit, es mit einer anderen Methode zu versuchen.

5

Captain Gregory vom Vermißtendezernat veränderte die Haltung seines schweren Körpers auf seinem Drehstuhl und betrachtete mich so sorgfältig, wie er alles andere tat.

«Wie geht's immer, Marlowe?» fragte er.

Er hielt eine dicke Shagpfeife in den Händen und war damit beschäftigt, sie mit Tabak aus einer Blechdose auf seinem Schreibtisch zu stopfen.

«Diesen Monat hab' ich nichts mit 'nem Totschläger abgekriegt», sagte ich.

«Erstaunlich», sagte Gregory.

«Der Monat ist noch nicht vorbei», sagte ich.

Gregory hatte seine Pfeife jetzt so gestopft, wie er sie haben wollte. Er nahm sie zwischen die Zähne und zündete sie mit einem Streichholz an, das er sorgfältig über den Tabak führte, damit er gleichmäßig brannte. Er sog eine große Rauchwolke ein und blies das Streichholz mit ihr aus. Hinter ihm konnte ich durchs Fenster seines Dienstzimmers in etwa einer halben Meile Entfernung den Justizpalast sehen.

«Rusty Regan haben Sie nie gefunden, schätze ich», sagte Gregory.

«Ist mir nie unter die Augen gekommen», sagte ich.

Gregory klemmte sich seine Pfeife in einen Mundwinkel und lehnte sich etwas weiter in den Stuhl zurück und faltete die Hände über seinem Bauch.

«Was brauchen Sie?» fragte er.

«Erinnern Sie sich an Carmen Sternwood?» fragte ich.

«Die Tochter des Generals», sagte Gregory nüchtern, «die Nymphomanin.»

«Sie ist in einem Sanatorium in Behandlung gewesen», sagte ich, «und sie ist daraus verschwunden.»

«Resthaven», sagte Gregory. «Der Butler hat uns deswegen angerufen.»

«Sie haben Nachforschungen angestellt?»

«Ich hab' dort angerufen», sagte Gregory.

«Und?»

«Und sie sagen, daß der Butler falsch informiert ist und daß es kein Problem gibt, und ich verlange, mit ihr zu sprechen, und sie sagen, daß ihr Zustand nicht zuläßt, daß sie telefoniert, und ich schlage vor, daß wir vom Gesundheitsamt eine Krankenschwester hinschicken lassen, die sie sich ansieht, und sie sagen, daß sie dem nicht zustimmen können, und sie legen auf.»

«Mit wem haben Sie gesprochen?» fragte ich.

«Mit dem Chef, einem gewissen Bonsentir.»

«Und Sie haben's dabei bewenden lassen?» fragte ich. «Einfach so?»

«Ich hab' ihre Schwester angerufen. Wie heißt sie gleich wieder?»

«Vivian.»

«Richtig! Die Mieze, die sich überall mit Eddie Mars rumtreibt. Ich rufe sie an, und sie sagt, daß kein Grund zur Sorge besteht. Daß sie nicht auf der Suche nach ihrer Schwester ist und deshalb findet, daß der Butler mit diesem Anruf bei uns seine Kompetenzen überschritten hat.»

Gregory nahm seine Hände vom Bauch, um sie hinter seinem Kopf zu falten. Er sog etwas Rauch ein und blies ihn genüßlich wieder aus.

«Und?» sagte ich.

«Und nichts. Es gibt so viele Leute, die wirklich vermißt werden, daß die meisten von uns hier unten ziemlich beschäftigt sind.»

Von Gregorys Fenster aus war kein Stück Himmel zu sehen. Ich sah lediglich einen Teil des Justizpalasts. Als ich ihn anstarrte, schob sich offenbar eine kleine Wolke vor die Sonne, denn ein Schatten fiel über das Gelände, um dann fast augenblicklich wieder zu verschwinden, so daß der Justizpalast wieder in der Sonne stand. Gregory saß nachdrücklich schweigend da, während ich dieses Phänomen beobachtete. Er hatte es nicht eilig. Er hatte endlos lange Zeit. Irgendwas würde sich ergeben.

Ich holte meine Zigaretten heraus und zündete mir eine an und blies etwas Rauch in Richtung Fenster.

«Irgendwas faul hier», sagte ich. «Ich weiß, daß die meisten Cops nicht noch mehr Ermittlungsarbeit wollen. Aber die meisten Cops lassen sich auch nicht von jedem Quacksalber abwimmeln.»

«Welches Interesse haben Sie daran?» fragte Gregory.

«Ich suche Carmen», sagte ich.

«Haben Sie einen Klienten?»

«Norris», sagte ich. «Der Butler.»

«Ich dachte, Vivian hätte ihn rausgeschmissen?»

«Ich denke, daß sie das nicht kann», sagte ich. «Ich denke, dafür hat der General gesorgt.»

«In seinem Testament», sagte Gregory.

«Klar.»

Gregory nickte. Er nahm seine Pfeife aus dem Mund und betrachtete den Pfeifenkopf und nickte erneut und steckte sich die Pfeife wieder zwischen die Lippen.

«Alle möglichen Leute sind Cops», sagte Gregory. «Manche von ihnen sind besser, manche schlechter.» Er paffte noch etwas. «Viele von ihnen sind schlechter. Aber wenn sie, besser oder schlechter, etwas Unerwartetes tun, kommt es meistens von oben.»

«Bonsentir hat Beziehungen», sagte ich.

Gregory zuckte mit den Schultern. Er nahm erneut die Pfeife aus dem Mund, beugte sich langsam vor und spuckte sorgfältig in seinen Papierkorb. Dann lehnte er sich langsam zurück und nahm die Pfeife ebenso sorgfältig wieder zwischen die Lippen.

«Mit Bonsentir kommen Sie nicht weiter, Marlowe. Der wird getarnt und abgeschirmt. An den kommt keiner nahe genug ran, um ihn deutlich zu sehen.»

«Und wenn Carmen Sternwood verschwunden ist?» fragte ich.

Gregory zuckte langsam mit den Schultern.

«Oder in Gefahr?»

«Marlowe, Sie sind ein großer Junge. Ich versuche, Ihnen zu helfen, weil Sie sich letztes Mal, als wir miteinander zu tun gehabt haben, für 'nen Schnüffler ziemlich anständig benommen haben, und weil Ohls von der Staatsanwaltschaft sagt, daß Sie in Ordnung sind. Aber kommen Sie nicht in mein Büro, um mir Märchen zu erzählen, für die wir beide längst zu alt sind. Wenn ich Ihnen sage, daß Claude Bonsentir verdammt viel Einfluß hat, können Sie's mir glauben. Ich wiederhole meine Warnung nicht und würde außerhalb dieses Raumes leugnen, sie ausgesprochen zu haben. Aber wenn Sie gegen Bonsentir angehen, sind Sie ein toter Mann, und ich kann Ihnen nicht helfen, und Ohls kann Ihnen nicht helfen.»

Ich stand auf.

«War nett, mit Ihnen zu reden, Captain», sagte ich. «Sollte Bonsentir anrufen, können Sie ihm sagen, daß ich zu Hause sitze und mein Maschinengewehr öle.»

Gregory gab keine Antwort. Er saß völlig bewegungslos da, nur aus seiner Pfeife schlängelte sich ein blauer Rauchfaden in die Höhe. Ich machte kehrt und ging hinaus und schloß die Tür leise hinter mir.

6

Damals hatte ich mein Büro noch im Cahuenga Building. Ich saß dort bei geöffneten Fenstern, und der heiße Santa-Ana-Wind versuchte, den Staub von der Schreibtischplatte zu blasen. Ich hatte die Büroflasche Rye herausgeholt und genehmigte mir einen mittäglichen Schluck zur Aufmunterung, während ich über alles nachdachte.

Ich war mir ziemlich sicher, daß Carmen aus Bonsentirs Sanatorium verschwunden war. Und ich war mir ganz sicher, daß alle, mit denen ich geredet hatte, das wußten und nicht wollten, daß ich sie fand. Der Grund dafür war mir allerdings ein Rätsel. Bonsentir konnte es darum gehen, einen Kunstfehler zu verschleiern, und ich vermutete, daß ein Kerl wie er dort oben eine Menge zu verbergen hatte, für das die Cops sich gar nicht erst interessieren sollten. Aber wozu machte Vivian das Täuschungsmanöver mit? Und wieviel Einfluß mußte Bonsentir haben, wenn ein guter Cop wie Gregory die Finger von dieser Sache ließ – und mir riet, das gleiche zu tun? Es war vielleicht möglich, den Inspektor der lokalen Gesundheitsbehörde zu bestechen. Oder sogar den Captain des örtlichen Polizeireviers. Aber wenn ein Cop aus dem Präsidium wie Gregory sagte, an diesem Fall könne man sich nur die Finger verbrennen, bedeutete das verdammt viel Einfluß und zwar bis ganz oben.

Das bedeutete, daß Leute, die Gregory mit «Sir» ansprach, auf der Gehaltsliste standen, und wieviel würde das kosten? Woher konnte Bonsentir soviel Geld haben? Das Nachdenken darüber machte mich müde, deshalb genehmigte ich mir einen zweiten Drink. Vielleicht kam es auf Geld gar nicht an. Ein Kerl wie Bonsentir würde wissen, wo Leichen vergraben waren. Davon profitierte er. Ich kannte diese Ärzte wie Bonsentir mit den glatten Gesichtern und den Radiostimmen. Sie leiteten einsam gelegene große Sanatorien, in denen reiche Leute ihre Peinlichkeiten unterbringen konnten: den trunksüchtigen Neffen, die nymphomanische Schwester, die alternde Mutter, die gern ihre Unterwäsche vorzeigte, den exzentrischen Schwager, der ständig bei Woolworth klaute. Die Frauen von Filmstars kamen in Sanatorien wie Resthaven, die Söhne von Politikern kamen dorthin. Und alle wurden diskret betreut.

Dr. Bonsentir hatte Pillen und Spritzen, und er verwendete sie auch. In Resthaven beschwerte sich niemand. Alle lächelten ihr blödes Lächeln und bewegten sich wie Schlafwandler, und wer wußte schon, ob sie träumten, und wen kümmerte es, was sie träumten? O ja, lieber Doktor Bonsentir, ich kenne Sie gut!

Ich kannte Dr. Bonsentir so gut, daß ich's für angebracht hielt, auf ihn zu trinken, deshalb kippte ich einen letzten Schuß Rye in das Wasserglas, aus dem ich trank, und nahm ihm zu Ehren einen kleinen Schluck. Dabei hörte ich, wie die Tür meines Vorzimmers geöffnet und wieder geschlossen wurde. Dann herrschte Stille, als sei dort draußen jemand, der sich zu einem Entschluß durchzuringen versuche. Oder vielleicht jemand, der meine Sammlung zehn Jahre alter *National Geographics* bewunderte. Zuletzt ging die Tür auf, und herein kam Vivian Sternwood in einem weißen Kleid mit großen blauen Tupfen. Ihr Hut und ihre Handschuhe waren weiß, und ihre große Handtasche hatte die Farbe der Tupfen.

«Möchten Sie 'nen Drink?» fragte ich. «Ich trinke eben auf den großen Heiler Claude Bonsentir.»

«Sie sind betrunken», sagte sie.

«Vermutlich nicht», sagte ich. «Aber was nicht ist, kann noch werden.»

Ich stand auf und ging zum Waschbecken in der Ecke, um das für Besuch reservierte zweite Wasserglas zu holen. Ich spülte es aus, brachte es mit und goß einen Fingerbreit Rye in beide Gläser.

Ich gab Vivian ihr Glas und hob meines noch im Stehen.

«Ein Hoch auf Dr. Bonsentir, den Hippokrates der schnellen Nadel!»

Vivians Augen blitzten wütend, aber sie trank einen kleinen Schluck Rye.

«Wollen Sie mir keinen Stuhl anbieten, Marlowe?»

«Gewiß», sagte ich. «Nehmen Sie Platz. Vielleicht können wir einen weiteren Toast, meinetwegen auch im Sitzen, auf die schwer faßbare Carmen Sternwood ausbringen, die niemand finden zu können scheint, obwohl alle behaupten, sie sei nicht verschwunden.»

«Ich weiß, daß meine Schwester verschwunden ist, Mr. Marlowe. Ich brauche keinen betrunkenen Sarkasmus von Ihresgleichen.»

«Von wem brauchen Sie ihn sonst», fragte ich, «wenn nicht von mir?»

«Was ich von Ihnen brauche, ist Verständnis. Sie müssen doch einen Begriff davon haben, wie es ist, wenn man versucht, Carmen zu beschützen?»

«Ich habe eine Vorstellung davon, wie's ist, wenn man versucht, den Rest der Welt vor Carmen zu beschützen», sagte ich.

Vivians Miene war jäh verletzt.

«Ich hatte mir mehr von Ihnen erhofft, Marlowe. Ich hatte mir erhofft, daß das, was damals zwischen uns geknistert hat, nicht völlig erloschen ist.»

Ich lachte und trank noch einen Schluck Rye.

«Zwischen uns hat sich abgespielt, Mrs. Regan, daß Sie mir Ihre Beine gezeigt und versucht haben, mich nach Ihrer Pfeife tanzen zu lassen, weil ich Ihre Beine gesehen hatte.»

«Und sonst nichts?»

Ich zuckte mit den Schultern. Vielleicht war das nicht alles gewesen. Immerhin war ich dabei, mich am hellichten Tag zu betrinken.

«Weiß ich nicht», sagte ich. «War es mehr?»

«Ja», sagte sie.

Ich wollte es ihr glauben. Aus der Nähe waren ihre Augen fast kohlschwarz und voller Hitze. Sie trug ein Fliederparfüm, und zwar ein teures. Und ihr schöner Mund war weich geschwungen; die volle Unterlippe schien speziell dafür gemacht, angeknabbert zu werden. Ich nickte, ohne etwas zu sagen.

«Ich bin nicht so hart, wie ich aussehe, Marlowe», sagte sie.

«Wären Sie so hart, wie Sie aussehen», sagte ich, «bräuchte man für Sie vermutlich einen Waffenschein.»

«Ich bin längst nicht so hart wie Sie», sagte sie. «Oh, ich kenne den sensiblen Mund und das dunkle gute Aussehen und alles übrige. Bloß ein liebenswerter Spürhund. Aber ich weiß, was sich darunter verbirgt. Ich weiß, daß Sie im Inneren ganz Eis und Stahl sind.»

Sie beugte sich nach vorn und ließ mich einen weißen Spitzen-BH und ziemlich viel Busen sehen. «Aber ich wette, daß es dort drinnen noch etwas anderes gibt.»

«Wetten Sie lieber nicht Ihr Leben darauf, Lady», sagte

ich. «Ich find's nett, daß Sie mir zeigen, was Sie haben. Aber wetten Sie nicht alles darauf, daß Sie Eis und Stahl schmelzen können.»

Sie stand auf und kam um den Schreibtisch herum und setzte sich ganz behutsam auf meinen Schoß. Sie legte ihre Arme um meinen Hals und brachte ihr Gesicht dicht an meines. Ich konnte die Hitze ihres Atems spüren.

«Mal sehen», sagte sie und drückte ihren geöffneten Mund auf meinen. Wir probierten das eine Weile aus, und als unsere Lippen sich schließlich wieder trennten, atmeten wir beide schwerer als zuvor. Vivian sah mir aus so großer Nähe in die Augen, daß ihre Augen vor mir verschwammen, wie sie auch meine sicher nur verschwommen sah.

«Schmilzt schon ein kleines bißchen?» fragte sie.

«Haben Sie Carmen schon gefunden?» fragte ich.

Sie erstarrte und stand dann auf und ging um den Schreibtisch herum zu ihrem Stuhl zurück.

«Verdammt!» sagte sie. «Der Teufel soll Sie holen, Marlowe. Können Sie denn nie anders sein?»

Ihre Stimme zitterte leicht, und sie mußte den Kopf senken und mehrmals durchatmen, um die Fassung zurückzugewinnen. Als sie dann sprach, klang ihre Stimme etwas heiser.

«Ich weiß, daß ihr nichts fehlt, Marlowe. Ich weiß nicht, wo sie ist, aber ich weiß, daß Dr. Bonsentir es weiß und daß alles in Ordnung ist.»

«Daraus werd' ich nicht schlau», sagte ich.

«Bitte», sagte sie. «Wenn Sie unbedingt wollen, daß ich

Sie bitte, okay, dann hören Sie mir jetzt zu. Bitte, lassen Sie die Finger von dieser Sache. Ich weiß, daß Sie sich nichts aus Geld machen. Aber ich zahle Ihnen das Doppelte von dem, was Norris Ihnen zahlt, das Dreifache. Wenn Sie bitte bloß so nett sind, Ihre Finger davon zu lassen.»

«Haben Sie mit Norris gesprochen?» fragte ich.

Sie schüttelte den Kopf.

«Mit Norris kann ich nicht reden wie mit Ihnen.»

«Warum nicht?» fragte ich. «Sie könnten ihm Ihre Beine zeigen . . .» Ich ergänzte den Rest mit einer knappen Handbewegung.

«Mein Gott, er ist der Butler, Marlowe! Ihnen macht's wohl Spaß, mich zu demütigen?»

«Ich demütige Sie nicht», sagte ich. «Das tun Sie selbst. Mir geht's nur um die Wahrheit.»

«Wahrheit», sagte sie und lachte ohne die geringste Spur von Humor. «Was, zum Teufel, ist die Wahrheit? Und welchen Unterschied macht sie schon jemals? Sie sind wie so viele andere Männer. Sie haben bestimmte Dinge, die Sie für wichtig halten. Wahrheit. Ihr Wort. Ehre. Recht. Stolz.» Sie schüttelte den Kopf und lachte erneut. Ein Lachen, das schmerzlicher als jeder Schrei war. «Sie glauben wahrscheinlich sogar an Liebe, um Himmels willen.»

«Im Augenblick glaube ich, Mrs. Regan, daß ich Carmen finden muß.»

«Warum? Mein Gott, was geht Sie das an? In welcher Hinsicht könnte sie schon jemals wichtig sein?»

«Damit verdiene ich mir den Lebensunterhalt», sagte ich. «Jemand hat mich dafür engagiert.»

«Sie verursachen mehr Schwierigkeiten, als Sie ahnen», sagte Vivian.

Darauf wußte ich keine Antwort, deshalb äußerte ich mich nicht dazu. Wir blickten einander eine Weile an. Dann seufzte Vivian und stand auf.

«Tut mir leid, Marlowe», sagte sie.

«Klar», sagte ich. «Mir tut's auch leid.»

Sie wandte sich ab und ging zur Tür. Sie öffnete sie und drehte sich kurz um und sah mich an, als wollte sie noch etwas sagen. Dann schüttelte sie den Kopf und wandte sich erneut ab.

«Vivian», sagte ich.

Sie blieb stehen und sah sich um.

«Ich fand den Kuß sehr überzeugend», sagte ich.

Sie starrte mich einen Augenblick an und schüttelte dann wieder den Kopf.

«Das ist das Teuflische», sagte sie. «Ich nämlich auch.»

Danach wandte sie sich ab und schloß die Tür hinter sich. Ich saß da und betrachtete sie und trank den letzten Schluck Rye aus meinem Glas. Sie mußte die Vorzimmertür offen gelassen haben. Denn ich hörte sie nicht ins Schloß fallen.

7

Nachdem Vivian gegangen war, verkorkte ich die Büroflasche und legte sie in die Schublade zurück. Ich ging ans Waschbecken, spülte die Gläser aus, wusch mir Gesicht und Hände und setzte mich wieder an meinen Schreibtisch. Ich holte das Telefonbuch heraus und schlug einige Nummern nach und führte mehrere Gespräche.

Bei der Gesundheitsbehörde L. A. County war kein Dr. Claude Bonsentir registriert.

Die Ärztekammer hatte nie von ihm gehört.

Nachdem das erledigt war, ging ich auf den Boulevard hinunter und setzte mich an eine Theke und nahm ein verspätetes Mittagessen. Marlowe, der niemals Verlegene, der hungrige Detektiv. Nach dem Essen schlenderte ich den Boulevard entlang ins Büro zurück. Aus Musso & Frank's Restaurant strömten Filmemacher, die einander versicherten, wie gut ihnen der jeweils letzte Film des anderen gefallen habe. Die Touristen trabten mit gesenkten Köpfen den Gehsteig entlang und gafften die ins Pflaster eingelassenen Sterne mit Namen von Filmstars an. Wäre zufällig ein echter Star vorbeigekommen, hätten sie ihn gar nicht gesehen.

Beim Chinese Theater stand eine Schar von Touristen und betrachtete die Fußabdrücke im Boden und hörte einer Art Führer zu, der ihnen davon erzählte. Vor dem Hotel Roosevelt warteten die Nutten. Sie waren aus Keokuk oder Great Falls gekommen, um als Starlets anzufangen und dann Stars zu werden. Es hatte nicht geklappt. Manche hatten vielleicht als Starlets angefangen, aber sie waren zuletzt Nutten geworden, und als der Spätnachmittag allmählich verblaßte und den Abend ankündigte, versammelten sie sich mit Verzweiflung im Blick.

Hollywood, die Stadt aus Sex und Geld und Kitsch für Touristen. Eine Stadt, in der Kerle wie Bonsentir absahnen konnten, ohne als Arzt zugelassen zu sein, ohne in den Unterlagen der Gesundheitsbehörde zu existieren, ohne jemals von der Polizei belästigt zu werden. Hurra!

Nachdem mir außer Daisy Duck alle geraten hatten, die Finger von diesem Fall zu lassen, bei dem ich schon einen ganzen Dollar verdient hatte, wäre es clever gewesen, ins Büro zurückzugehen und noch ein paar Schlucke aus meiner Flasche Rye zu nehmen und lange darüber nachzudenken, wie herrlich es war, in Hollywood zu sein. Weil das clever gewesen wäre, setzte ich mich in den Wagen und fuhr nach Las Olindas runter, um Eddie Mars zu besuchen. Was beweist, wie clever ich bin.

Der Cypress Club lag halb verborgen hinter einer Gruppe windschiefer Zypressen, denen er vermutlich seinen Namen verdankte. Er war früher ein Hotel und davor der Landsitz eines reichen Mannes gewesen. Er sah noch immer wie eine leicht heruntergekommene Millionärsvilla aus, vom Strandnebel leicht eingetrübt, der meistens über ihm lag.

Kein Türsteher auf dem Posten, als ich ankam. Zu früh dafür. Die riesige Doppeltür zwischen Foyer und Salon stand offen. Drinnen sah ich nur einen Barkeeper, der seine Vorbereitungen für den Abend traf, und einen

Filipino in weißer Jacke, der das alte Parkett mit einem trockenen Mop aufwischte. Irgendwo aus dem Halbdunkel rechts von mir erschien ein käsiger Blonder. Er war schlank und hatte ein ausdrucksloses Gesicht. Ich erinnerte mich an unsere erste Begegnung in Arthur Gwynne Geigers Haus, als noch Äthergeruch in der Luft hing und Blut auf dem Teppich war.

Falls er sich an mich erinnerte, ließ er sich nichts anmerken.

«Wir machen erst in ein paar Stunden auf, Sportsfreund.»

«Ich weiß», sagte ich. «Ich möchte Eddie sprechen.»

«Weiß er, daß Sie kommen?»

«Nein.»

«Dann kriegen Sie ihn wahrscheinlich nicht zu sehen.»

«Immer dieser Filmquatsch», sagte ich. «Ihr harten Burschen bildet euch alle ein, ihr müßtet euch wie irgendein Amateur aufführen, den ihr im Kino gesehen habt. Aber der benimmt sich nicht so, weil er 'n harter Bursche ist. Sondern weil er nicht schauspielern kann. Sagen Sie Eddie, daß ich da bin.»

Er starrte mich noch mal mit dem ausdruckslosen Blick des harten Burschen an und verschwand wieder ins Halbdunkel rechts von mir. Ziemlich bald kam er zurück und sagte: «Hier lang.»

Sein Gesichtsausdruck war unverändert. Nichts hatte sich verändert. Er tat so, als mache er sich nichts aus mir. Vielleicht war das nicht mal gespielt.

Eddie Mars war noch immer grau. Feines graues Haar,

graue Augen, dichte graue Augenbrauen. Sein Zweireiher aus Flanell war grau, und sein Hemd war etwas heller grau, und seine Krawatte war etwas dunkler grau bis auf die beiden Rubine, die er darin trug. Er hatte eine Hand in der Jackentasche vergraben, so daß nur der Daumen heraussah, dessen perfekt manikürter Nagel in dem Licht glänzte, das durch das große, alte aufs Meer hinausführende Erkerfenster hereinfiel. Der Raum war holzgetäfelt und hatte über der Täfelung eine Damastbespannung. In dem großen Natursteinkamin brannte ein Holzfeuer, und der Duft des Holzrauchs mischte sich zart mit dem Geruch des kühlen Meeres. In einer Ecke stand noch immer der Safe mit Zeitschloß. Das Teeservice aus Sèvres-Porzellan stand noch immer auf seinem Tablett. Es sah nicht benutzter aus als bei meinem letzten Besuch.

Mars grinste mich umgänglich an. «Freut mich, Sie wiederzusehen, Soldat», sagte er.

«Das sagen die anderen nicht alle.»

Mars zog seine ebenmäßigen grauen Augenbrauen hoch. Sein Gesicht war sonnengebräunt und glattrasiert und sah gesund aus.

«Die Leute können grausam sein», sagte er. «Irgendein bestimmter Grund, warum Sie so angeredet werden?»

«Ich frage alle dauernd, wo Carmen Sternwood ist», sagte ich.

Mars' Gesicht verfinsterte sich. Das Lächeln blieb, aber es wirkte weniger umgänglich.

«So'n Besuch ist das also, wie?» fragte Mars.

«Klar doch», sagte ich. «Wozu sollte ich Ihnen einen Anstandsbesuch machen?»

«Ich dachte, wir kämen miteinander aus, Marlowe.»

«Sie sind ein Gangster, Eddie. Sie sehen wie ein guter Polospieler aus, und Sie haben eine Menge Geld, und Sie kennen einen Haufen reicher Leute. Aber hinter dieser Fassade sind Sie ein Gangster, und Sie lassen sich von Ganoven wie Blondie hier beschützen, der mit 'ner Kanone rumläuft.»

«Und was geht Sie das an?» fragte Mars. «Falls es überhaupt stimmt. Wer, zum Teufel, sind Sie denn? Was haben Sie unter Ihrem linken Arm? Etwa keine Kanone? Sie beugen Recht und Gesetz. Das haben Sie schon bei Rusty Regans Tod getan. Der Unterschied zwischen Ihnen und mir liegt darin, Soldat, daß ich Geld verdiene und Sie nicht.»

«Der Unterschied zwischen Ihnen und mir liegt darin, Eddie, daß es Dinge gibt, die ich nie tun würde.»

Mars lächelte weiter und zuckte mit den Schultern.

«Was wollten Sie mich also fragen?»

«Was wissen Sie über Carmen Sternwood?»

Mars zuckte erneut mit den Schultern. In der Ferne konnte ich das Donnern des Pazifiks hören, der gegen die Klippe unterhalb des Cypress Clubs brandete.

«Nicht viel», sagte er. «Außer dem, was Sie wissen.»

«Sie wissen, wo sie im Augenblick steckt?»

Mars schüttelte den Kopf. «Ich weiß nur, daß sie zuletzt in einem Sanatorium droben im Coldwater Canyon war.»

«Da ist sie jetzt nicht mehr», sagte ich.

«Ist Sie abgehauen?»

Diesmal war ich mit dem Schulterzucken dran.

«Hat Vivian Sie engagiert?» fragte Mars.

«Nein», sagte ich. «Sie gehört zu den Leuten, die mich auffordern, die Finger von dieser Sache zu lassen.»

«Eine Frau mit vielen harten Kanten», sagte Mars.

«Außerdem hat sie mir erzählt, daß Sie ihr versprochen haben, Carmen zu finden.»

Mars schwieg einen Augenblick lang. Dann sagte er: «Tatsächlich?»

«Hat sie selbst gesagt», antwortete ich.

«Weshalb sollte ich das tun?» fragte Mars.

«Aus demselben Grund, aus dem Sie die Sache mit Rusty Regan hingedreht haben, als sei er mit Ihrer Frau durchgebrannt», sagte ich. «Weil Sie so lieb sind.»

Mars lachte laut.

«Lieb!» sagte er. «Soldat, ich muß sagen, daß ich Sie immer mochte.»

«Wie Sie mich mochten, als ich Ihre Frau gefunden habe und Regan nicht bei ihr gewesen ist? Und Sie gefürchtet haben, ich könnte verraten, daß Regan in Wirklichkeit schon tot war. Wie Sie mich mochten, als Sie Lash Canino den Auftrag gegeben haben, mich zum Schweigen zu bringen?»

Mars zuckte mit den Schultern. «Ich habe Sie unterschätzt, Soldat. Wie haben Sie's überhaupt geschafft, Canino umzulegen?»

«Ihre Frau hat mir geholfen. Mona Mars mit der platinblonden Perücke.»

«Exfrau», sagte Mars.

«Caninos Wagen hat vor dem Farmhaus in Realito gestanden», sagte ich. «Leer. Und ich habe dahinter gelauert – in Handschellen, aber mit 'nem Colt bewaffnet. Und der große tapfere Lash ist rausgekommen, um mich zu erledigen. Er hat Ihre Frau vor sich hergeschoben.»

Sie kam die Stufen herunter. Jetzt konnte ich das gespannte Weiß ihres Gesichts sehen. Sie ging auf den Wagen zu. Ein Schutzwall für Canino, für den Fall, daß ich ihm noch immer ins Auge spucken konnte. Ihre Stimme sprach durch das Lispeln des Regens, sie sagte langsam und ohne Ausdruck: «Ich kann überhaupt nichts sehen, Lash. Die Fenster sind beschlagen.»

Er grunzte irgend etwas, und der Körper des Mädchens machte einen Ruck, als ob ihm eine Kanone in den Rükken gestoßen worden wäre. Sie ging wieder weiter und näherte sich dem lichtlosen Wagen. Jetzt konnte ich ihn hinter ihr erkennen, seinen Hut, eine Seite seines Gesichts, die Ausbuchtung seiner Schulter. Das Mädchen stand plötzlich starr und schrie. Ein schöner, dünner, durchdringender Schrei, der mich umwarf wie ein linker Haken.

«Ich kann ihn sehen!» schrie sie. «Durchs Fenster. Hinter dem Steuer, Lash!»

Er fiel darauf herein wie ein Eimer voll Blei. Er stieß sie roh beiseite und sprang vorwärts mit hochgeworfener Hand. Drei weitere Blitze schnitten durch die Dunkelheit.

Wieder klirrte Glas. Eine Kugel ging glatt durch und schlug in einen Baum auf meiner Seite. Ein Abpraller pfiff ab in die Ferne. Aber der Motor lief ruhig weiter.

Er war tief unten, gegen die Finsternis geduckt, sein Gesicht ein Grau ohne Form, das nach dem Aufstrahlen der Schüsse langsam zurückzukehren schien. Wenn das, was er hatte, ein Revolver war, so konnte er leer sein. Er hatte sechsmal gefeuert, aber er konnte auch im Haus nachgeladen haben. Hoffentlich hatte er. Ich wollte ihn nicht mit einer leeren Kanone. Aber vielleicht war es auch eine Automatic.

Ich sagte: «Fertig?»

Er wirbelte zu mir herum. Vielleicht hätte ich ihm netterweise, genau wie ein Gentleman der alten Schule, Gelegenheit zu einem Schuß oder zweien geben sollen. Aber seine Kanone zeigte nach oben, und ich konnte nicht länger warten. Nicht lange genug, um ein Gentleman der alten Schule zu sein. Ich schoß viermal auf ihn, den Colt gegen meine Rippen gepreßt. Die Waffe sprang ihm aus der Hand, als hätte sie ihm jemand weggerissen. Er griff mit beiden Händen nach seinem Magen. Ich hörte sie hart gegen seinen Leib schlagen. Er fiel einfach um, direkt nach vorn, seine breiten Hände hielten ihn zusammen. Sein Gesicht schlug in den nassen Kies. Dann gab er keinen Laut mehr von sich.

«Sehen Sie sie manchmal, Eddie?»

Mars schüttelte den Kopf. «Nicht mehr seit der Nacht, in der ich sie aus dem Wohnzimmer des Staatsanwalts rausgeholt habe», sagte er. «Ich habe sie heimgebracht und ging uns einen Drink mixen, aber als ich zurückkam, war sie verschwunden.»

«Deshalb haben Sie sich von ihr scheiden lassen.»

«Mmh-hmm.»

«Und bei Vivian Regan Trost gesucht.»

«Glauben Sie?»

«Ich habe den Eindruck, daß Sie und sie gewissermaßen zusammengehören», sagte ich.

«Und wenn's so wäre?»

«Dann könnten Sie so lieb sein, ihre kleine Schwester für sie zu suchen.»

«Diese Mädels sind Gift, Marlowe. Die Jüngere ist mieser als 'ne sieben Tage alte Auster, und Vivian ist der Typ Frau, der immer mit dem Kopf durch die Wand will. Dabei zerschlägt sie viel Porzellan.»

«Aber sie haben Unmengen Geld», sagte ich.

«Vielleicht müßte ich beleidigt sein, wenn Sie mir unterstellen, ich sei hinter einer dieser Miezen her, um ins gemachte Nest zu heiraten, aber lassen wir das», sagte Eddie. «Tatsache ist, daß ich das nicht nötig habe. Ich habe selbst genug.»

«Für Kerle wie Sie bedeutet genug gar nichts, Eddie.»

Mars' Lächeln verschwand, und sein Gesicht zeigte plötzlich, was für ein harter Bursche er war.

«Kommen Sie mir lieber nicht in die Quere, Soldat, es sei denn, Ihnen gefiele die Idee, durch Ihren Nabel zu atmen.»

«Das hat Lash Canino auch nicht geschafft, Eddie.»

Mars deutete mit dem rechten Zeigefinger auf mich, drehte dann das Handgelenk und deutete zur Tür.

«Raus mit Ihnen, Soldat», sagte er. «Aber unterwegs sollten Sie über was nachdenken. Ich hab' keinen Grund, mir Ihretwegen Sorgen zu machen, und keinen Grund, Sie zu belügen; aber weil ich so lieb bin, sage ich Ihnen...» Mars grinste plötzlich breit. «...daß Sie darauf hören sollten, wenn Leute Ihnen raten, sich aus der Sache mit Carmen Sternwood rauszuhalten und einen Bogen um das Sanatorium zu machen, in das sie abgeschoben worden ist. Tun Sie das nicht, werden Sie's bereuen.»

Bis er ausgesprochen hatte, war das Grinsen schon wieder verschwunden.

Ich bewegte mich zur Tür.

«Bis demnächst», sagte ich. «Falls mich bis dahin niemand zu Tode erschreckt hat.»

Ich machte die Tür zu und ging. Als ich nach Hollywood zurückfuhr, wußte ich genau so viel, wie ich auf der Herfahrt gewußt hatte.

Nämlich nichts.

8

Der Canyon, in den Resthaven eingebettet war, führte noch ein Stück weiter in die Hügel hinein, und die Straße, an der das Sanatorium lag, folgte ihm und bildete über und hinter Resthaven eine Kehre, bevor sie wieder in Richtung Coldwater hinausführte. Ich stellte meinen Wagen im Coldwater Canyon unter einem Olivenbaum ab.

Der Morgen war hell und still. Es würde ein heißer Tag werden, aber noch war es nicht heiß, und alles sah noch unverwelkt aus. Auf den Blättern des Olivenbaums lag Staub, und die vom Baum gefallenen kleinen schwarzen Früchte knirschten unter meinen Sohlen, als ich ausstieg.

Der Berufsverkehr auf dem Coldwater Canyon Drive führte in beiden Richtungen über den Hügel. Ich marschierte hinten um Resthaven herum und zu der Straßenkehre hinauf, von der aus ich den Canyon und das Sanatorium überblicken konnte. In Beverly Hills preßte fernöstliches Hauspersonal frischen Orangensaft, und Leute in seidenen Morgenmänteln aßen aus kleinen Eierbechern weiche Eier und blätterten in der Morgenzeitung. Aber von hier aus, im Schutz des Buschwerks am Rand des Canyons, konnte ich das Becken, in dem L. A. lag, nicht sehen. Wären die Hitze und die Trockenheit nicht gewesen, hätte ich auch in Fargo oder Bellows Falls sein können. Ich blickte auf das Sanatorium Resthaven hinab.

Die weite grüne Rasenfläche endete erst am Fuße der Canyonwand, auf der ich stand. Die Felswand bildete eine natürliche Begrenzung. Auf der anderen Seite erstreckte sich der Rasen bis zum Hauptgebäude, von dessen Ecken aus eine zweieinhalb Meter hohe Ziegelmauer zur Canyonwand führte. Entlang der Mauer gepflanzte Stauden und blühender Palisander ließen sie schmuck aussehen, aber wer sie als Patient überwinden wollte, mußte ein guter Kletterer sein.

Ich sah einen mit roten Terrassenplatten eingefaßten

Swimming-pool und etwas näher an den Felsen einen Krocketrasen, auf dem mehrere Männer und Frauen eine Morgenrunde spielten. Die Spieler waren unterschiedlich gekleidet. Einige von ihnen schienen die hier übliche Sanatoriumskluft – schwarzer Leinenoverall und Sandalen – anzuhaben, aber zwei Männer trugen Anzug und Krawatte, und eine der Frauen war im Abendkleid erschienen.

Der Beachboy, den ich schon kannte, aalte sich auf einer Liege am Pool, beaufsichtigte die Patienten und gab sich Mühe, noch brauner zu werden. Weder der Mexikaner noch Dr. Bonsentir waren irgendwo zu sehen. Ich hockte in Deckung mehrerer verkümmerter Eichen am Canyonrand und beobachtete. Das Krocketspiel zog sich schleppend hin, und als die höhersteigende Sonne den letzten Rest nächtlicher Kühle wegbrannte, rückte der Beachboy seine Liege in den Schatten eines großen Sonnenschirms. Er las eine Zeitung und sah gelegentlich zu seinen Schützlingen hinüber. Nach einiger Zeit streckte er sich auf der Liege aus und lag mit der Zeitung über dem Gesicht völlig still. Einen besseren Zeitpunkt würde es nicht geben. Ich kletterte über den Canyonrand.

Die Wand war fast senkrecht, aber mit verkümmerten Pinien und Eichen und Wacholder bewachsen, so daß ich von Griff zu Griff hinabrutschen und schließlich den Krocketrasen erreichen konnte, und zwar so sauber, als hätte ich mich in einem Spinatbeet gewälzt. Falls die Spieler es seltsam fanden, daß jemand die Felswand hinunter in ihr Spiel rutschte, ließen sie es sich nicht anmerken. Tatsächlich beachteten sie mich überhaupt nicht, während sie die Holzbälle mit ihren Schlägern vorantrieben, um mit geheimem Vergnügen gegnerische Bälle wegzuschlagen. Der Beachboy bewegte sich überhaupt nicht.

Irgendwas an diesem Krocketspiel war seltsam. Ich brauchte eine Minute, um es rauszukriegen, während ich mir Dreck und Steinchen abklopfte. Niemand sprach. Bis auf das Klicken des Balls und zwischendurch ein zufriedenes Kichern fand die Partie völlig schweigend statt. Die Frau im Abendkleid spielte mit langen Handschuhen und in hochhackigen silbernen Sandalen. Einer der Männer trug einen hellbeigen Anzug mit dünnen cremeweißen Nadelstreifen. Dazu eine cremeweiße Weste und hellbeige Schuhe. Seine giftgrüne Seidenkrawatte war zu einem breiten Windsorknoten gebunden. Sie alle waren bis über beide Ohren mit Drogen vollgepumpt und spielten nach einer Melodie, die ich nicht hören konnte.

Ich blieb auf dem Rasen, der meine Schritte dämpfte, ging an dem schlafenden Krankenpfleger vorbei und betrat das lange, niedrige Hauptgebäude im Ranchstil, das ich schon kannte, durch den Hintereingang. Drinnen war es kühl und düster. Ich befand mich in einem Spielraum mit zwei Billardtischen und einer Tischtennisplatte. Entlang einer Wand waren Kartentische aufgestellt, und an der Rückwand sah ich eine niedrige Theke mit Hockern, an der vielleicht Milch und Plätzchen serviert wurden – oder vielleicht Opium und ein Flakon Äther.

Links zog sich ein langer Korridor an der Rückfront des

Hauses entlang. Ich folgte ihm. In seine linke Wand waren zahlreiche Türen eingelassen, die jeweils in ein Patientenzimmer führten. Das erste war leer. Das zweite bewohnte eine zierliche alte Dame, die ein geblümtes Nachthemd mit Spitzenkragen trug. Graues Haar rahmte ihr Gesicht in sanften Dauerwellen. Es lag ein kaum merklicher Hauch von vergangener Jugendschönheit auf ihr. Das zeigte sich in der Kopfhaltung und der Haltung ihres kleinen Körpers im Sessel. Auf den Knien hielt sie ein großes Bilderbuch aufgeschlagen, das sie eifrig durch eine goldgeränderte Brille studierte. Ich trat leise ein. An der halboffenen Tür stand auf einem kleinen Namensschild *Mrs. Norman Swayze*.

«Guten Morgen, Mrs. Swayze», sagte ich.

Sie sah von ihrem Buch auf und lächelte mich an.

«Hallo», sagte sie.

«Ich bin Dr. Marlowe», sagte ich. «Na, wie geht's uns heute morgen?»

Während ich sprach, schloß ich leise die Tür hinter mir.

«Oh, mir geht's sehr gut, Doktor», sagte sie. «Heute morgen hab' ich aus dem Fenster gesehen und versucht, mein Haus zu erkennen, aber ich seh's nicht, glaub' ich. Können Sie's sehen?»

«Wo wohnen Sie, Mrs. Swayze?»

Sie deutete aufs Fenster.

«Dort drüben», sagte sie fröhlich, «irgendwo.»

Ich nickte und sah aus dem Fenster.

«Nein», sagte ich. «Ich sehe Ihr Haus auch nicht.»

«Ich such's immer», sagte sie. «Ich such's dauernd, aber ich kann's irgendwie nicht finden.»

Als ich näher herankam, konnte ich sehen, daß ihr Bilderbuch eine luxuriöse, aufwendig vierfarbig gedruckte Sammlung der schmutzigsten Pornobilder war, die ich je zu Gesicht bekommen hatte. Mit solchen teuren Schweinereien hatte Arthur Gwynne Geiger in seinem Laden am Hollywood Boulevard bei Las Palmas gehandelt. Aber das war jetzt schon eine Weile her – noch bevor ich Lash Canino erschossen hatte.

Die alte Dame hatte alles Interesse an mir verloren, studierte wieder ihr Buch und leckte regelmäßig ihren Daumen, bevor sie umblätterte. Wie sie so über das große Buch auf ihrem kleinen Schoß gebeugt dasaß, erinnerte sie an einen zierlichen Sperling. Auf dem Schreibtisch an der Wand und dem Nachttisch neben ihrem Bett türmten sich weitere Bücher dieser Art: aufwendig gedruckt, geschmackvoll gebunden und dreckiger als jede Latrine in Tijuana.

Sie blickte auf und sah, daß ich die Bände betrachtete.

«Möchten Sie eines meiner Bücher lesen?» fragte sie. «Ich liebe solche Bücher. Sie wohl auch?»

Ich schüttelte den Kopf. «Nein, Ma'am», sagte ich. «Nicht direkt.»

«Nun, ich mag sie», sagte sie nachdrücklich. «Und der Doktor besorgt mir alle, die ich will.»

«Dr. Bonsentir?» fragte ich.

«Ja ... nun, nicht immer selbst, manchmal besorgt sie mir einer der jungen Männer.»

«Mrs. Swayze», sagte ich, «kennen Sie eine Carmen Sternwood?»

Sie ließ das Buch offen auf ihrem Schoß liegen. Die Farbdoppelseite zeigte einen Mann mit zwei Frauen. Ich bemühte mich, nicht darauf zu achten.

«Carmen?» fragte sie. Sie hatte sich aufgesetzt und runzelte leicht die Stirn, während sie ihren etwas verwirrten, alternden Verstand zusammenzunehmen versuchte.

«Carmen Sternwood», sagte ich. «Junge Frau, nicht allzu groß, gute Figur, hellbraunes Haar. Ihre Daumen sehen irgendwie komisch aus.»

Mrs. Swayze lächelte. Die Daumen hatten sie auf die richtige Spur gebracht.

«Natürlich! Carmen. Sie lebt auch hier. Ja. Sie kommt oft vorbei, um meine Bücher zu lesen. Manchmal lesen wir sie gemeinsam.»

«Haben Sie sie in letzter Zeit gesehen?» fragte ich.

Mrs. Swayzes Gesicht straffte sich etwas. Zugleich wurden ihre Apfelbäckchen noch rosiger.

«Sie ist mit Mr. Simpson weggefahren, glaub' ich. Sie ist bei ihm zu Besuch, glaub' ich.»

«Tatsächlich?» sagte ich. «Kennen Sie Mr. Simpsons vollen Namen?» Mrs. Swayze bekam sehr große Augen und wirkte ein bißchen ängstlich.

«Ich? Ich weiß nichts. Ich kenne keine Vornamen irgendwelcher Leute. Ich kann mir ohnehin nicht mehr viel merken. Ich kann mich nicht mal daran erinnern, wo mein Haus steht. Ich schaue und schaue und schaue, aber ich seh's nicht.»

«Wissen Sie, wo Mr. Simpsons Haus ist?»

Sie schüttelte energisch den Kopf und machte erneut eine vage Handbewegung in Richtung Fenster.

«Dort drüben», sagte sie, «vermute ich.»

«Wissen Sie, weshalb sie bei Mr. Simpson zu Besuch ist?» sagte ich.

Mrs. Swayze lächelte geheimnisvoll und blinzelte mir zu.

«Viele der jungen Mädchen, die hier wohnen, besuchen Mr. Simpson.»

«Kommen sie für gewöhnlich zurück?»

«Das weiß ich nicht», sagte sie. Ihr Tonfall ließ erkennen, daß sie diese Frage idiotisch fand.

Dann sah sie an mir vorbei und sagte: «Hallo, Sweetie.»

Ich drehte mich um. Sweetie war der Mexikaner in Schuhen mit Kreppsohlen, der die Tür hinter mir geöffnet hatte. Ich hätte ihn riechen müssen. Er stank wie ein Bock. Seine kleinen Augen fixierten mich und ließen mich nicht mehr los.

«Ich habe mit Dr. Marlowe geplaudert», sagte Mrs. Swayze. «Er hat versucht, mein Haus für mich zu sehen, aber er sagt, daß er's nicht kann.»

Der Blick des Mexikaners blieb unbeirrbar auf mich gerichtet.

«Sí, Señora Swayze», sagte er. Dann hob er den Zeigefinger und machte ihn krumm und winkte mich damit auf den Gang hinaus. Ich wandte mich an Mrs. Swayze und deutete eine Verbeugung an.

«Sollte ich Ihr Haus sehen», sagte ich, «lasse ich's Sie wissen.»

Während ich sprach, zog ich meinen Colt aus dem Schulterhalfter und hielt ihn gegen mein Bein gedrückt, wo der Mexikaner ihn nicht sehen konnte. Danach richtete ich mich auf und machte kehrt, um zu gehen.

«Danke, Doktor», sagte Mrs. Swayze. Sie saß wieder über ihr Buch gebeugt, war ganz darin vertieft und leckte sich den Daumen, um umzublättern.

Der Mexikaner verließ rückwärtsgehend als erster den Raum, und als ich von der Tür weg auf den Korridor hinaustrat, verpaßte er mir einen linken Haken, der mich seitlich am Kinn traf und gegen die Wand zurückwarf. Es war, als hätte mich eine Bowlingkugel getroffen. Ich knallte gegen die Wand, bekam weiche Knie, rutschte etwas nach unten und versuchte dabei, mit dem gegen die Wand gepreßten Rücken abzubremsen. Das Gesicht des Mexikaners blieb ausdruckslos, während er an mich herantrat, mir seinen Unterarm unters Kinn rammte und mich damit an der Wand festnagelte. Als er mich so bedrängte, traf sein saurer Atem mein Gesicht, und ich sah, wie er plötzlich die Augen aufriß, weil ich ihm meinen Colt in die Magengrube unter dem Brustkorb rammte.

«Zurück», sagte ich heiser, «dein Atem läßt meinen Anzug welken.»

Der Mexikaner trat vorsichtig zurück und stand mit leicht vom Körper gespreizten Armen da, ohne mich aus seinen kleinen Augen zu lassen.

«Hör zu», sagte ich, «du und ich gehen jetzt diesen Korridor entlang und durch die Eingangshalle und ins Freie hinaus. Und du marschierst dabei rückwärts vor mir her.»

Er machte keine Bewegung, er sagte kein Wort. Ich konnte die Spannung in ihm fühlen – wie der Abzug einer Kanone vor dem Schuß. Ich hoffte, daß er dieselbe Spannung in mir fühlte. Vor allem nachdem ich einen Abzug hatte, den ich betätigen konnte.

«Los», sagte ich.

Er ging langsam rückwärts den Flur hinunter und durch Lichtstreifen von Sonnenschein, der aus den offenen Türen von Patientenzimmern auf den Korridor fiel. Sonnenstäubchen tanzten. Am Ende des Korridors war rechter Hand eine Tür. Ich deutete mit dem Revolver darauf, und der Mexikaner öffnete sie, und wir befanden uns in der Eingangshalle, in der ich auf Dr. Bonsentir gewartet hatte. Dort hielt sich der blasse Mann mit dem öligen schwarzen Haar auf. Er starrte mich an und wollte mit einer Hand unter seinen weißen Kittel greifen. Als ich den Kopf schüttelte, erstarrte er mitten in der Bewegung.

«Du auch», sagte ich. «Stellt euch beide mit dem Gesicht zur Wand, Beine breit und weg von der Wand, damit das Gewicht auf den Händen liegt.»

Sie taten wie befohlen. Keiner sagte ein Wort. Ich tastete sie ab. Der Mexikaner hatte keine Waffe. Vermutlich hatte er irgendwann Hunger bekommen und sie aufgegessen. Unter dem linken Arm des zweiten Kerls zog ich eine Smith & Wesson Kaliber 38 heraus.

«Wer seine Nase aus dieser Tür steckt», sagte ich, «kriegt 'ne Kugel rein.»

Keiner sprach oder bewegte sich. Ich öffnete vorsichtig die Eingangstür und sah hinaus. Der Parkplatz vor dem Gebäude war leer. Die beiden Krankenpfleger lehnten an der Wand. Ich trat ins Freie und schloß die Tür hinter mir und rannte zu meinem Wagen.

9

Im Telefonbuch von L. A. standen 105 Leute, die Simpson hießen, wenn man den Kerl mitzählte, der auf das P verzichtete, oder den anderen, der sich Sympson schrieb. Fünf davon waren Frauen, und drei weitere hatten nur den Anfangsbuchstaben ihres Vornamens angegeben und waren daher vermutlich ebenfalls Frauen. Was bedeutete, daß ich nur 97 Personen zu überprüfen hatte. Falls Carmen bei jemand war, der in L. A. wohnte – und dessen Nummer im Telefonbuch stand. Falls er tatsächlich Mr. Simpson hieß. Meine Quelle war nicht hundertprozentig zuverlässig.

Ich stand von meinem Schreibtisch auf und starrte aus dem Fenster auf die vom Hollywood Boulevard aufsteigende flimmernde Hitze. Die Sonne brannte gleichförmig heiß vom Himmel, und der Grillduft aus dem Coffee Shop im Erdgeschoß paßte genau zum Wetter. Ich hatte meine Jacke ausgezogen und über einen Stuhl gehängt. Das Hemd klebte mir am Rücken, und ich hatte mein Schulterhalfter abgenommen und über die Jacke an den Stuhl gehängt, um es griffbereit zu haben, falls eine Horde uniformierter Krankenpfleger hereinstürmte und mich in eine Zwangsjacke zu stecken versuchte.

Blickte ich nach links, konnte ich den Cahuenga Boulevard runter nach Lower Hollywood sehen, wo außerhalb des Glitzerbezirks die ruhigen Straßen noch immer von großen, behaglichen Häusern mit breiten Veranden gesäumt waren. In diesen Wohnhäusern mit den dicken Mauern und niedrigen Dächern würde es kühl sein. Manche Leute hielten ihre Fenster geschlossen und die Hitze draußen; andere öffneten sie, um Durchzug zu schaffen, und im heißen Wind bewegten sich faul die Spitzen-Stores und flüsterten leise. Aber so angestrengt ich auch horchte, sie flüsterten mir nicht zu, wo Carmen Sternwood war. Ich mußte die Sache anders anpacken.

Ich rief Vivian Sternwood an. Ihr Mädchen sagte, sie ruhe. Ich sagte, ich würde in einer Stunde vorbeikommen. Ich wusch mir Gesicht und Hände im Spülbecken, trocknete sie ab, schlüpfte wieder in Schulterhalfter und Jakkett und ging zu meinem Wagen 'runter. Ich fuhr im offenen Cabrio zum Alta Brea Crescent hinüber, und der heiße Wind trocknete mir den Schweiß vom Gesicht. Aber mein Hemd unter der Jacke blieb naß, und das Schweißband meines Hutes war feucht. Um das Sternwoodsche Haus nicht zu früh zu erreichen, machte ich eine kleine Rundfahrt über die Hügel und betrachtete all die Rasensprenger auf all den Rasenflächen. Dort wurde das übliche und allgegenwärtige Braun Südkaliforniens durch Regimenter von Rasensprengern in Schach gehalten.

Um 14 Uhr war ich an der Tür des Sternwoodschen Hauses. Das Dienstmädchen ließ mich ein und führte mich durchs Haus zur Terrasse am Swimming-pool, wo Vivian in einem strahlend weißen Badeanzug auf einer rosa Liege unter einem weiß-rosa Sonnenschirm lag. Sie hatte eine übergroße Sonnenbrille auf und einen Eiskübel mit einer Flasche Champagner in bequemer Reichweite. Vivians Körper war honigfarben gebräunt, und alles was ich sehen konnte, war wunderbar glatt und elastisch.

«Mein Gott, Marlowe», sagte sie zu mir. «Ziehen Sie bei dieser tierischen Hitze doch die Jacke aus.»

«Ich trage eine Waffe», sagte ich.

«Du liebe Güte, das will ich hoffen!» sagte Vivian. «Mich stört das nicht. Vielleicht möchte ich sie sogar mal sehen.»

Ich schälte mich aus meinem Jackett, faltete es zusammen und legte es auf einen Stuhl. Ich ließ mich in den angebotenen Sessel fallen und zog meine Hutkrempe nach vorn, damit die Sonne mir nicht in die Augen schien.

«Was halten Sie von Champagner?» fragte Vivian. «An solchen Tagen lenkt er einen von der Hitze ab, finde ich.»

Sie nahm einen kleinen Schluck aus einem hohen Champagnerkelch.

Feuchtigkeit hatte sich auf der Außenseite des Eiskübels niedergeschlagen, lief daran herunter und hinterließ dünne Spuren auf dem Beschlag.

«Wenn ich in der Sonne Champagner trinke», sagte ich, «bekomme ich gräßliche Kopfschmerzen.»

«Nun ...» Sie lachte und zeigte dabei sehr weiße, völlig gleichmäßige Zähne. «... warum setzen Sie sich dann nicht zu mir unter den Schirm?»

Sie schenkte Champagner ein und gab mir das Glas. Ich nahm es entgegen, drehte es langsam in meinen Händen und beobachtete aufmerksam ihr Gesicht.

«Kennen Sie jemand, der Simpson heißt?»

Sie verschluckte sich nicht an ihrem Champagner, aber nur zehn Generationen eiserner Erziehung bewahrten sie davor. Ihre Gesichtszüge entgleisten einen Augenblick, und dann bekam Vivian sie wieder unter Kontrolle und sagte ganz beiläufig: «Nein, ich glaube nicht.»

Ich nickte, als glaubte ich ihr.

«Warum fragen Sie danach?» wollte sie noch beiläufiger wissen.

«Meinen Informationen nach könnte Carmen bei ihm sein.»

Vivian trank einen Schluck Champagner, vielleicht ein wenig rascher als zuvor.

«Wie war der Name gleich wieder?» fragte sie, als erkundige sie sich nach der Uhrzeit.

«Simpson», sagte ich.

Vivian schüttelte vage den Kopf und schlug mit der flachen Hand leicht auf die gepolsterte Liege neben sich.

«Kommen Sie, setzen Sie sich neben mich, damit Sie nicht mehr so schwitzen müssen», sagte sie.

Ich stand auf und trat in den Schatten und setzte mich zu ihr auf die Liege. Vivian schenkte uns Champagner nach. Sie trank. Mit einem grellroten Fingernagel zeichnete sie die Umrisse meines Revolvers in seinem Halfter nach.

«Beängstigend», sagte sie. «Aber irgendwie faszinierend.»

Ihr Zeigefinger bewegte sich höher, folgte der Linie meiner Schulter und glitt über meinen Unterkiefer.

«Ein dunkles, tödliches Scheusal wie Sie», sagte sie.

«Sie sollten mich mal im Morgenrock mit Entenmuster sehen», sagte ich.

Vivians Lippenstift war knallrot und zog eine breite grelle Wunde in ihr gleichmäßig gebräuntes Gesicht. Aus der Nähe wirkten ihre schwarzen Augen noch heißer. Sie sank an meine Schulter und schlang ihre Arme um mich. Ihr Champagnerglas war irgendwo neben ihr verschwunden. Ihre Hände glitten über meinen Rücken nach oben und wühlten in meinem Nackenhaar. Wir waren jetzt vom Knie bis zur Stirn eng aneinander geschmiegt.

«Zwischen uns ist nicht viel», sagte sie, und ihre Lippen flatterten gegen meine, während sie sprach.

«So könnte man's nennen», sagte ich und mußte mich gewaltig beherrschen, um nicht wie ein Hengst zu wiehern.

«Nur ein dünner Badeanzug», flüsterte sie, «mit Rükkenreißverschluß.»

Ich ließ meine Hand über den Reißverschluß nach

unten gleiten. Sie drängte sich stark gegen mich und preßte ihren Mund auf meinen. So hingen wir in labilem Gleichgewicht am Rand der Liege. Schließlich zog Vivian den Kopf zurück. Ihr Lippenstift war verschmiert.

«Der Reißverschluß!» Ihre Stimme war heiser.

Ich schüttelte den Kopf.

«Nicht so», sagte ich. «Nicht wie ein gutgebauter Bademeister auf der Liege am Pool. Bekomme ich danach ein Trinkgeld?»

Sie bekam große Augen.

«Willst du mich nicht?» fragte sie.

«Doch, ich will dich, aber wenn's um dich und mich geht, nicht wenn du versuchst, mich abzulenken, damit ich nicht weiter nach einem Kerl namens Simpson frage, der möglicherweise deine kleine Schwester hat.»

In ihren Augen stiegen Tränen auf. Wir saßen jetzt beide wieder richtig auf der Liege, obwohl ich mich an keinen Stellungswechsel erinnern konnte. Sie ballte die Fäuste.

«Du bist ein verdammter Dreckskerl, Marlowe! Du arroganter Hundesohn! Meine kleine Schwester! Mein Gott, woher willst du wissen, wie kannst du dir auch nur vorstellen, was es bedeutet, für diese kleine Schwester verantwortlich zu sein?»

«Einen Vorgeschmack davon hab' ich genossen.»

«Einen Vorgeschmack! Ich hab' mein Leben lang Sorgen mit ihr gehabt. Und jetzt bin ich allein für sie verantwortlich. Mein Vater ist tot, was eigentlich nur gut ist. Wäre er hier, würde sie ihm das Herz brechen.»

«Oder wäre sie hier», sagte ich.

Vivian schien jetzt wirklich zu weinen.

«Du hast keine Ahnung, Marlowe, was es heißt, als Frau allein zu sein und zu versuchen, Carmen in Schach zu halten und das Andenken des Generals zu wahren, damit sein Name nicht entehrt wird und er in Frieden ruhen kann.»

«Als ich Simpson erwähnte», sagte ich, «war es, als hättest du eine Maus verschluckt.»

Vivian zog die honigfarbenen Schultern hoch, schlug ihre Hände vors Gesicht und begann zu schluchzen. Sie bebte am ganzen Körper, während sie weinte.

«Zum Teufel mit dir, Marlowe, warum kannst du mich nicht in Ruhe lassen?»

«Ich bin Detektiv, Lady. Das ist mein Beruf. Ich habe einen Klienten. Er hat Anspruch darauf, daß ich mich anständig reinhänge.»

Ohne aufzusehen, ihr Gesicht noch immer in die Hände gedrückt, sagte sie: «Der einzige Simpson, den ich kenne, ist Randolph Simpson.»

«Ist Carmen bei ihm?» fragte ich.

«Das weiß ich nicht.»

«Wo wohnt er?»

«Oberhalb von Malibu», sagte sie. «In den Hügeln.»

«Danke», sagte ich. «Auch für den Champagner.»

«Simpson ist zu stark für dich, Marlowe. Gegen ihn kommst du nicht an.»

«Das hab' ich schon mal gehört», sagte ich. «Und ich lebe immer noch.»

Sie schüttelte den Kopf, die Hände vorm Gesicht.

Mir fiel nichts mehr ein, was ich noch hätte sagen können, deshalb hob ich den Zeigefinger zum Schützengruß und machte kehrt und marschierte davon.

Hinter mir hörte ich, wie sie mich einen Hundesohn nannte. Das hatten schon viele Leute getan. Konnten sich alle irren?

10

Im Telefonbuch stand kein Randolph Simpson. Ich fuhr in die Bibliothek und ging die nach Straßen geordneten Einwohnerverzeichnisse durch. Kein Eintrag. Als nächstes machte ich mich daran, in der Hall of Records die Grundsteuerverzeichnisse durchzusehen, und fand ihn nach drei sehr staubigen Stunden. Randolph Simpson, Sierra Verdugo Road. Ich fuhr ins Büro zurück und sah auf meiner Karte nach. Die Sierra Verdugo Road lag in den Santa Monica Mountains westlich des Topanga Canyons und südlich von Mullholland. Ein Mann, der dort draußen lebte und seinen Namen aus dem Einwohnerverzeichnis heraushielt und seine Telefonnummer nicht eintragen ließ, legte vermutlich keinen Wert auf Besuche von Fremden.

Ich setzte meinen Hut auf und ging zu meinem Wagen hinunter und fuhr los, um ihn zu besuchen.

Die Sierra Verdugo Road durchschnitt die ausgedörrten Hügel, die ihre Bewohner stolz Berge nannten, zwischen Pacific Coast Highway und San Fernando Valley.

Dort draußen wurden noch immer Western gedreht, billige Streifen mit alternden Stars auf müden Pferden, und während ich mich durch die engen Kurven der Straße wand, rechnete ich beinahe damit, hinter der nächsten Biegung eine Horde Indianer auf dem Kriegspfad herangaloppieren zu sehen. Die Hügel waren braun und kahl bis auf niedrige, verkümmerte Pflanzen unbestimmbarer Arten, die sich an die ausgewaschenen Hänge klammerten. Felsblöcke groß wie Außenklos lagen in labiler Schieflage am Straßenrand, als brauchte man sie im Vorbeifahren nur anzutippen, um sie in den Canyon hinabzustürzen.

Westlich des Topanga Canyons führte die Straße langsam in Kehren bergauf, bis sie sich vor einem hohen schmiedeeisernen Tor zu einer planierten Wendefläche erweiterte. Das Tor gehörte zu einer drei Meter hohen Natursteinmauer, die nach beiden Richtungen über die Hügel führte. In die Mauerkrone waren bunte Glasscherben eingemörtelt. Hinter dem Tor erstreckte sich eine weite grüne Rasenfläche, aus der Blumenrabatten und blühende Sträucher hervorstachen. Inmitten der verdorrten Hügel wirkte sie wie der Garten Eden.

Ich parkte den Wagen in der Nähe des Tores und stieg aus und ging darauf zu. Hinter dem Tor stand ein kleines Wachgebäude, das wie eine Miniaturfestung aussah. Ein Mann kam heraus und ging ans Tor. Er sah wie ein ziemlich fieser Buchhalter aus: dunkler Anzug, weißes Hemd, dunkle Krawatte, Sonnenbrille.

«Was kann ich für Sie tun?» sagte er. Sein Haar war kurz und um die Ohren herum sehr sorgfältig getrimmt.

«Ich will zu Randolph Simpson», sagte ich.

Er lächelte höflich und nickte aufmunternd.

«Ich hatte den Eindruck, er wohnt hier», sagte ich.

«Tatsächlich?» fragte er.

«Ich will mit ihm über Carmen Sternwood reden.»

«Tut mir leid, aber Sie haben sich getäuscht, Sir», sagte er.

«Klar», sagte ich. «Ich fahre die ganze Strecke bis hier rauf, ohne zu wissen, daß Simpson hier lebt. Wirklich, ich fahre in meiner Freizeit in L. A. spazieren, klopfe willkürlich an Haustüren und frage nach Randolph Simpson.»

Der Wachmann lächelte höflich wie ein Steuereinnehmer, nur nicht so freundlich.

«Mr. Simpson empfängt keine Besucher», sagte er.

«Vielleicht macht er in meinem Fall eine Ausnahme», sagte ich. «Rufen Sie im Haus an, fragen Sie nach. Sagen Sie ihm, daß Marlowe ihn wegen Carmen Sternwood sprechen will.»

Der Wachmann musterte mich einen Augenblick lang schweigend. Schwer, die richtige Entscheidung zu treffen. Ich konnte wichtig sein, und er konnte Schwierigkeiten bekommen, wenn er mich abwies, ohne nachzufragen. Er faßte einen Entschluß.

«Warten Sie bitte im Wagen», sagte er und ging in seine kleine Wachfestung zurück.

Er blieb etwa fünf Minuten fort, und als er wieder herauskam, begleitete ihn ein zweiter Wachmann. Der trug inklusive Sonnenbrille die gleichen Klamotten, aber er war nahezu kahl und hatte sein restliches bißchen Haar in dünnen Strähnen quer über seine ansonsten haarlose Kopfhaut geklebt.

«Steigen Sie bitte aus», sagte der erste Wachmann. «Legen Sie die Hände aufs Autodach.»

Ich gehorchte, und der glatzköpfige Wachmann tastete mich ab und zog den Revolver unter meinem linken Arm heraus.

«Ihre Visitenkarte, was?»

«Bereit sein ist alles», sagte ich. «Wie ich höre, soll's hier oben Karnickel groß wie Bären geben. Mein Ausweis steckt in der Geldbörse.»

«Dazu wollte ich gerade kommen», sagte der Glatzkopf.

Er betrachtete die Fotokopie meiner Lizenz unter dem Zellophanfenster meiner Geldbörse.

«Privater Schnüffler», sagte er zu seinem Partner. «Aus Hollywood.»

Sein Partner nickte, warf einen Blick in meine Geldbörse und gab sie mir zurück.

«Folgen Sie der Zufahrt», sagte er. «Halten Sie nicht an. Steigen Sie nicht aus. Sie werden vor dem Eingang erwartet.» Er steckte meinen Revolver in die Seitentasche seines dunklen Anzugs.

«Ihre Kanone bewahren wir auf, bis Sie zurückkommen», sagte er. «Damit Sie sich nicht wehtun.»

Ich stieg wieder ein und ließ den Motor meines Wagens an. Die großen Torflügel schwangen auf, und ich fuhr langsam hindurch. Dahinter war alles grüner und farbiger als Träume von Filmstars. Blumen und Springbrunnen gab es im Überfluß, und das Gras unter dem gleichmäßigen Strahl der Rasensprenger glänzte in der stetigen Sonne Südkaliforniens wie ein Billardtisch. Die mit Korallengrus bestreute Zufahrt schlängelte sich weiß und still durch diese übertriebene Landschaft, bis sie das Hauptgebäude erreichte. Der Bau erinnerte an eine blaßgrau verputzte maurische Festung mit Ecktürmen und Schießscharten in Meterabständen entlang der Zinnen.

Ein weiterer harter Bursche in einem dunklen Anzug öffnete mir die Tür und übergab mich einem chinesischen Hausdiener, der mich durch mehrere dunkel getäfelte Räume hindurch zu einem langen Raum führte, in dem in einem übergroßen gekachelten Kamin ein Gasfeuer brannte. In einem riesigen Eichensessel mit üppig geschnitzten Armlehnen saß eine Frau, die gefalteten Hände im Schoß. Sie hatte stahlgraues Haar und dazu passende Augen.

«Ich bin Jean Rudnick», sagte sie. «Teilen Sie mir bitte den Grund Ihres Besuchs mit.»

Sie trug ein männlich strenges graues Kostüm mit Nadelstreifen und eine weiße Bluse und eine schmale, weißgrau gestreifte Krawatte. Ihre Fingernägel waren blaßlila lackiert, und die goldgeränderte Brille vergrößerte ihre Augen so, daß sie ihr Gesicht beherrschten.

«Ich heiße Philip Marlowe», sagte ich. «Ich bin Privatdetektiv und habe den Auftrag, Carmen Sternwood zu finden. Carmen ist aus einem Sanatorium in Beverly Hills verschwunden.»

«Und weshalb möchten Sie Mr. Simpson sprechen?» fragte sie.

«Ich habe erfahren, daß Carmen hier sein soll.»

«Von wem?»

Ich schüttelte den Kopf. «Sorry», sagte ich.

«Mr. Marlowe», sagte sie, und aus ihrem Tonfall sprachen die Müdigkeit und das Überlegenheitsgefühl, das der Tonfall von Leuten annimmt, die zuviel Macht haben und sie viel zu häufig ausüben, «ich weiß nicht, ob Sie wissen, wer ich bin, aber ich bin Mr. Simpsons persönliche Assistentin, und wenn irgend jemand lächerliche Behauptungen in bezug auf irgendeine Frau und Mr. Simpson aufstellt, muß ich darauf bestehen, den Namen des Betreffenden zu erfahren.»

«Woher wissen Sie, daß Carmen eine Frau ist?» fragte ich.

«Wie bitte?»

«Sie haben von Behauptungen in bezug auf Mr. Simpson und irgendeine Frau gesprochen. Wie kommen Sie darauf, daß es um eine Frau geht? Es gibt viele Männer, die Carmen heißen. Carmen Lombardo, Carmen Cavallaro, Carmen ...»

«Bitte, Mr. Marlowe, ich habe keine Zeit für billige Spielchen.»

«Dann spielen Sie sie nicht mit mir, Miss Rudnick.»

«Mrs.»

«Meinen Glückwunsch an Mr.», sagte ich.

«Mr. Rudnick ist verschieden», sagte sie. «Wissen Sie eigentlich, wer Mr. Simpson ist?»

«Wenn ich mich so umsehe», sagte ich, «könnte ich auf Ali Baba tippen.»

«Mein Gott – wie kann man bloß so dumm sein? Sie haben sich auf etwas eingelassen, das Ihre Fähigkeiten übersteigt, und wissen es nicht einmal. Sie haben wirklich keine Ahnung.»

«Yeah», sagte ich. «Manchmal schluchze ich leise in mein'Kopfkissen, wenn ich bloß daran denke. Was ist mit Simpson, kriege ich ihn zu sehen?»

«Bestimmt nicht», sagte Mrs. Rudnick. Der Gedanke schien ihr Herzschmerzen zu bereiten.

«Kennt Simpson jemand, der Sternwood heißt?»

«Ganz bestimmt nicht», sagte Mrs. Rudnick.

Während unseres ganzen Gesprächs saß sie unbeweglich da, die gefalteten Hände im Schoß – wie Königin Victoria.

«Vielleicht kennt er sie und hat's Ihnen nicht erzählt», sagte ich.

Das schien ihre Herzschmerzen zu verstärken.

«Mr. Marlowe», sagte sie, «ich bin Mr. Simpsons *persönliche* Assistentin. Ich genieße sein volles Vertrauen. Würde er jemand namens Sternwood kennen, wüßte auch ich davon.»

«Vivian Sternwood kennt ihn», sagte ich.

«Mr. Marlowe, dieses Gespräch ist zu Ende.»

Sie griff nach der kleinen Messingglocke auf dem Beistelltisch und klingelte diskret.

Die Tür hinter mir wurde geöffnet, und zwei der Anzüge kamen herein.

«Ich möchte, daß Sie mir gut zuhören», sagte Mrs. Rudnick, «und nicht ignorieren, was ich sage, nur weil ich eine Frau bin. Sollten Sie darauf bestehen, Mr. Simpson wegen dieser oder *irgendeiner* Sache weiterhin zu belästigen, werden Sie's für den kümmerlichen Rest Ihres Lebens bereuen.»

«Was Sie sagen, ignoriere ich nicht deshalb, weil Sie eine Frau sind, Mrs. Rudnick», sagte ich. «Ich ignoriere es, weil es mich nicht schreckt. Ihre Jungs in den dunklen Anzügen schrecken mich nicht. Randolph Simpson, wer zum Teufel er auch sein mag, schreckt mich nicht. Und wenn Sie glauben, ich sei bisher lästig gewesen, warten Sie nur ab, bis ich in den Dritten schalte.»

«Ich habe Sie gewarnt, Mr. Marlowe», sagte Jean Rudnick eisig. Ihre Hände blieben in ihrem Schoß gefaltet, und ihre stahlgrauen Augen blinzelten kein einziges Mal, während sie mir nachsah.

Die beiden Anzüge begleiteten mich zu meinem Wagen hinaus und beobachteten ausdruckslos, wie ich einstieg.

Ich startete den Motor und ließ die Kupplung kommen und rollte die Zufahrt hinunter. Beim Wegfahren glaubte ich einen Augenblick lang, hinter einem Fenster im ersten Stock eine Bewegung gesehen zu haben: ganz kurz ein schemenhaftes Gesicht, dann nichts mehr. Ich fuhr den sanft geschwungenen Weg hinunter und durch das schmiedeeiserne Tor hinaus, das sich lautlos hinter mir schloß.

11

Captain Gregory blickte mich traurig über seinen Schreibtisch hinweg an und schüttelte langsam den Kopf.

«Sie haben bessere Aussichten, einen Durchsuchungsbefehl fürs Weiße Haus zu kriegen», sagte Gregory. «Ich habe Ihnen gesagt, daß Bonsentir gute Beziehungen hat. Simpson ist sein Schutzpatron.»

«Bloß weil er hundert Millionen Dollar hat?»

«Bloß deswegen», sagte Gregory. «Ich weiß, daß das nicht so sein sollte, und Sie wissen, daß das nicht so sein sollte, aber Sie und ich sind schon zu lange in der Branche, um zu glauben, daß das hier in den guten alten USA nicht so sein könnte.» – «Obwohl ich Grund zu der Annahme habe, daß sich dort eine Vermißte, vielleicht das Opfer einer Entführung aufhält?»

«Sie haben die Aussage einer nicht ganz zurechnungsfähigen alten Schachtel in einem Sanatorium, die ihre Zeit damit verbringt, Zeug zu lesen, das mich erröten ließe.»

«Und Mrs. Rudnicks Behauptung, sie habe noch nie von den Sternwoods gehört?»

«Vielleicht stimmt das. Vielleicht kennt sie nicht jeden, den ihr Boß kennt. Vielleicht kennt Vivian ihn, ohne daß er sie kennt. Daß sie ihn kennt, bedeutet noch lange nicht, daß er ihre Schwester hat.»

«Verdammt merkwürdiger Zufall», sagte ich. «Die alte Dame in Resthaven erzählt mir, daß Carmen bei 'nem Kerl namens Simpson ist – und Vivian kennt 'nen Kerl namens Simpson.»

«Klar», sagte Gregory. «Ich mag Zufälle auch nicht. Als Cop lernt man, daran zu zweifeln. Aber es gibt sie, ob es uns paßt oder nicht. Und selbst wenn Sie und ich und der Oberbürgermeister sie alle dort gesehen haben, kriegen Sie in diesem County trotzdem keinen Durchsuchungsbefehl für Randolph Simpsons Haus.»

«Stehen Sie auch auf seiner Gehaltsliste, Captain?» sagte ich.

Gregory setzte sich behaglich im Sessel zurecht und wühlte in seinem Jackett nach Pfeife und Tabak.

«Klar», sagte er. «Ich bin bloß ein dummer, bestechlicher Cop. Jeder kann mich kaufen. Ich kriege das Geld säckeweise ins Haus geschleppt. Deshalb fahre ich 'ne zehn Jahre alte Schrottkiste und wohne in einem zu kleinen Haus und spendiere meiner Alten vielleicht einmal im Monat 'ne Enchilada und ein kleines Bier.»

«Vergessen Sie, daß ich das gesagt habe», sagte ich.

«Ich versuche, einigermaßen ehrlich zu bleiben, Marlowe. Und ich versuche, meine Arbeit zu machen. Aber ich muß einen Jungen studieren lassen, und ich muß an meine Altersversorgung denken. Ich tue, was ich kann.»

«Klar», sagte ich.

«Sie haben nicht vor, die Finger von dieser Sache zu lassen, was, Marlowe?»

«Damit verdiene ich mir meinen Lebensunterhalt, Captain. Leute engagieren mich, damit ich tue, was die Cops nicht tun oder tun wollen. Unerledigte Fälle würden meinem Ruf schaden. Mein einziges Verkaufsargument ist, daß ich nie aufgebe, daß ich jeden Fall zu Ende bringe, verstehen Sie?»

Gregory nickte. Er hatte seine Pfeife gestopft und zündete sie jetzt so sorgfältig an, wie er stets alles tat. Als wäre das die wichtigste Handlung dieses Tages, vielleicht seines ganzen Lebens.

«Ich helfe Ihnen, wo ich kann, mein Sohn. Aber viel dürfen Sie nicht erwarten.»

«Das habe ich nie getan, Captain.»

Gregory nickte erneut und nahm einen tiefen Zug aus seiner Pfeife und stieß den Rauch in einer langsamen Wolke aus, die zwischen uns hing. Er hob eine Pranke und wedelte damit, um den Qualm zu zerteilen.

«Haben Sie hier Angehörige?» sagte er.

«Nein», sagte ich. «Wollen Sie mir noch was über Simpson erzählen – außer wie reich er ist?»

«Nö», sagte Gregory. «Sie wissen schon mehr, als Sie wissen sollten.»

«Danke, daß Sie mir Mut gemacht haben, Captain. Hoffentlich genießen Sie Ihre Pension.»

«Hauen Sie ab, Marlowe», sagte Gregory. «Ich bin's müde, mit Ihnen zu reden.»

«Tut mir leid, Ihr Nickerchen gestört zu haben», sagte ich und wandte mich ab und verließ sein Dienstzimmer.

Draußen stieg die Hitze wie eine Fata Morgana schimmernd vom Gehsteig auf. Sie machte den Asphalt der Straßen weich. Ich fuhr mit offenem Dach und dem heißen Wind im Gesicht auf dem Sunset Boulevard nach Hollywood zurück.

12

Es war heiß. Die Fenster meines Büros standen offen, aber der einzige Effekt war die Einsicht, daß es draußen ebenso heiß war. Die Hitze lähmte alles. Auf dem Boulevard herrschte nur schwacher Verkehr, und die wenigen Passanten gingen langsam und blieben im heißen Schatten, wenn sie welchen finden konnten. Der Himmel war wolkenlos und blauer als Kornblumen. Ich hatte Jackett und Weste ausgezogen und ging von Zeit zu Zeit ans Waschbecken, um mir lauwarmes Leitungswasser über Gesicht und Nacken laufen zu lassen.

Dies war die Art Hitze, in der Familienmitglieder einander an die Kehle zu gehen drohen, in der unscheinbare kleine Buchhalter wütend gegen ihren Boß aufbegehren, in der aus Gereiztheit Zorn, aus Zorn Mord und aus Mord Gemetzel wird.

Mein Telefon klingelte. Der Anrufer war Bernie Ohls, der Chef-Ermittler des Staatsanwalts.

«Muß zu 'nem Mord am Beverly Glen», sagte er. «Beim Stone Canyon Reservoir. Ich dachte, Sie würden vielleicht mitfahren und sich umsehen wollen.»

«Jedenfalls besser, als hier langsam geröstet zu werden», sagte ich.

Als Ohls zehn Minuten später vorbeikam, wartete ich draußen an der Ecke zum Cahuenga Boulevard. Er schien es nicht eilig zu haben. Er schaltete seine Sirene nicht ein, während wir den Boulevard nach Westen in Richtung Beverly Glen hinunterrollten.

Ohls war ein mittelgroßer blonder Mann mit buschigen weißblonden Augenbrauen, ruhigen Augen und gepflegten gleichmäßigen Zähnen. Er sah wie die meisten mittelgroßen Männer aus, aber ich wußte, daß er mindestens neun Kerle umgelegt hatte – drei davon, als jemand dachte, er werde in Schach gehalten. Er rauchte ein Zigarillo.

«In einem ausgetrockneten Bachbett am Glen, ungefähr hundert Meter von der Straße, ist die zerstückelte Leiche einer Frau gefunden worden. Weil nicht viel Blut da ist und einige Körperteile fehlen, scheint sie anderswo zerstückelt und dorthin geschafft worden zu sein.» Ohls paffte sein Zigarillo, und der heiße Fahrtwind zog die Rauchschwaden aus dem Fenster. «Da die Leiche nicht vollständig ist, dürften die fehlenden Teile vermutlich irgendwo anders abgeladen worden sein.»

Ich spürte die Wirkung der Schwerkraft ganz unten im Magen.

«Ist sie schon identifiziert?» sagte ich.

«Schwer zu machen», sagte Ohls. «Ihr Kopf und beide Hände fehlen.»

«Warum haben Sie mich dann zum Mitfahren eingeladen? Aus Sehnsucht nach mir?»

«Ich habe gehört, daß Sie Carmen Sternwood suchen», sagte Ohls.

Das bleischwere Gefühl in meinem Magen verstärkte sich.

«Mmh-hmm.»

«Neben der Toten hat eine Handtasche gelegen. Selbstverständlich ohne Ausweise, aber wer sie ausgeräumt hat, hat ein Zündholzbriefchen übersehen. Innen auf dem Umschlag steht eine Telefonnummer.»

«Carmens?» fragte ich.

Ohls nickte.

«Einer der Uniformierten hat die Nummer sofort angerufen und überprüft.»

«Ich dachte, das sollten sie den Kriminalbeamten überlassen», sagte ich.

Ohls grinste. «Vielleicht will der Junge mal Chefinspektor werden», sagte er.

Fast oben am Beverly Glen, bevor man zum Mullholland Drive abbiegt, parkten vier schwarz-weiße Streifenwagen der L. A. Police und zwei Fahrzeuge von Deputy Sheriffs. Dahinter standen ein Krankenwagen mit offenen Hecktüren und ein Rettungswagen der Feuerwehr aus L. A. County mit noch eingeschaltetem Blinklicht. Ohls parkte hinter dem Krankenwagen und wies dem schwitzenden Cop, der den Verkehr regelte, kurz seine Plakette vor. Dann kletterten er und ich den Hang hinunter – durch Gestrüpp, verkümmerte Pinien und dornige Ranken, die zwischen ihnen wuchsen.

Der Duft von Unterholz und alten Piniennadeln mischte sich mit dem schärferen Geruch abfallender Eukalyptusblätter. Am Fuß des Hanges erreichten wir ein ausgetrocknetes Bachbett, in dem sich ein halbes Dutzend Angehöriger des öffentlichen Dienstes von L. A. County aufhielt, darunter auch ein Gerichtsarzt im weißen Kittel über Weste und Krawatte. Er war ein fetter Kerl, dessen

Stiernacken über seinen Hemdkragen quoll, und sein Gewicht war hochrot, als er sich aus der Hocke neben einer Gestalt aufrichtete, die mit einer Plane zugedeckt war.

Er kannte Ohls.

«Wirklich scheußliche Sache, Lieutenant», sagte er. Dabei schüttelte er angewidert den Kopf und schlug langsam eine Ecke der Plane zurück. «Der Kerl hat nicht mal scharfes Werkzeug gehabt», sagte er.

Unter der Plane lag die untere Hälfte eines Frauentorsos mit nur einem Bein.

Ohls zeigte keine Reaktion.

Der Gerichtsarzt zog die Plane wieder über die Leiche.

«Dort drüben liegen ein paar weitere Teile.» Er nickte zu einer zweiten Plane hinüber. «Wir haben alles so gelassen, wie wir's vorgefunden haben.»

«Wunderbar», sagte Ohls.

«Wollen Sie einen Blick drauf werfen?»

«Nicht jetzt gleich», sagte Ohls. «Wissen Sie schon was?»

«Die Frau ist tot», sagte der Gerichtsarzt.

«Macht jeden Fall gleich heiterer», sagte Ohls, «wenn der Gerichtsarzt ein Spaßvogel ist.»

Der Mediziner lachte vor sich hin, wobei sein Stiernakken etwas über den Kragen schwabbelte.

«Verdammt viel mehr weiß ich vorläufig noch nicht.»

«Todesursache?» fragte Ohls. «Außer daß sie wie'n Brathähnchen tranchiert wurde.»

«Läßt sich erst feststellen, wenn wir alle Teile gefunden

haben», sagte der Gerichtsarzt. «Weiß nicht, ob sie noch gelebt hat, als sie zerstückelt wurde.»

Der Lieutenant schüttelte heftig den Kopf, als habe er eine Biene im Ohr.

«Identität?» fragte er.

«Eine Weiße, nach dem, was wir haben, keine alte Frau. So um die dreißig, höchstens eine guterhaltene Vierzigerin. Ihre Haut ist noch ziemlich straff, soweit welche da ist.»

«Wissen Sie schon, wann ungefähr?»

Der Gerichtsarzt schüttelte den Kopf.

«Längstens vor ein paar Tagen, falls sie kurz nach ihrer Ermordung hier abgeladen und nicht irgendwo im Kühlschrank aufbewahrt worden ist. Mehr kann ich vorläufig nicht sagen.» Er warf einen Blick auf die Plane zu seinen Füßen. «Immerhin haben wir den Magen, so daß wir Vermutungen anstellen können, die davon abhängen, was und wann sie zuletzt gegessen hat, aber auch damit kommen wir nicht viel weiter. Die Leichenteile sind völlig blutlos. Das erschwert unsere Untersuchungen gewaltig.»

«Jammerschade», sagte Ohls. «Irgendwelche Ideen, Marlowe? Könnte sie die kleine Sternwood sein?»

«Ihre Hautfarbe?» fragte ich.

Der Gerichtsarzt bückte sich nach der Plane. «Dunkel, würde ich sagen. Hier, sehen Sie selbst.»

«Nein, danke», sagte ich. «Das habe ich auch vermutet. Ist sie schlank gewesen?»

Der Gerichtsarzt zuckte mit den Schultern, ohne die Plane loszulassen. Er schlug sie erneut zurück. Ich sah weg. Aus dem Augenwinkel heraus beobachtete ich, wie er mit Daumen und Zeigefinger in das eine Bein kniff. Ich sah noch angestrengter weg.

«Nein», sagte er. «Ich denke, daß sie kräftig gewesen ist – nicht etwa dick, verstehen Sie, aber stramm, wenn Sie wissen, was ich meine. Sagen wir mal wie Mae West.»

«Dann ist sie keines der Sternwood-Mädchen», sagte ich.

«Die Körperbehaarung ist schwarz», sagte der Gerichtsarzt.

«Carmen ist blond», sagte ich.

Ohls nickte.

«Wer hat sie gefunden?» fragte er einen der Deputy Sheriffs.

«Zwölfjährige aus der High School haben ein paar Flaschen Bier gehabt», sagte der Deputy. «Als sie den Hang runtergerutscht sind, um unter den Bäumen zu trinken, sind sie über sie gestolpert. Mit ihrer heimlichen Trinkerei dürfte's jetzt für einige Zeit vorbei sein.»

«Immerhin ein Vorteil», sagte Ohls. «Lassen Sie mich mit ihnen reden – und mit dem Beamten, der das Zündholzbriefchen gefunden hat.»

Er kletterte wieder zur Straße hinauf, und ich blieb hinter ihm. Bis ich die Fahrbahn erreicht hatte, war mein Kragen feucht, und ich spürte, wie mir Schweißtropfen das Rückgrat hinabliefen. Ich lehnte am Auto, während Ohls mit den verängstigten Jungen und dem jungen Cop aus L. A. sprach, der die Handtasche mit dem Zündholzbriefchen gefunden hatte.

Etwas über uns lag der Hügelkamm, von dem aus die Schlucht Beverly Glen sich zu Tal schlängelte. Ventura, Sherman Oaks, Leute in Ranchhäusern mit zwei Schlafzimmern und GI-Hypotheken. Leute mit Kindern, die von der Arbeit heimkamen, sich zum Abendessen hinsetzten, die über ihren Job und das Wetter und Baseball und Aktienkurse redeten. Keiner von ihnen dachte an einen weiblichen Halbtorso, der einbeinig und ausgeblutet in der Laubschicht lag, die den Boden eines trokkenen Bachbetts am Beverly Glen bedeckte. Keiner von ihnen sprach davon oder dachte daran. Aber ich tat es – und ich würde noch lange daran denken.

Als Ohls mit den Zeugen fertig war, kam er zu seinem Wagen zurück. Er nickte mir zu, und wir stiegen ein, wendeten und fuhren in Richtung Hollywood davon.

«Warum erzählen Sie mir nicht einfach, was Sie bisher im Fall Carmen Sternwood unternommen haben?»

Ich erzählte ihm alles, was ich wußte – bis auf die Sache mit Eddie Mars und Vivian. Die ließ ich aus, ohne einen besonderen Grund dafür zu haben, außer daß Cops nicht alles zu wissen brauchen. Und irgendwie widerstrebte es mir auch, ihm von Vivians Beziehung zu Eddie Mars zu erzählen.

«Dieser Bonsentir», sagte Ohls, «hat also genug Einfluß, um Ermittlungen blockieren zu können?»

«Das sagt er jedenfalls.»

«Und Al Gregory sagt's auch?»

«Yeah», sagte ich.

«Und er residiert droben im Coldwater Canyon?» sagte Ohls.

«Yeah.»

Ohls wendete mit quietschenden Reifen und fuhr den Beverly Drive hinauf.

«Kommen Sie, wir klingeln mal bei ihm», sagte Ohls dabei.

13

Ohls zeigte dem Kerl mit dem öligen Haar, der an die Tür gekommen war, seine Plakette und sagte, er wolle zu Dr. Bonsentir. Der Pomadige warf mir einen scheelen Blick zu und sagte zu Ohls: «Darf ich fragen, worum's geht, Officer?»

«Lieutenant», sagte Ohls, «nicht Officer. Und es geht um 'ne Polizeisache, die nicht Ihre Sache ist, also beeilen Sie sich gefälligst.»

Der Mann mit dem öligen Haar führte uns in die Eingangshalle und entschuldigte sich und marschierte mit steifen Schultern davon.

«Sie haben ihn gekränkt», sagte ich.

«Das tue ich manchmal», sagte Ohls.

Nachdem wir einige Minuten lang vor dem Gründerporträt gewartet hatten, kam der Pomadige mit seiner Kränkung zurück in die Eingangshalle. Begleitet wurde er von dem Jungen vom Body-Building-Strand, den ich zuletzt auf einer Liege am Swimming-pool schnarchen gehört hatte.

Er starrte mich durchdringend an, bevor er zu Ohls sagte: «Was wollen Sie, Lieutenant?»

Ohls wirkte müde.

«Nicht Sie», sagte er zu dem Beachboy. «Wollte ich Sie, würde ich nach Venice rausfahren. Von Ihrer Sorte könnte ich in Venice fünfzig kriegen.»

«Glauben Sie?» fragte der Beachboy.

«Hören Sie, Sonny, wenn Sie in die Stadt mitkommen und im Hinterzimmer, wo die Jungs ihre Spielchen machen, 'ne Abreibung kriegen wollen, brauchen Sie nur weiter mit mir zu reden, als wäre ich kein Cop. Ich will Ihren Boß sprechen – und zwar verdammt schnell!»

Der Beachboy lief rot an, aber er sagte nichts. Er machte kehrt und verschwand durch die große Tür, die in Bonsentirs Büro führte, und kam nach einer Minute zurück und machte uns ein Zeichen, ihm zu folgen.

Bonsentir saß wieder an seinem Schreibtisch. Mit korrekt gebundener Krawatte, zugeknöpfter Weste und makellos weißem Arztkittel. Er telefonierte gerade. Als wir hereinkamen, legte er auf.

«Ich habe sehr wenig Zeit», sagte er. «Machen Sie's bitte so kurz wie möglich.»

«Ich ermittle wegen Mordes», sagte Ohls. «Marlowe ist mir dabei behilflich. Keine so bedeutsame Tätigkeit wie die Ihre, aber sie verhindert, daß ich in Billardsalons rumhänge. Carmen kommt in der Mordsache als Zeugin in Frage, und ich möchte sie vernehmen.»

«Tut mir leid, Lieutenant... Ohls, nicht wahr? Wir haben Miss Sternwood entlassen können.»

«In wessen Obhut?» fragte ich.

«In ihre eigene, Mr. Marlowe.» Bonsentir lächelte gönnerhaft. Er hielt seine Fingerspitzen etwas unterhalb des Kinns aneinandergedrückt.

«Sie ist vollständig von ihren Problemen geheilt.»

«Was ist mit Mrs. Swayze?» fragte ich. «Dann reden wir mit ihr.»

«Auch Mrs. Swayze ist entlassen worden», sagte Bonsentir. «Wir haben große Erfolge bei dem Bestreben, unsere Patienten wieder in ein normales, gesundes Leben einzugliedern.»

«Darauf möchte ich wetten», sagte Ohls.

«Haben Sie Mrs. Swayze wirklich sich selbst überlassen?» fragte ich.

«Gewiß. Sie ist eine erwachsene Frau ohne weitere psychische Störungen.»

«Ich glaube, wir sehen uns mal ein bißchen bei Ihnen um», sagte Ohls.

«Ohne Durchsuchungsbefehl?» fragte Bonsentir.

«Nun ja», sagte Ohls.

Das Telefon klingelte. Bonsentir griff nach dem Hörer und meldete sich. Dann hörte er einen Augenblick zu und sah dabei zu Ohls hinüber. Er hielt ihm den Hörer hin.

«Für Sie, Lieutenant», sagte er. Seine Miene war geradezu gütig.

Ohls griff nach dem Hörer und hielt ihn ans Ohr. Sein Gesichtsausdruck blieb unverändert. Er hörte schweigend zu.

«Wird gemacht», sagte er dann und gab Bonsentir den Hörer zurück, damit er auflegen konnte.

«Sind Sie zufrieden, Lieutenant?» fragte Bonsentir.

Ohls ignorierte ihn.

«Kommen Sie, Marlowe», sagte Ohls. «Wir fahren.»

Ich zog die Augenbrauen hoch.

«Einfach so?» sagte ich.

«Einfach so», sagte Ohls. «Sie haben verdammt gute Beziehungen», sagte er zu Bonsentir. «Aber das heißt noch längst nicht, daß ich mit Ihnen fertig bin.»

Bonsentir nickte über seine aneinandergelegten Fingerspitzen hinweg.

«Race», sagte er zu dem Beachboy, «bringen Sie diese Gentlemen hinaus.»

Der Beachboy trat vor und faßte Ohls am Arm.

«Los», sagte er, «mitkommen!»

Mit einem fast nachlässigen Handkantenschlag seiner Rechten traf Ohls den Adamsapfel des Beachboys. Dann wandte er sich wie gedankenverloren ab und packte mit seiner Linken das rechte Handgelenk des Beachboys. Er schob die Rechte unter die Achsel des Beachboys, lehnte sich mit seiner rechten Schulter hinein und warf den Beachboy in den Kamin.

«Danke, wir finden selbst hinaus», sagte Ohls und verließ den Raum. Ich bedachte Bonsentir mit einem freundlichen Lächeln. Und folgte Ohls hinaus.

14

Taggart Wilde, der Staatsanwalt, für den ich früher gearbeitet hatte, war ein rundlicher Mann mit klaren blauen Augen, die es schafften, freundlich und ausdruckslos zugleich zu wirken. Er stammte aus einer alteingesessenen Familie und war schon ziemlich lange Staatsanwalt. Ohls und ich saßen in seinem Büro, während Wilde sich eine dünne, gefleckte Zigarre anzündete und seine Füße in genau die richtige Position auf der herausgezogenen unteren Schublade seines massiven Eichenschreibtischs brachte. An den Bürowänden hingen dunkle Porträts von ernsten Männern in Anzügen. Wahrscheinlich Wildes Amtsvorgänger, obwohl sie auch seine Verwandten hätten sein können.

«Das bedeutet nicht, daß Bonsentir nicht beizukommen ist, Bernie», sagte Wilde. «Dazu gibt's immer Möglichkeiten. Aber es bedeutet, daß Sie nicht einfach rauffahren und seine Bude auf den Kopf stellen können, wenn Sie Lust dazu haben. All das dürfte Sie nicht überraschen.»

«Es überrascht mich nicht», sagte Ohls ruhig. «Aber ich muß es ja nicht mögen.»

«Nein, das müssen Sie nicht», sagte Wilde. «Zum Teufel, Bernie, mir gefällt's auch nicht sonderlich. Aber wir leben in einem großen, freien Land mit rauhen Sitten, und so werden Großstädte heutzutage nun mal verwaltet.»

«Von wem kommt die Kohle?» fragte ich.

Wilde schüttelte den Kopf.

«Ihre Frage geht am Thema vorbei, Marlowe», sagte er. «So einfach ist die Sache nicht.»

«Was wissen Sie über Randolph Simpson?» fragte ich.

Wildes Gesicht erstarrte. «Was ist mit Randolph Simpson?» fragte er.

«Mrs. Swayze, die jetzt angeblich entlassen worden ist, hat mir erzählt, daß Carmen bei ihm ist», sagte ich. «Vivian hat mir gesagt, daß sie ihn kennt. Ich bin bei ihm oben gewesen, aber nicht zu ihm vorgedrungen. Bei jeder Erwähnung seines Namens machen die Leute ein Gesicht, wie Sie's jetzt machen.»

Wilde nahm seine Zigarre aus dem Mund und betrachtete ihr glühendes Ende und steckte sie wieder zwischen die Lippen. Er faltete die Hände hinter dem Kopf und sah zur Zimmerdecke auf und hielt seinen gefederten Drehstuhl bei übereinandergeschlagenen Beinen mit einem seiner in Oxfords steckenden Füße im Gleichgewicht. So wippte er mehrmals vor und zurück.

«Randolph Simpson ist Bonsentirs Schutzpatron», sagte Wilde schließlich.

«Das weiß ich», sagte ich. «Er lebt in einer Art Schloß droben in den Santa Monica Mountains.»

Wilde, der noch immer zur Zimmerdecke aufsah, nickte langsam.

«Einfach nur zu sagen, daß Simpson reich ist, erklärt gar nichts», sagte der Staatsanwalt. «Spricht man von einem Mann wie Simpson, ist das ein bedeutungsloser Ausdruck. Er ist reicher als manche Staaten. Er verfügt über Möglichkeiten, die der Besitz von so viel Geld mit sich bringt. Er kann buchstäblich alles kaufen.»

«Und hat's getan», sagte ich.

«Ich bin Wahlbeamter, Marlowe. Ich versuche, meine Arbeit so anständig zu tun, wie man mich läßt. Zugleich bin ich jedoch Teil einer größeren Verwaltung und eines gesellschaftlichen Ganzen und als solcher in meinen Entscheidungen nicht völlig frei.»

«Klar», sagte ich.

«Damit haben Sie sich nicht abfinden können, als Sie hier gearbeitet haben», fuhr Wilde fort. «Ich habe Verständnis dafür und kann es respektieren. Soll ein Gemeinwesen jedoch funktionieren, muß es auch Leute geben, die es ertragen können, innerhalb eines Systems zu arbeiten – und sei es noch so vorbelastet.»

«Muß ich salutieren?» fragte ich. «Vielleicht strammstehen und den ‹Yankee Doodle› singen?»

Wildes Fuß glitt von der Schublade, und sein Stuhl kippte nach vorn, und seine Augen befanden sich plötzlich in gleicher Höhe wie meine.

«Nein», knurrte er, «aber Sie könnten stillsitzen und zuhören und sich merken, was es über Simpson zu erfahren gibt. Auch für Lieutenant Ohls gelten viele der Zwänge, unter denen ich stehe. Aber nicht für Sie.»

Ich lehnte mich in meinen Sessel zurück und holte eine Zigarette heraus und zündete sie an. Ohls grinste zu mir hinüber.

«Mit einundzwanzig Jahren hat Randolph Simpson ein unvorstellbares Vermögen geerbt», sagte Wilde. «Hauptsächlich Ölvorkommen – daher kennt er die Sternwoods – und ein paar Fabriken. Er hat es binnen zehn Jahren verdreifacht und in den folgenden fünf Jahren erneut verdoppelt. Er spielt regelmäßig Golf mit dem Speaker der kalifornischen Nationalversammlung. Sein Cousin ist der dienstältere Senator aus Kalifornien, und der Präsident der Vereinigten Staaten kommt jedes Jahr mehrmals mit ihm her und ist dann Gast auf einem Landsitz, den Simpson in der Wüste hat. Er unterstützt die Wahlkämpfe aller dieser Leute regelmäßig und großzügig – und hat auch eine offene Hand für hundert Abgeordnete und Stadträte und Bezirksvorsteher auf allen Ebenen, von denen Sie und ich vielleicht nie gehört haben, aber die an den Schalthebeln sitzen, die in dieser Stadt etwas bewegen.»

Wilde inhalierte genüßlich etwas Rauch, ließ ihn langsam entweichen und beobachtete zufrieden, wie er in bläulichen Schwaden über seinem Schreibtisch hing. Draußen ging der Nachmittag allmählich in den Abend über. Der Staatsanwalt sprach weiter.

«Es hat ein paar Ehen gegeben, die aber scheiterten und durch eine Abfindung geregelt wurden, wie er alles mit Geld regelt. Eine der Ehefrauen hat ihn wegen Körperverletzung angezeigt, aber daraus ist nie was geworden. Ich weiß nicht, ob Simpson sie mit Geld oder Drohungen in die Enge getrieben hat, oder ob er ihr einfach hat das Maul stopfen lassen. Wahrscheinlich hat er mit allen drei Methoden gearbeitet.

Vor ein paar Jahren hat's in einem Restaurant in Bay

City eine Auseinandersetzung gegeben, weil irgendein Tourist ihn fotografieren wollte, worauf Simpsons Leibwächter massiv geworden sind. Aber auch daraus ist nichts geworden. Wie ich gehört habe, hat er eigenartige sexuelle Vorlieben, die sich teilweise außerhalb der Legalität bewegen dürften. Aber bisher ist es noch niemand gelungen, ihn deswegen unter Anklage zu stellen oder gar vor Gericht zu bringen.»

«Was für sexuelle Vorlieben?» fragte ich.

Wilde paffte erneut zufrieden an seiner Zigarre. Er stieß behutsam den Rauch aus. Als nächstes nahm er die Zigarre aus dem Mund und betrachtete sie, als wolle er sich davon überzeugen, daß sie so gut aussah, wie sie sich rauchte. Dann sagte er: «Sadomasochistische.»

«Damit könnte er ausgezeichnet zu unserer kleinen Carmen passen», sagte Ohls.

«Ausgezeichnet», sagte ich.

«Er ist ein sehr gefährlicher Mann, Marlowe», sagte Wilde. «Wir können Ihnen nicht helfen, außer Sie haben so eindeutiges Beweismaterial, daß er's nicht durch Bestechung oder durch Drohungen beseitigen oder unterschlagen oder begraben kann.»

«Oder Sie», sagte Ohls.

«Geben Sie's auf, mir Mut machen zu wollen, Bernie», sagte ich.

«Sie können nicht allein gegen ihn ankämpfen», sagte Wilde. «Und weder Lieutenant Ohls noch ich können Ihnen helfen, bevor Sie unwiderlegbare Beweise für irgendwelche Straftaten haben, die er verübt haben mag.»

«Das klingt ganz so, als wollten Sie, daß ich diesen Kerl für Sie zur Strecke bringe», sagte ich.

Wilde lächelte, ohne ein Wort zu sagen. Ich sah zu Ohls hinüber. Er hatte eins seiner Zigarillos aus der Blechdose geschüttelt, in der sie geliefert wurden, und war dabei, es anzuzünden.

«Wer hat hier so was gesagt, Schnüffler?» fragte Ohls. «Ich habe nichts dergleichen gehört. Von uns haben Sie bloß die Erlaubnis gekriegt, weiter nach dem Mädchen zu suchen, wofür Sie schließlich engagiert worden sind.»

«Dazu brauche ich Ihre Erlaubnis nicht», sagte ich.

«Um so besser», sagte Ohls. «Warum, zum Teufel, verschwinden Sie dann nicht und fangen an zu suchen?»

Ich stand auf.

«Ihr Jungs seid 'ne Lachnummer», sagte ich. «Vielen Dank für gar nichts.»

«Seien Sie vorsichtig, Marlowe», sagte Wilde.

«Klar doch», sagte ich.

Ohls grinste mich humorlos an, ohne seine Minizigarre aus dem Mund zu nehmen.

«Sie können jederzeit anrufen, Schnüffler», sagte er.

Ich machte kehrt und verließ Wildes Büro und ging auf die Straße hinunter und hielt ein Taxi an, um mich zu meinem Wagen fahren zu lassen.

15

Damals wohnte ich im Hobart Arms an der Franklin Avenue unmittelbar westlich des Kenmore Boulevards. Dorthin fuhr ich, nachdem ich meinen Wagen abgeholt hatte. Gefunden – und dann wieder verloren – hatte ich eine nicht ganz zurechnungsfähige alte Dame, die ihr Haus zu sehen versuchte, sowie Teile einer weiteren Dame. Ebenfalls gefunden hatte ich Taggert Wilde, Bernie Ohls und Dr. Bonsentir. Sogar Randolph Simpson hatte ich gefunden, auch wenn mir das nichts genützt hatte. Leider hatte ich sie alle gar nicht finden sollen. Ich sollte Carmen Sternwood finden und stellte allmählich einen Rekord im Nichtfinden auf.

Die Luft in meinem Apartment roch abgestanden: der Geruch von leeren Wohnungen, in denen niemand lebt. Das war ein Geruch, den ich gut kannte, obwohl ich mich niemals an ihn hatte gewöhnen können. Ich machte einen Rundgang und öffnete die Fenster, so daß die heiße Luft in vage Bewegung geriet. An der Atmosphäre drinnen änderte das nicht viel. Andererseits war die draußen auch nicht gerade verlockend.

Ich holte eine Flasche Vat 69 aus dem Kühlschrank und machte mir einen großen Scotch mit Wasser und nahm das Glas ins Wohnzimmer mit und starrte auf die Franklin Avenue hinunter. Am Randstein parkten dieselben Autos wie immer. Ich hatte sie schon oft an Spätnachmittagen angestarrt – mit einem Drink in der Hand und allein. Die Straße lag tief genug, daß nicht viel Lärm nach oben drang; hauptsächlich hörte ich die fast greifbare Stille hinter mir im Raum, die in der Abendsonne dieses Sommertages wie die Hitzewellen flirrte, die von der Avenue aufstiegen. Ist man lange genug allein, gewöhnt man sich an sie. Beinahe.

Etwa einen halben Block weit entfernt auf der gegenüberliegenden Straßenseite in Richtung Alexandria Street parkte ein Wagen, der aus dem Raster fiel, das meine Augen wie selbstverständlich erwarteten. Er war größer und neuer als die sonst in meiner Gegend parkenden Autos, und sein Motor lief im Leerlauf. Ich sah genauer hin, aber die Abendsonne, die sich in der Windschutzscheibe spiegelte, gestattete keinen Blick ins Innere des Wagens. Ich beobachtete ihn einige Zeit, während ich gelegentlich einen kleinen Schluck von meinem Drink nahm.

Als das Glas leer war, ging ich wieder hinein und machte mir einen neuen Drink und warf einen Blick auf die Schachpartie, die auf dem Tisch aufgebaut war. Sie interessierte mich nicht. Damen und Könige und Springer erschienen mir bedeutungslos. Eine gewisse Verwandtschaft empfand ich nur zu den Bauern. Ich trank noch einen kleinen Schluck und trat wieder ans Fenster und sah erneut hinaus. Der Buick war noch dort. Das war in Ordnung. Ich war noch hier.

Es mußte irgendeinen Grund dafür geben, daß eine verstümmelte Frauenleiche mit der Telefonnummer der Sternwoods in ihrer Handtasche auftauchte. Jeder nahm an, das sei Carmens Nummer, aber sie gehörte ebenso

Vivian. Zum Teufel, unter dieser Nummer waren sogar Norris und das Dienstmädchen mit dem Pferdegesicht zu erreichen! Trotzdem kam in erster Linie Carmen in Frage. Das war immerhin ein Aspekt, der logisch war, falls Carmen und die zerstückelte Unbekannte sich im Sanatorium Resthaven über den Weg gelaufen waren. Oder vielleicht waren sie beide mit Randolph Simpson befreundet gewesen oder hatten sich bei der May Company beim Schürzenanprobieren kennengelernt und augenblicklich sympathisch gefunden.

Mein Glas war wieder leer. Ich ging in die Küche hinaus und spülte es ab und stellte es weg. Danach betrachtete ich nochmals die Schachpartie, schüttelte den Kopf, trat erneut ans Fenster und starrte eine Zeitlang auf den schwarzen Buick hinunter. Und dann klingelte das Telefon.

Die Stimme, die sich meldete, gehörte Vincent Norris.

«Mr. Marlowe, Mrs. Regan legt großen Wert darauf, Sie heute abend zu sprechen. Wenn Sie vorbeikommen könnten, sobald Sie Zeit haben.»

«Sind die Cops dagewesen?» fragte ich.

«Das kann man wohl sagen, Sir. Und Mrs. Regan ist seit ihrem Besuch sichtlich verstört. Ich muß Sie drängen, bald vorbeizukommen, Sir.»

«Sie sind mein Auftraggeber, Norris. Sie drängen, ich komme.»

«Ganz recht, Sir. Danke, Sir.»

«Bestellen Sie Mrs. Regan, daß ich komme, sobald

ich meine Verabredung mit der Countess of Columbia abgesagt habe», sagte ich.

«Ich hoffe, daß die Countess das verstehen wird, Sir.»

«Yeah», sagte ich. «Das tut sie bestimmt.»

Ich legte auf und holte meinen Revolver aus einer Schreibtischschublade und schlüpfte ins Schulterhalfter. Dann ging ich hinunter und stieg in mein Auto und fuhr auf der Franklin Avenue an dem Buick vorbei nach Westen. Als ich die Normandie Street erreicht hatte, war der Buick schon hinter mir, und dort blieb er auf der gesamten Strecke bis zum Alta Brea Crescent.

Das war eine kompetente Beschattung durch einen Kerl, den es nicht zu kümmern schien, ob ich auf ihn aufmerksam wurde. Er blieb mir auf den Fersen, aber nie mehr als zwei Wagenlängen entfernt, und er versuchte nicht, näher heranzukommen. Anscheinend wollte er nur wissen, wohin ich unterwegs war. Nach dem Alta Brea Crescent wußte ich's selbst nicht mehr.

16

Vivian Sternwoods Boudoir war noch immer zu weiß und zu hoch und zu groß. Und die Vorhänge bauschten sich noch immer auf dem Boden, als habe der Innenarchitekt sie falsch abgemessen. An diesem Abend trug sie einen dünnen weißen Seidenanzug und trank Scotch. Das harte Glitzern in ihren Augen verriet, daß sie schon ziemlich viel getrunken hatte. Aber sie sprach ganz deutlich. Als ich eintrat, lag sie hingegossen auf der für Ohnmachten wie geschaffenen weißen Chaiselongue und hatte ein weißes Satinpantöffelchen am Fuß. Das andere lag auf dem Boden.

«Ah, Marlowe», sagte sie, als das Mädchen die Tür hinter mir zugemacht hatte, «der Lancelot aus dem Niedrigpreis-Basement. Wie geht das Geschäft als Jungfernretter?»

Ich ging nicht darauf ein; es hätte nichts gebracht.

«Nimm dir 'nen Drink», sagte Vivian. Mit einer flatternden Handbewegung wies sie auf einen silbernen Eiskübel mit Zange und eine Flasche Scotch und einige Gläser. Ich kippte nur wenig Scotch in ein Glas und füllte den Rest mit Sodawasser aus dem Siphon auf. Ich prostete Vivian andeutungsweise zu und nahm einen Schluck. Ihr Scotch war besser als der, den ich gewöhnlich trank.

«Hast du's satt, allein zu trinken?»

«Ich hab's satt, nicht betrunken zu werden», sagte sie. «Ich bemühe mich schon seit Stunden.»

«Die Jungs in den Schuhen mit Stahlkappen sind wohl über deinen Teppich getrampelt?»

Vivian nickte und nahm einen großen Schluck. An der Färbung war zu erkennen, daß sie viel Scotch und wenig Sodawasser im Glas hatte. Sie nickte langsam.

«Mein Gott, Marlowe, diese Frau ...»

«Yeah.»

«Du hast sie gesehen?»

«Yeah.»

«Carmen ...», sagte Vivian und sprach dann nicht weiter. Sie nahm eine Zigarette aus der Lackdose neben ihr und steckte sie sich zwischen die Lippen und lehnte sich leicht zu mir hinüber. Ich stand auf und gab ihr Feuer und schüttelte das Streichholz aus und ließ es in den silbernen Aschenbecher neben der Lackdose fallen.

«Was ist mit Carmen?» fragte ich.

«Die Frau hat ihre Telefonnummer gehabt.»

«Oder deine», sagte ich.

«Marlowe, andere Leute laufen nicht mit meiner Telefonnummer auf der Innenseite von Zündholzbriefchen herum. Sie muß sie von Carmen gehabt haben.»

«Irgendwelche Ideen?» fragte ich.

Vivian schüttelte den Kopf und trank wieder und nahm einen tiefen Zug von ihrer Zigarette und atmete den Rauch langsam aus. Wir schwiegen. Sie kippte den Rest des Drinks und hielt mir das leere Glas hin. Ich stand auf und nahm es ihr ab und mixte ihr einen neuen.

«Bitte mit viel Scotch», sagte sie. «Ich möchte verdammt schnell betrunken werden.»

Ich gab ihr den neuen Drink und wartete, während ich einen kleinen Schluck von meinem nahm.

«Du glaubst doch nicht ...» Vivian machte eine Pause und starrte kurz in ihr Glas, bevor sie trank. Dann nahm sie einen neuen Anlauf.

«Du glaubst doch nicht etwa, daß Carmen ...»

«Die Frau ermordet haben könnte?»

«Oder dabei geholfen haben könnte.»

In dem Raum war es schmerzhaft still, als diese Frage zwischen uns hing.

«Du kennst sie besser als jeder andere», sagte ich. «Wäre sie dazu imstande?»

Vivian zuckte mit den Schultern. Ihre Gesichtshaut war unnatürlich straff, und die Linien ihrer Mundwinkel zeichneten sich in der blassen Haut deutlich ab. Ich dachte an Carmen, an jenen Abend, an dem ich sie beim Heimkommen nackt in meinem Bett vorgefunden und zurückgewiesen hatte.

Ihre Zähne teilten sich, und ein schwacher zischender Laut kam aus ihrem Mund. Sie gab mir keine Antwort. Ich ging hinaus in die kleine Küche und holte etwas Scotch und Sodawasser heraus und mixte zwei Highballs. Ich hatte nichts wahrhaft Aufputschendes zu trinken wie Nitroglyzerin oder destillierten Tigeratem. Sie hatte sich nicht gerührt, als ich mit den Gläsern zurückkam. Das Zischen hatte aufgehört. Ihre Augen waren wieder tot. Ihre Lippen begannen mir zuzulächeln. Dann setzte sie sich plötzlich auf und warf alle Decken von sich und streckte die Hand aus.

«Gib her.»

«Wenn Sie angezogen sind. Nicht bevor *Sie angezogen sind.»*

Ich stellte die zwei Gläser auf dem Kartentisch ab und setzte mich hin und steckte mir eine neue Zigarette an. «Auf geht's. Ich seh nicht hin.»

Ich blickte weg. Dann hörte ich plötzlich den scharfen Zischlaut. Das schreckte mich so auf, daß ich wieder zu ihr hinsah. Sie saß nackt da, auf ihre Hände gestützt, den

Mund etwas offen, ihr Gesicht glich einem abgeschabten Knochen. Der Zischlaut drang aus ihrem Mund, als ob sie nichts damit zu tun hätte. In ihren Augen, so leer sie auch blickten, war etwas, das ich nie in den Augen einer Frau gesehen hatte.

Sie ging schließlich, aber sie vergaß mir nie, daß ich sie abgewiesen hatte.

«Du kennst sie doch», sagte Vivian. «Sie ist nicht normal. Wenn sie vielleicht exotische Drinks durcheinander getrunken hätte und auf die Idee gekommen wäre, es könnte herrlich amüsant sein . . .»

Vivian ließ den Satz unvollendet.

«Ja», sagte ich.

«Und am nächsten Morgen nichts mehr davon wissen», sagte Vivian.

Wir schwiegen.

«Ich weiß nicht recht», sagte ich. «Wahrscheinlich eine zu anstrengende Arbeit, allein das Zerstückeln, für ein zierliches Mädchen wie sie. Aber sie könnte die Komplizin gewesen sein. Schwer zu beurteilen.»

«Du mußt sie finden, Marlowe.»

«Yeah? Würden mir manche Leute ein bißchen mehr erzählen, könnte ich's vielleicht sogar.»

«Was denn erzählen?»

«Wo sie stecken könnte. Wie sie zu Bonsentir gekommen ist. Welche Verbindung zu Randolph Simpson besteht. Warum du mich aus der Sache raushaben wolltest und mir erklärt hast, Eddie Mars kümmere sich um alles.

Was zum Teufel du eigentlich mit Eddie Mars hast. Solche Sachen.»

Voll Ärger erwiderte sie meinen Blick eine Minute lang, dann verlor sie die Fassung. Sie begann zu weinen. Während ihr Tränen übers Gesicht liefen, sagte sie: «Halt mich fest, Marlowe, du verdammter Kerl. Nimm mich in die Arme!»

Ich setzte mich zu ihr auf die Chaiselongue und nahm sie in die Arme. Vivian drängte sich gegen mich und vergrub ihren Kopf an meiner Brust und schluchzte. Ihr Körper bebte bei jedem Schluchzer, als werde ihr dieser Laut gegen ihren Willen abgepreßt.

Nach ungefähr fünf Minuten, die mir länger als der Dreißigjährige Krieg vorkamen, wurde sie allmählich ruhiger. Die Schluchzer kamen in größeren Abständen und hörten zuletzt ganz auf. Sie lag ruhig in meinen Armen, ihr Gesicht an meiner Brust, ihre Arme um meinen Hals geschlungen, ihr Körper an meinen gedrängt. Schließlich hob sie den Kopf und küßte mich. Diesmal war keine Berechnung dabei. Und ich küßte sie. Sie öffnete den Mund.

Ohne ihre Lippen von meinen zu nehmen, murmelte sie: «Ja, ja, ja.»

Ich hörte niemand nein sagen.

Als es vorbei war, lagen wir ruhig, halb angezogen und außer Atem auf ihrer Chaiselongue, die für zwei Menschen, von denen einer 85 Kilo wog, ein bißchen schmal war.

«Manchmal frage ich mich», sagte Vivian, «warum es

gerade mich hat treffen müssen. Warum ich mich um diese kindliche Perverse kümmern muß.»

«Vermutlich weil's außer dir niemand gibt», sagte ich.

Vivians Kopf lag in meiner Armbeuge.

«Sie ist schon immer ... verbogen gewesen. Schon als wir noch kleine Mädchen in getupften Kleidern waren, wirkte sie irgendwie verderbt, als sei sie mit irgendeinem seelischen Defekt geboren worden.»

«Hast du jemals versucht, sie therapieren zu lassen?»

Vivians Kopf auf meinem Arm bewegte sich leicht. Sie hielt meine Finger in ihrer Rechten und drückte sie ab und zu an ihre Wange, während sie sprach.

«Ich bin mit ihr in Europa, in Sanatorien und Privatkliniken, bei den besten Psychoanalytikern gewesen. Sie ist und bleibt ein verderbtes Kind. Vielleicht liegt das im Blut unserer Mutter oder in seiner Verbindung mit dem der Sternwoods. Meine Mutter ist gestorben, als wir noch sehr klein waren, und mein Vater hat nie von ihr sprechen wollen.»

«Und du hast Carmen schließlich aufgegeben und versucht, einen Ort zu finden, wo sie geschützt wäre.»

«Ich brauche ein eigenes Leben, Marlowe. Ich brauche die Aussicht, jemanden zu lieben, mich von ihr zu befreien.»

«Deshalb hast du sie zu Dr. Bonsentir mit seinen Spritzen und seinen Pillen und seinen Sicherheitsmaßnahmen abgeschoben.»

«Ja», sagte Vivian, «und ich schäme mich deswegen nicht. Resthaven gilt als ausgezeichnetes Sanatorium, und Dr. Bonsentir ist Spezialist für sexuell bedingte Persönlichkeitsstörungen.»

«Das glaube ich», sagte ich. «Wer hat ihn dir empfohlen?»

Ihre Antwort kam unhörbar leise.

«Das habe ich nicht verstanden», sagte ich.

«Randolph Simpson», sagte sie mit zu lauter Stimme, weil sie sich dazu zwang.

«O ja», sagte ich. «Der alte Freund der Familie.»

«Mein Vater hat ihn gekannt. In jüngeren Jahren hat er geschäftlich mit den Simpsons zu tun gehabt.»

«Als ich dich zum ersten Mal nach ihm gefragt habe, hast du behauptet, ihn nicht zu kennen.»

«Er besteht darauf, anonym zu bleiben», sagte Vivian.

«Kann ich mir lebhaft vorstellen», sagte ich.

«In Wirklichkeit habe ich Angst vor ihm. Er hat verlangt, daß ich keinem erzähle, daß er mir geholfen hat, Carmen unterzubringen, und als du mich nach ihm gefragt hast, habe ich Angst bekommen.»

«Glaubst du, daß Carmen bei ihm ist?»

«Das weiß ich nicht.» Ich hörte sie fast keuchend Luft holen und ebenso ausatmen. «Wahrscheinlich will ich's gar nicht wissen.»

«Welche Rolle spielt Mars bei dieser Sache?»

«Ich habe Eddie gebeten, er solle versuchen herauszubekommen, wo Carmen ist.»

«Und er hat sich darauf eingelassen?»

«Ja. Er hat mir schon mehrmals geholfen, wenn's um Carmen gegangen ist. Er weiß über sie Bescheid.»

«Was hat er davon?»

«Nichts. Er tut mir bloß einen Gefallen.»

«Kerle wie Mars tun keinem Menschen einen Gefallen», sagte ich. «Irgendwas muß er davon haben.»

«Das verstehst du vielleicht nicht», sagte Vivian. «Aber Eddie Mars liebt mich.»

«Das könnte ich vielleicht verstehen – nur nicht bei 'nem Gangster wie Eddie.»

«Ich weiß. Ich weiß, was Eddie ist, aber er ist liebesfähig, Marlowe, und er liebt mich.»

«Wie steht's mit dir?» fragte ich.

«Ob ich ihn liebe?»

«Mmh-hmm.»

«Nein, das glaube ich nicht. Aber es wäre nicht weiter schwierig. Eddie ist ein mächtiger Mann. Er hat Geld. Er besitzt Einfluß. Er ist ein harter Bursche, der vor nichts zurückschreckt.»

«Und er ist krummer als ein Angelhaken», sagte ich.

«Schon möglich, aber wenn man als Frau allein und verängstigt ist, glaubt man eben, Macht und Einfluß und Geld und Härte könnten vielleicht ausreichen.»

«Was ist mit mir?» fragte ich.

Sie machte eine Pause, während sie meinen Handrükken an ihrer Wange rieb.

«Du bist anders, Marlowe.»

Dem hatte ich nichts hinzuzufügen. Ich nahm eine Zigarette aus ihrer Lackdose und zündete sie an und gab sie Vivian, bevor ich mir selbst eine anzündete. Wir lagen schweigend da und rauchten.

«Glaubst du, daß sie bei Simpson ist?»

Sie zog an ihrer Zigarette. Als sie den Rauch ausatmete, stieg er träge nach oben und verteilte sich zu dünnen bläulichen Schwaden.

«Keine Ahnung», sagte sie. «Aber ich fürchte, sie könnte bei ihm sein.»

«Erzähl' mir von ihm», sagte ich.

Wieder das langsame Einatmen und dann der träge aufsteigende Rauch.

«Er ist der ... seltsamste Mann, den ich kenne. Beispielsweise spielt er Golf auf seinem eigenen Platz – nur er, sein Partner und die Leibwächter.»

«Die Jungs in den dunklen Anzügen», sagte ich. «Ich habe schon einige von ihnen kennengelernt.»

«Sie begleiten ihn auf Schritt und Tritt.»

«Wunderbar», sagte ich.

«Er ist mehrmals verheiratet gewesen, aber im Augenblick ist er's nicht, und er mag Mädchen, aber nie für sehr lange. Und sie müssen immer zu ihm nach Hause gebracht werden. Und ... äh ... sie ... äh ... müssen alle vorher ärztlich untersucht werden.»

«Da siehst du, wie unkompliziert ich bin», sagte ich.

«Hmm.»

«Glaubst du, daß Simpson dich dazu gebracht hat, Carmen nach Resthaven zu schicken, damit Bonsentir sie an ihn weiterreichen konnte?»

«Das weiß ich nicht», sagte Vivian, «und ich fürchte mich davor, es zu wissen. Ich habe immer gehofft, Eddie würde die Sache irgendwie regeln.»

«Er steckt mit Bonsentir unter einer Decke?»

«Simpson? Ja. Nicht nur das, sondern er . . . äh . . . er ist von ihm abhängig, glaube ich.»

«Abhängig?»

«Bonsentir ist sein Arzt, aber darüber hinaus scheint er eine Art Beichtvater für Simpson zu sein: Leibarzt und Geistlicher in einer Person.»

«Und Eddie hat sich geweigert, über all diese Punkte mit mir zu sprechen, weil du ihn zum Stillschweigen verpflichtet hattest.»

«Ja. Fühlt Randolph sich hintergangen, ist er äußerst unberechenbar. Das kommt nicht mal daher, daß er grausam ist – obwohl er's vermutlich ist. Er ist nur so reich, so unglaublich reich, daß er ohne langes Nachdenken tut, was ihm einfällt, nur weil er's kann.»

«Freut mich für ihn», sagte ich. «Mir genügt schon stinknormaler Reichtum wie deiner. Sollen wir nach Tahiti durchbrennen und uns dort ein Märchenschloß bauen?»

«Ich wollte, wir könnten's», sagte Vivian. «Das wäre eine sehr verlockende Idee.»

«Du weißt nicht zufällig, wer mein Verfolger in einer Limousine, einem schwarzen Buick, sein könnte, was?»

Ihr ganzer Körper wurde steif.

«Mein Gott!» sagte sie. «Wenn das nun Randolph ist?»

«Mit Randolph werde ich fertig», sagte ich. «Er wird denken, er sei unter 'ne Lawine gekommen.»

«Vielleicht ist's nicht Randolph», sagte ich.

«Schon möglich», sagte ich. «Vielleicht ist's Eddie. Oder vielleicht sind's die Cops, obwohl sie im allgemeinen nicht mit großen Buicks rumfahren. Oder vielleicht läßt der liebe Dr. Claude mich beschatten. Oder vielleicht ist's eine Verehrerin aus dem Philip Marlowe Fan Club, die den Mut aufzubringen versucht, mich um ein Autogramm zu bitten.»

«Bist du für mich da, Marlowe?»

«Klar doch», sagte ich. «Und ich finde auch Carmen. Ich hab' die Schachprobleme ohnehin satt.»

17

Im Cypress Club herrschte Hochbetrieb. Ein Türsteher, der wie ein Admiral der transsilvanischen Marine aufgetakelt war, öffnete mir die Eingangstür, und mich umgab die gedämpfte Spannung des Spielclubs. Ich schüttelte den Kopf, als das Garderobenmädchen die Hand nach meinem Hut ausstreckte, und behielt ihn auf.

Im großen Saal drängten sich Gäste um die von tiefhängenden Lampen beleuchteten Spieltische. Alle machten Gesichter, als verfolgten sie eine Operation. Keiner sprach ein lautes Wort, die Croupiers sagten mit gelangweilten Stimmen ihre Litanei auf, das Klappern der Jetons und das Surren des Rouletterads waren so laut wie menschliche Stimmen. Ich begriff nie, warum die Leute spielen, obwohl es ihnen so wenig Spaß zu machen scheint.

Ich schlenderte zur Bar hinüber und bestellte einen Bacardi-Cocktail.

«Ist Eddie da», fragte ich den Barkeeper.

«Kenn' keinen Eddie, Kumpel.»

«Natürlich nicht», sagte ich. «Sie haben noch nie von Eddie Mars gehört. Er ist nicht Eigentümer dieser Neppbude. Sie wissen nicht, wem sie gehört. Sie arbeiten bloß hier.»

«Nehmen wir mal an, ich würd' diesen Eddie doch kennen – von wem soll ich ihn dann grüßen?»

«Marlowe», sagte ich.

Der Barkeeper polierte energisch seine Theke.

«Sollte ich jemand sehen, der diesen Eddie kennen könnte, erwähne ich Ihren Namen.»

«Das wäre super», sagte ich.

Der Barkeeper ging ans andere Ende seiner Theke. Ich drehte mich um und beobachtete die Spieler im Saal. Am Bakkarattisch verlor ein großer, hagerer Mann mit einem Menjoubärtchen einen Tausender nach dem anderen. Er war offensichtlich betrunken, und sein Gesicht war hochrot angelaufen.

Eine silberblonde Lady mit Nerzstola und langer Zigarettenspitze zog weinend an seinem Ärmel. Er beachtete sie nicht. Er legte einfach die Riesen hin und verlor sie und holte neue aus der schlanken Straußenlederbrieftasche, die er aus der Innentasche seiner Smokingjacke zog. Die Blondine ließ zuletzt schimpfend seinen Arm los und stöckelte hinaus. Der große, hagere Mann, der sie bisher nicht beachtet hatte, sah ihr auch nicht nach.

Der Barkeeper kam hinter der Theke wieder auf mich zu.

«Wäre einfacher, wenn er Mars 'nen Scheck schicken

würde», sagte ich und nickte zu dem großen Betrunkenen hinüber, der sein ganzes Geld verlor.

«Na, wenn das nicht die Lösung ist», sagte der Barkeeper. Er nickte über meine Schulter hinweg. «Mr. Mars hat jetzt Zeit für Sie», sagte er.

Als ich mich umdrehte, stand dort Eddie Mars in Anzug und Hemd in wiederum anderen Grautönen. Diesmal mit einer Smaragdnadel in einer nochmals anderen grauen Krawatte.

«Ich hab' gehört, daß Sie nach mir gefragt haben, Soldat.»

«Yeah. Wir müssen miteinander reden.»

Mars nickte und glitt auf den Barhocker neben mir. Er wartete.

«Ich habe heute abend mit Vivian gesprochen», sagte ich.

Mars verzog keine Miene.

«Sie hat mir erzählt, was sie von Carmen und Bonsentir und Simpson weiß – und daß Sie versprochen haben, ihr zu helfen, weil Sie sie lieben.»

«Sie hat Ihnen 'ne Menge erzählt, Soldat.»

«Yeah. Sie weiß genau, daß sie in der Klemme sitzt», sagte ich. «Sie sucht Hilfe.»

«Okay, warum erzählen Sie mir das alles?» sagte Mars. Er nahm eine Zigarette aus einem silbernen Etui und steckte sie sich zwischen die Lippen. Der Barkeeper tauchte auf, gab ihm Feuer und verschwand wieder.

«Ich glaube, daß wir diesmal beide am gleichen Strang ziehen. Ich muß wissen, was Sie wissen.»

Mars grinste.

«Sie und ich, was, Soldat? Was für ein Paar!»

«Mir gefällt's auch nicht, Eddie. Und ich mag Sie nicht. Aber wenn Sie irgendwas haben, das mir weiterhilft, nehme ich's.»

«Ein offenes Wort, Soldat. Jetzt ist wenigstens klar, wo wir stehen.»

«Was wissen Sie?» fragte ich.

«Was habe ich davon, wenn ich's Ihnen verrate?»

«Ich erzähle allen Leuten, wie nett Sie sind», sagte ich.

«Yeah?»

«Und ich lasse Sie und Ihre Jungs auf meiner Suche nach Carmen unbehelligt.»

«Vergreifen Sie sich nicht an meinem Eigentum, sonst machen Sie 'ne lange Fahrt in 'ner Holzkiste, Soldat.»

«Das gehört zu den Dingen, die ich nicht an Ihnen mag, Eddie», sagte ich. «Trotz Ihrer Maßanzüge und Ihrer feinen Manieren sind Sie noch immer der Ganove, als der Sie mal angefangen haben.»

«Gegenseitige Beschimpfungen helfen uns geschäftlich nicht weiter, Soldat. Und sie könnten Ihnen 'nen schlimmen Fall von blauen Flecken einbringen.»

«Blaue Flecken habe ich schon früher gehabt», sagte ich. «Ich liebe blaue Flecken. Blaue Flecken sind meine Freunde. Was wissen Sie über Carmen? Denken Sie daran, daß Sie alles für Vivian tun.»

«Das nehmen Sie mir nicht ab, stimmt's, Marlowe? Daß ein Kerl wie ich sich in 'ne Frau wie Vivian Sternwood verknallen könnte.»

«Ich traue Ihnen zu, daß Sie sich verknallen, Eddie. Aber ich bezweifle, daß Sie großzügig sein können. Ich möchte wetten, daß auch diese Sache einen Haken hat.»

Mars schüttelte den Kopf.

«Sie sind schwer zu mögen, Marlowe. Das muß man Ihnen lassen.»

Ich wartete.

«Carmen ist tatsächlich bei Simpson. Er hat sie sich aus dem Sanatorium geholt. Bonsentir ist ein Zuhälter der Luxusklasse. Er leitet diese Klinik für Leute mit sexuellen Problemen und vermittelt die Leckerbissen an Kunden und Kundinnen, die teuer dafür bezahlen.»

«Zum Beispiel an Simpson», sagte ich.

«Zum Beispiel an Simpson», sagte Mars.

«Er hat Carmen überhaupt erst dort untergebracht», sagte ich.

Mars schüttelte verwundert den Kopf und nahm einen tiefen Zug von seiner Zigarette.

«Mein Gott», sagte Mars, «Carmen ist nie schwer rumzukriegen gewesen. Wozu dann erst dieser ganze Zauber mit Bonsentir und seiner Klinik?»

«Damit sie ein Attest hatte», sagte ich.

Mars zog erstaunt die Augenbrauchen hoch.

«Ein Attest?»

«Eine Gesundheitsbescheinigung», sagte ich. «Simpson hat panische Angst vor Geschlechtskrankheiten.»

«Spinner», sagte Mars.

«Deshalb läßt er sie in ein Sanatorium einliefern, damit sie untersucht und für gesund befunden und an ihn weitergereicht wird.»

«Woher wissen Sie so viel über Simpson?»

«Von Vivian», sagte ich.

«Komisch, daß sie's mir nicht erzählt hat.»

«Ich glaube nicht, daß Vivian jedem alles erzählt», sagte ich. «Ich glaube, daß sie gelernt hat, nicht zu vertrauensselig zu sein.»

«Zu mir kann sie Vertrauen haben», sagte Mars.

«Natürlich kann sie das, Eddie. Ich kann's auch, jedermann kann's.»

Mars hörte mir kaum zu. Er dachte an andere Dinge. An Dinge, die ich nie erfahren würde. Vielleicht liebte er Vivian wirklich. Vielleicht liebte ich sie auch.

«Über Simpson weiß ich nicht viel. Aber ich weiß, daß Sie ihm nicht gewachsen sind.»

«Ich bin ihm gewachsen», sagte ich.

Mars drückte seine Zigarette im Aschenbecher auf der Theke aus.

«Klar, Soldat. Das müssen Sie sich ganz fest einreden.»

«Wissen Sie, wo Simpson sie festhält?» fragte ich.

Er schüttelte den Kopf.

«Simpson hat überall Häuser», sagte Mars. «Man weiß nie, wo er sich gerade aufhält, und seine Leute halten dicht. Er hat drei Dutzend Luxuslimousinen und eine Flotte Privatflugzeuge und weiß der Teufel was alles. Wir befassen uns damit, aber wir sind noch nicht allzu weit vorgedrungen.»

Dem Mann am Bakkarattisch waren die Tausender

ausgegangen. Er sagte etwas Lautes und Häßliches zu dem Bankhalter. Mars drehte sich nicht nach ihm um, aber er warf einen Blick hinüber.

«Sonst noch irgendwas, das mir weiterhelfen könnte?» fragte ich.

«Nein», sagte Mars. Sein Blick blieb auf den großen Kerl mit dem Menjoubärtchen gerichtet. «Ich weiß nicht, ob Ihnen überhaupt zu helfen ist, Soldat.»

Der große Mann sagte etwas noch Häßlicheres. Mars nickte leicht, und der bläßliche blonde Revolvermann, den ich bereits kannte, tauchte plötzlich auf und blieb neben dem Betrunkenen stehen. Als er ihm etwas zuflüsterte, drehte der große Mann sich nach ihm um und wollte ihn wegstoßen.

Der Blonde machte eine kurze Bewegung, die den Großen mit verzerrtem Gesicht halb zusammenklappen ließ. Aber der Blonde richtete ihn mit beiden Händen auf den Schultern behutsam wieder auf und drehte ihn in Richtung Ausgang. Er legte dem Betrunkenen einen Arm um die Schultern und führte ihn so zum Ausgang. Als die beiden an uns vorbeikamen, konnte ich das Gesicht des Betrunkenen sehen. Es war kreidebleich, als sei ihm schlecht.

«Schwierig, 'nen anständigen Club zu führen», sagte Mars traurig.

«Wie wahr!» sagte ich. «Sie melden sich, sobald Sie was erfahren?»

Mars drehte sich nach mir um und starrte mich ausdruckslos an.

«Wie Sie ganz richtig gesagt haben, Soldat, sind wir keine Freunde. Sie tun Ihre Schnüffelarbeit. Ich versuche, 'nen anständigen Club zu führen. Und wir kommen uns gegenseitig nicht ins Gehege. Okay?»

«Ist Liebe nicht wunderbar?» sagte ich und stand auf und machte, daß ich rauskam.

18

Als ich zum Hobart Arms zurückkam, stellte ich fest, daß der schwarze Buick auf der gegenüberliegenden Straßenseite parkte. Diesmal lief der Motor nicht, und das Innere schien leer. Ich parkte einige Wagenlängen davor und ging auf der Franklin Avenue zu meinem Apartmentgebäude zurück. Als ich die Eingangstreppe hinaufstieg, löste sich eine Gestalt aus dem Schatten der Büsche und zielte mit einer Waffe auf mich. Eine weitere Gestalt erschien hinter mir.

«Keine Bewegung, Freundchen», sagte eine Stimme. Eine ausdruckslose Stimme, die sehr wenig Menschliches enthielt. Der Lichtstrahl einer Taschenlampe blendete mich.

Ich machte keine Bewegung. Im Kreuz spürte ich den Druck einer Revolvermündung. Ich konnte den Atem des Bewaffneten hören. Ich fühlte ihn auf meiner Backe. Die Straße war menschenleer, niemand in Sicht.

«Ich soll dir was bestellen, Freundchen», sagte die ausdruckslose Stimme. Ihr Besitzer war hinter dem hellen Lichtschein der Taschenlampe für mich unsichtbar.

«Wer gibt dir Sprechunterricht?» fragte ich. Du klingst wie'n schlechter Film.»

«Du hörst auf, nach Carmen Sternwood zu suchen», sagte die ausdruckslose Stimme. «Du interessierst dich nicht mehr für Randolph Simpson. Du läßt Dr. Bonsentir in Ruhe.»

«Was dagegen, wenn ich ab und zu 'ne Backpflaume esse?» Die Stimme sprach weiter, als spiele jemand eine Schallplatte ab. «Dies ist die einzige Warnung, die du kriegst. Wenn du so weitermachst, ist die nächste tödlich.»

«Sonst noch was?» sagte ich.

«Yeah», sagte die Stimme, «das hier.»

Aus dem blendenden Lichtschein tauchte eine Faust auf. Ich sah einen Schlagring aufblitzen, bevor er gegen meinen Kiefer knallte. Ich torkelte gegen den Revolvermann hinter mir. Vor meinen Augen explodierten gleißend helle Lichter. Ich holte zu einem Tritt aus, der den Mann mit der ausdruckslosen Stimme irgendwo in der Magengegend traf, und hörte ihn keuchend Luft holen. Dann knallte etwas gegen meinen Hinterkopf, und die Lichter vereinigten sich zu einem Brillantfeuerwerk, dem rabenschwarze Finsternis folgte, in die ich friedlich wie ein betrunkener Seehund hineinglitt.

Ich trieb in nachtschwarzer See und sah im Licht über mir Carmen und Vivian mit einem Unbekannten tanzen, während Claude Bonsentir dazu die Geige spielte. Ich versuchte auf sie zuzuschwimmen, aber die See war kalt und zähflüssig, und ich kam nicht voran.

Als ich aufwachte, regnete es. Ich lag mit bohrenden Kopfschmerzen auf dem Rücken, und der Regen, der gleichmäßig auf mein Gesicht fiel, wurde von dem Licht hinter der Glastür meines Apartmenthauses beleuchtet. Mein Kopf dröhnte bei jeder Bewegung wie ein Amboß unter einem Vorschlaghammer. Ich schloß die Augen und lag ganz still.

Okay, Marlowe, du bist ein harter Bursche. Du kannst aufstehen. Du brauchst dich nur auf die Seite zu wälzen. Ich versuchte es und fühlte, wie mein Magen rebellierte. Ich lag wieder still, bis er sich beruhigte. *Klasse, Marlowe, schon halb geschafft. Jetzt öffnest du die Augen. Gut gemacht. Nun richtest du dich auf einem Knie auf. Nichts dabei, schließlich bist du nicht zum ersten Mal mit 'nem Totschläger behandelt worden.*

Ich hielt mich auf einem Knie im Gleichgewicht, während die Regennacht sich um mich drehte und nur langsam zum Stillstand kam. Dann brachte ich meine Füße unter mich und stand auf. Die Welt begann wieder zu kreisen, und ich schwankte mit ihr, bis sie sich wieder beruhigt hatte. *Ruhig Blut.*

Hinter dem Ohr hatte ich eine weiche, schmerzhafte Beule, und die Platzwunde an meinem Kinn schien geblutet zu haben und jetzt verschorft zu sein. Ich tastete meine Taschen ab. Alles noch da. Die Pistole steckte noch unter meinem Arm, wo sie trocken geblieben war, während man mich mit Schlagring und Totschläger behandelt hatte. Nur gut, daß ich sie nicht gezogen hatte. Sonst wäre sie jetzt tropfnaß.

Nach ein paar Versuchen bekam ich den Schlüssel ins Schloß und sperrte die Türen auf und wankte ins Haus. In meiner Wohnung betrachtete ich mich im Spiegel. Ich sah wie etwas aus, das die Katze von draußen reingeschleppt und dann doch verschmäht hat. Ich holte etwas Eis aus dem Kühlschrank und packte es in einen Waschlappen und hielt ihn gegen die Beule an meinem Hinterkopf. Als ich ihn wegnahm, hatte der Lappen einen kleinen Blutfleck. Meine Zähne schienen noch komplett und fest zu sitzen.

Ich setzte mich in einen Sessel am Fenster und sah in den Regen hinaus und ließ den Eisbeutel am Hinterkopf. Unten auf der Straße war keine Spur des schwarzen Buicks mehr zu sehen.

Die Tatsache, daß jemand, wahrscheinlich Simpson, nicht wollte, daß ich mich mit diesem Fall befaßte, war keine Neuigkeit. Das hatte ich schon vorher gewußt. Jetzt wußte ich, wie sehr sie's nicht wollten.

Schließlich angelte ich mir das Telefon und rief Bernie Ohls zu Hause an.

«Wissen Sie, wie spät es ist?» fragte er, als er sich meldete.

«Ich brauche den Halter eines schwarzen Buicks, neuestes Modell, kalifornisches Kennzeichen.» Ich gab ihm die Nummer durch.

«Wird gemacht, Marlowe. Ich bin dabei, meiner Kleinen 'ne Gutenachtgeschichte vorzulesen, aber ich fahre natürlich sofort los und schließe die Zulassungsstelle auf und sehe persönlich nach und bringe Ihnen den Namen dann eigenhändig vorbei.»

«Die zwei Kerle, die diesen Wagen fahren, haben mir aufgelauert und mich zusammengeschlagen. Sie haben mich aufgefordert, die Finger vom Fall Carmen Sternwood zu lassen.»

«Oh, hoffentlich hat Ihr gutes Ausehen darunter nicht gelitten, Marlowe.»

«Ich schätze, daß Simpson dahintersteckt, aber vielleicht hilft mir das Kennzeichen weiter.»

«Vielleicht auch nicht», sagte Ohls. «Ich rufe Sie morgen früh zurück.»

«Sind Sie mit der Identifizierung der Leiche am Beverly Glen weitergekommen?»

«Sieht so aus», sagte Ohls. «Der Hund eines Nachbarn hat stolz und schwanzwedelnd eine Hand angeschleppt. Seinen Besitzer hätte fast der Schlag getroffen. Vorausgesetzt, daß die Hand zu den übrigen Leichenteilen gehört, ist die Ermordete eine Schauspielerin namens Lola Monforte, die in zweitklassigen Filmen mitgespielt hat. Ihre letzte bekannte Adresse war eine billige Pension in der Melrose Avenue, aber dort ist sie seit Monaten nicht mehr gewesen.»

«Das war's?»

«Das war's bis jetzt», sagte Ohls. «Uns Cops bleibt ja nichts anderes, als uns Schritt für Schritt heranzutasten. Wir sind keine Genies wie ihr Privatdetektive. Ich nehme an, daß Sie den Fall für uns gelöst haben werden, bis ich Ihnen sagen kann, auf wen der Buick zugelassen ist.»

«Irgendeine Verbindung zu Bonsentir? Oder zu Simpson?»

«Keine Ahnung», sagte Ohls. «Schwer festzustellen.»

Ohls legte auf. Draußen fiel der Regen in leichtem, stetigem Nieseln. Nicht genug, um die Canyons auszuwaschen, wo reiche Leute teure Häuser auf Sand und Geröll gebaut hatten. Gerade genug, um zu verhindern, daß die Reservoire austrockneten, und den Rasenflächen ein bißchen aufzuhelfen. Ich öffnete das Fenster. Der feuchte, geheimnisvolle Geruch einer Regennacht drang herein.

Meine Kopfschmerzen waren etwas erträglicher. Der Eisbeutel hatte meinen Kragen durchweicht, und ich warf die fast geschmolzenen Würfel auf den Teppich. Es war nach zehn in einer regnerischen Nacht in der Stadt der Engel. Niemand klopfte an meine Tür. Niemand rief an. Niemand interessierte sich für meine Reisepläne. Niemand schien sich große Sorgen um meine Gesundheit zu machen.

Ich rief Vivian Regan an. Das Telefon klingelte lange, bevor das Dienstmädchen mit dem Pferdegesicht den Hörer abnahm. Sie bedauerte, aber Mrs. Regan hatte eine Schlaftablette genommen und war zu Bett gegangen. Ob ich eine Nachricht hinterlassen wolle? Keine Nachricht. Ich legte auf und beschäftigte mich wieder damit, in den feinen Nieselregen hinauszustarren, der lautlos wie Schnee herabdriftete.

19

Ohls rief an, während ich die zweite Tasse Kaffee trank und zu entscheiden versuchte, ob ich ein Frühstück wollte. Mein Kopf fühlte sich wie das Innere einer Marschtrommel an.

«Der Buick ist auf eine Firma Neville Valley Realty Trust zugelassen. Ihren Sitz hat sie im Neville Valley, droben im Norden.»

Ich holte einen Bleistift. Ohls gab mir die Adresse.

«Irgendwelche Namen dabei?» fragte ich.

«Nicht auf der Zulassung. Weiter hab' ich nicht nachgeforscht. Dafür sind Sie zuständig, finde ich.»

«Klar», sagte ich. «Sie sind ja nicht überfallen worden.»

«Mein Herz blutet», sagte Ohls und legte auf.

Im Büro schlug ich bei Kaffee und Hörnchen aus dem Drugstore im Erdgeschoß meinen Autoatlas auf. Das Neville Valley lag rund zweihundert Meilen nordöstlich von Los Angeles jenseits der San Gabriel Mountains.

Ich rief meinen Klienten an.

Als Norris sich meldete, sagte ich: «Marlowe. Mit einem Zwischenbericht.»

«Wirklich sehr freundlich von Ihnen, Mr. Marlowe», sagte Norris.

«Auf der Suche nach Carmen bin ich bis jetzt von einem stämmigen Mexikaner bedroht, in einen Mordfall mit einer zerstückelten Leiche verwickelt, mit einem Schlagring behandelt und von einem oder mehreren Unbekannten mit einem Totschläger außer Gefecht gesetzt worden.»

«Großer Gott, Sir, ich habe nie gewollt, daß Sie verletzt würden!»

«Ich auch nicht, Norris», sagte ich, «aber der springende Punkt ist, daß diese Sache sich zu einer wesentlich größeren Sache auswächst, als anfangs abzusehen war.»

«Wie ich Ihnen sagte, Sir, hat der General finanziell sehr gut für mich gesorgt. Ich könnte Ihnen ein recht attraktives Honorar zahlen.»

«Das ist nicht nötig, Norris. An den Rändern dieses Falls liegt soviel Geld herum, daß es schwierig ist, sich beim Drübersteigen nicht den Knöchel zu verstauchen. Ich komme schon zu meinem Honorar. Aber die Sache scheint gefährlicher, als wir anfangs beide geglaubt haben.»

«Ich habe nur mit der Gefahr gerechnet, die von Miss Carmen ausgehen könnte, Sir.»

«Die nicht unbeträchtlich ist. Aber sie erscheint mir allmählich attraktiv.»

«Möchten Sie sich zurückziehen, Sir?»

«Darauf können Sie Gift nehmen», sagte ich. «Aber ich tu's nicht. Ich wollte Sie nur auf dem laufenden halten.»

«Ich hatte eigentlich auch erwartet, daß Sie sich nicht zurückziehen würden, Sir. Könnten Sie mir nähere Einzelheiten mitteilen?»

Ich tat es.

Als ich fertig war, schwiegen wir eine Weile. Dann sagte Norris: «Ich bin davon überzeugt, daß Sie der Aufgabe gewachsen sein werden, Mr. Marlowe.»

«Davon bin ich auch überzeugt, Norris», sagte ich.

«Noch besser gewachsen wäre ich ihr, wenn ich genau wüßte, woraus die Aufgabe besteht.»

«Aus meiner Sicht – wenn Sie gestatten, Sir – besteht sie daraus, Miss Carmen zu finden, Sir.»

«Ja, Norris, daraus besteht sie wohl.»

Wir legten auf. Ich klemmte mir den Autoatlas unter den Arm und überzeugte mich davon, daß ich meine Pistole und ein paar Reservepatronen hatte. Bisher hatte sie mir noch nichts genützt, aber mit ihr kam ich mir wie ein Detektiv vor. Dann sperrte ich das Büro ab und ging zu meinem Wagen hinunter.

Die Fahrt ins Neville Valley dauerte ungefähr fünf Stunden. Ich kam kurz nach zwei Uhr nachmittags an bei fast wolkenlosem Himmel, blendend greller Sonne und Temperaturen um die fünfunddreißig Grad.

Neville Valley hieß die Region und eine Kleinstadt im Herzen dieser Region. Die Region war eine eintönige Tiefebene in den Vorbergen, durch die der Neville River floß. Unmittelbar am Fluß war das Tal üppig grün, aber in einer Meile Entfernung war es fast schon Wüste: ausgedörrt, unfruchtbar, zu unwirtlich für Menschen. Wo der Fluß über eine mit Felsblöcken übersäte kleine Geländestufe hinabstürzte und das einzige Trinkwasser in tausend Quadratmeilen Umkreis hergab, lag die Stadt Neville Valley. Nur dort strömte der Fluß etwas rascher, bevor er dann eine Kette riesiger Mäander bildete, die sich als kurviger grüner Streifen mitten durch das breite, häßliche Tal schlängelten.

Ich stellte meinen Wagen mit der Nase nach vorn auf

den Parkplatz eines langgestreckten weißen Hotelgebäudes mit umlaufender breiter Veranda. Ein Schild auf dem Verandadach sagte, daß dies THE RIVER RUN INN war. Eine zweiflüglige Fliegengittertür führte in eine düstere Hotelhalle mit einer dunklen Eichentheke an der linken Wand und einer breiten Treppe genau gegenüber dem Eingang. Rechts lag eine Kombination aus Bar und Speisesaal, die leer zu sein schien.

Hinter der Empfangstheke saß ein hübsches rothaariges Mädchen in weißer Rüschenbluse. Ihre rote Mähne wurde durch ein im Nacken verknotetes, breites weißes Band zusammengehalten. Sie hatte die weiße Haut einer Rothaarigen und niedliche Sommersprossen auf Nase und Backenknochen, und wenn sie lächelte, bildeten sich Grübchen in beiden Wangen.

«Sie sehen wie ein Mann aus, der weit gefahren ist», sagte sie, als ich kam, um mich anzumelden.

«Bar offen?» fragte ich.

«Wird geöffnet, sobald Sie eingetragen sind und der Barkeeper drüben ist.»

«Wo ist er jetzt?» fragte ich.

In ihren Wangen erschienen Grübchen. «Trägt Sie ein», sagte sie.

Ich grinste sie an.

«Okay», sagte ich, «dann beeile ich mich.»

Nachdem ich die Anmeldung unterschrieben und sie mir einen Zimmerschlüssel gegeben und nach Gepäck gefragt und die Auskunft bekommen hatte, daß ich es am Leib trug, zogen wir uns in die Bar zurück. Ich setzte mich auf einen Hocker, und sie klappte den Teil der Theke hoch, der den Zugang bildete, und kam hinter der Bar zu der Ecke, wo ich saß.

«Was soll's sein, Kumpel?» fragte sie mit gesenkter Stimme und so rauh, wie eine dreiundzwanzigjährige Rothaarige mit blaugrünen Augen es fertigbrachte.

Ich bestellte einen Gimlet. Sie mixte ihn gekonnt, füllte das Glas genau bis zur richtigen Höhe und hatte zuletzt nur noch zerstoßenes Eis im Shaker. Die Bar war kühl und dunkel. Und still, wie es nur eine gute Bar am frühen Nachmittag sein kann. Ich trank einen kleinen Schluck des Wodkacocktails und ließ mir sein kaltes Brennen den Hals runterlaufen.

«Können Sie mir sagen, wo ich den Neville Valley Realty Trust finde?» fragte ich.

«Klar. Die Firma hat ein kleines Büro in der Otis Street. Aus dem Hotel raus, einen Block nach links, dann rechts abbiegen. Leicht zu erkennen. Der Name steht groß am Fenster.»

Sie lächelte mir wieder zu, wobei sich in ihren Wangen Grübchen bildeten. Ihr üppiges dunkelrotes Haar – sie nannte es vermutlich tizianrot – fiel in sanften Wellen bis auf ihre Schultern, über denen das weiße Band es von ihrem Gesicht zurückhielt.

«Womit handelt die Firma denn?» fragte ich. «Farmland? In dieser Gegend scheint's nicht viel verkäuflichen Grundbesitz zu geben.»

«Noch nicht.» Die Rothaarige lächelte so breit wie überhaupt möglich. «Aber das wird sich bald ändern. Das

Tal soll durch ein großes staatliches Projekt aufgewertet werden. Der Neville River soll gestaut werden und dem ganzen Tal Wasser geben. Alle sagen, daß unserer Region dadurch ein Riesenboom bevorsteht: Farmland, Tourismus, Wachstum. Alle sind schon ganz aus dem Häuschen. Jede Woche kommt Besuch aus Washington oder 'ne Delegation aus Sacramento. Haben Sie auch damit zu tun?»

«Nein», sagte ich. «Ich habe nicht viel Grundbesitz. Die Leute vom Neville Valley Realty Trust kaufen also in Erwartung des Booms Farmland auf?»

«Farmland?» Die Rothaarige wirkte überrascht. «Nein, sie kaufen Wasserrechte. Bei uns erzielen die Leute gute Preise für Wasserrechte. Der Staat muß sie ablösen, um sein Projekt durchziehen zu können, verstehen Sie?»

«Klar», sagte ich. «Und Neville Realty kauft sie in staatlichem Auftrag auf?»

«Äh, ja. Ich meine, klar, so wird's wohl sein. Alle sind wirklich ganz aufgeregt. Sie sind nicht beim Staat, hab' ich recht?»

Ich schüttelte den Kopf.

«Hab' ich mir gedacht», sagte sie. «Sie sehen nicht wie'n Beamter aus, das steht fest. Ich möchte wetten, daß Sie einer dieser Leute aus Los Angeles sind, die sich dafür interessieren. Von denen wohnen viele hier.»

«Tatsächlich?» fragte ich. «Was geht Los Angeles diese Sache an?»

«Oh, Sie wissen schon, Geldleute. Die schwärmen

immer aus, wenn irgendwo was Großes passiert, wissen Sie das etwa nicht?»

«Das weiß ich sogar recht gut», sagte ich. «Sie mixen einen verdammt guten Gimlet.»

«Mein Dad hat immer Gimlets getrunken», sagte sie. «Er hat dieses Hotel gebaut.»

«Und gute Arbeit geleistet», sagte ich. «Kennen Sie zufällig jemand, der bei Neville Realty arbeitet?»

Sie schüttelte den Kopf. «Eigentlich nicht», sagte sie. «Das sind keine Leute aus dem Neville Valley. Sie sind vor ungefähr einem Jahr hergekommen und haben ihr Büro aufgemacht. Früher war dort ein Laden für Viehfutter. Aber das Geschäft ging so schlecht, daß der Besitzer verkaufen mußte. Jetzt hoffen alle, daß dieses Bewässerungsprojekt den großen Umschwung bringen wird.»

«Wie heißen Sie?» fragte ich.

«Wendy», sagte sie. «Wendy Clausen.»

Ich streckte ihr die Hand hin.

«Nett, Sie kennenzulernen, Wendy», sagte ich. Sie schüttelte mir die Hand und lächelte ihr breites Lächeln.

«Ganz meinerseits, Mr. Marlowe.»

Ich zahlte meinen Drink und bedankte mich für die Unterhaltung und stand auf und ging hinaus, um dem Neville Valley Realty Trust einen Besuch abzustatten. Als ich aus der halbdunklen Hotelhalle trat, war die Hitze so dicht, daß man förmlich durch sie waten mußte: zähflüssig, erbarmungslos und unmenschlich. Die verschlafene Hauptstraße war fast menschenleer, als ich nach links abbog, einen Block weit ging und nach rechts abbog. Das einzige Lebewesen, das ich in dieser Seitenstraße sah, war ein schwarz-brauner Collie mit weißem Brustfleck, der auf den Stufen vor einem Eisenwarengeschäft schlief.

Neben dem Büro des Neville Valley Realty Trusts lag ein kleiner kiesbestreuter Parkplatz. Dort standen ein Ford-Pick-up und eine graue Mercury-Limousine. Kein schwarzer Buick. Die Vorderfront des Gebäudes nahm ein großes früheres Schaufenster ein, auf dem in schwarz-goldener Frakturschrift der Firmenname stand. An der verglasten Eingangstür war ein Glöckchen angebracht, das freundlich bimmelte, als ich eintrat.

In dem großen Raum arbeiteten zwei Angestellte: eine dicke Frau mit hochrotem Gesicht, deren geblümte Bluse in der Hitze an ihr klebte, und ein hagerer Mann mit scharfen Gesichtszügen, langem Kinn und öligem schwarzen Haar. Er genoß die Hitze sichtlich – wie bestimmte Reptilien, die sie brauchen, um aufzuwachen und beweglich zu werden. In einer Ecke des Raums verschwendete ein riesiger Standventilator seine Zeit damit, für Kühlung zu sorgen.

Ich blieb vor dem Schreibtisch der Dicken stehen. Sie wischte sich ihr Gesicht mit einem Spitzentaschentuch ab und sah von dem Buchhaltungsjournal, das aufgeschlagen auf ihrem Schreibtisch lag, zu mir auf.

«Womit kann ich Ihnen . . .?» fragte sie in einem Tonfall, der eher das Gegenteil bedeutete.

«Ich möchte etwas Farmland kaufen», sagte ich.

Sie schüttelte träge den Kopf und wischte sich erneut

das Gesicht ab. Das Taschentuch sah nasser aus als ihre Bluse.

«Im Augenblick haben wir keines zu verkaufen», sagte sie. «Sorry.»

«Und wie steht's mit Wasserrechten?» Ich wußte nicht genau, was Wasserrechte waren, aber ich hatte das Gefühl, mich danach erkundigen zu müssen.

«Wir haben keine Wasserrechte», sagte sie. Der Fiesling am zweiten Schreibtisch konzentrierte sich auf etwas, das wie ein Katasterplan aussah. Zwar konzentrierte er sich, aber seine Ohren waren mindestens einen halben Meter weit in Richtung unseres Gesprächs ausgefahren.

Ich spielte den Überraschten. «Ach wirklich?» fragte ich. «Wie ich höre, haben sie überall im Tal Wasserrechte aufgekauft.»

«Wir haben keine zu verkaufen», sagte sie. Von der Mühe, mit mir reden zu müssen, schien ihr noch heißer zu werden.

«Ich verstehe», sagte ich. «Okay, ist der ... äh ... Firmeninhaber zu sprechen?»

Der Fiesling am anderen Schreibtisch lehnte sich in seinen Stuhl zurück, drehte ihn halb um und starrte mich an.

«Wir haben nichts zu verkaufen, Freundchen. Vielleicht haben Sie das nicht ganz kapiert.»

«Wie überraschend!» sagte ich und versuchte, wie ein millionenschwerer Finanzboß zu wirken, der irgendwo hereinschneit und bereit ist, praktisch alles für dreißig Trillionen Dollar aufzukaufen.

«Yeah», sagte der Fiesling, «das finde ich auch. Hören Sie, wollen Sie jetzt nicht 'ne Fliege machen?»

Ich zog die Augenbrauen hoch. «Fliege?»

«Yeah. Sie wissen schon – verduften, abzischen, es ist heiß, und wir haben zu arbeiten.»

«Na!» sagte ich. «Mich wundert, wie Sie im Geschäft bleiben, muß ich schon sagen!»

Ich machte auf dem Absatz kehrt und stürmte hinaus. Auf der anderen Straßenseite sah ich einen Herrenfriseur und daneben einen Drugstore. Durchs Schaufenster des Drugstores war eine Ecke der Getränketheke zu sehen. Ich überquerte die Straße und betrat den Drugstore. Er hatte eine Marmortheke und eine blitzende Reihe Hähne und Hebel für Mineralwasser und Fruchtsirup. Über mir drehte sich langsam und wenig wirkungsvoll ein Deckenventilator.

Der Besitzer stand mit verschränkten Armen hinter der Theke und starrte schweigend auf die Straße hinaus. Er war klein und schmächtig und hatte eine Glatze, über die er seine letzten zwei, drei Haarsträhnen gekämmt hatte. Ich bestellte einen Lemon-Rickey. Er mixte ihn in einem schlanken hohen Glas und stellte ihn mir auf einer kleinen runden Papierserviette hin. Dann schob er ein Gefäß mit Trinkhalmen zu mir hinüber und lehnte sich wieder an die Theke und starrte aus dem Fenster. Von meinem Platz aus hatte ich den Neville Realty Trust genau im Blickfeld.

Ich nickte zu dem Büro auf der anderen Straßenseite hinüber. «Ziemlich neu hier, was?»

Der Ladenbesitzer nickte.

«Erfolgreich?» fragte ich.

Der Ladenbesitzer nickte wieder.

«Soviel ich gehört habe, kaufen diese Leute hier Wasserrechte auf.»

Der Ladenbesitzer wurde redselig. «Ja», sagte er.

«Schon mal geschäftlich mit ihnen zu tun gehabt?»

«Nö.»

«Wissen Sie, wem die Firma gehört?»

«Nö.»

«Sie reden nicht viel, was?» fragte ich.

«Nö. Brauch' ich nicht. Kommt ein Städter wie Sie rein, redet er sowieso die ganze Zeit.»

«Hier oben gibt's viele Leute aus der Stadt, was?» fragte ich.

«Seit dem Wasserprojekt.»

«Aus Los Angeles?»

«Denke schon.»

Auf der anderen Straßenseite bog eine schwarze Buick-Limousine auf den Parkplatz des Neville Valley Realty Trusts ab. Sie hatte das richtige Kennzeichen. Vorn stiegen zwei Männer aus, und der Beifahrer hielt einem dritten Mann die hintere Tür auf. Ich konnte lediglich erkennen, daß er einen Leinenanzug trug und der ideale Partner für die Dicke im Büro gewesen wäre. Er hatte Mühe, sich aus dem Auto zu wuchten, und als er's endlich geschafft hatte, machte er eine Pause, um sich das Gesicht mit einem großen weißen Taschentuch abzuwischen, bevor er ins Büro watschelte.

«Wer ist der Dicke?» fragte ich.

«Keine Ahnung», sagte der Ladenbesitzer. «Wollen Sie noch 'nen Rickey?»

Ich sagte nein, und er griff sich mit einer raschen Bewegung mein Glas und spülte es in dem kleinen Becken hinter der Theke ab und stellte es umgedreht ins Regal hinter sich. Danach saßen wir noch eine Weile schweigend da.

Auf der anderen Straßenseite rührte sich nichts. Schließlich stand ich auf und bezahlte meinen Lemon Rickey.

«Ich gehe lieber hin, wo's ein bißchen ruhiger ist», sagte ich. Und ich verließ den Drugstore und ging zum River Run Inn zurück.

20

Nach Mitternacht wurde es kühler, und ich konnte schlafen. Geduscht, rasiert und gefrühstückt saß ich morgens um sieben in meinem Wagen, um nach L. A. zurückzufahren. Bis auf den grünen Streifen am Neville River lag das Land braun und still unter der sengenden Sonne, die flirrende Hitzewellen aufsteigen ließ.

Vom Büro aus rief ich Ohls an und gab ihm die Kennzeichen des Pick-ups und des grauen Mercurys durch, die auf dem Parkplatz neben dem Neville Valley Realty Trust gestanden hatten. Dann ging ich nach unten in den Coffee Shop, um einen Kaffee zu trinken und ein Schinkensandwich zu essen, bevor ich wieder in mein Büro hinaufging und aus dem Fenster starrte, bis Ohls zurückrief. Der

Pick-up war auf den Neville Valley Realty Trust zugelassen. Der graue Mercury gehörte der Rancho Springs Development Corporation in Rancho Springs, Kalifornien.

«Brauchen Sie sonst noch was, Adlerauge?» fragte Ohls.

«Sie könnten mir zeigen, was das alles mit Carmen Sternwood zu tun hat», sagte ich.

«Wär' gut für Sie», sagte Ohls, «wenn Sie das selbst rauskriegen.»

Ich fuhr sofort zum Registergericht und verbrachte ungefähr eine halbe Stunde damit, die Unterlagen einzusehen, die das kalifornische Innenministerium bei Firmengründungen verlangt. Der Neville Valley Realty Trust war ebenso da wie die Rancho Springs Development Corporation. Alles war in umständlicher Anwaltssprache abgefaßt, was der Grund dafür war, daß ich eineinhalb Stunden brauchte. Aber als ich fertig war, wußte ich, daß der Neville Valley Realty Trust und die Rancho Springs Development Corporation nach kalifornischem Recht legale Firmen waren. Und ich wußte, daß Claude Bonsentir zu den Gründungsgesellschaftern der Rancho Springs Corporation gehörte.

Als nächstes fuhr ich in die Bibliothek und verbrachte eine weitere Stunde damit, mich im Zeitschriftensaal über das Bewässerungsprojekt Neville Valley zu informieren. Dort war es fast so langweilig wie auf dem Registergericht, aber ich wußte nun, daß es Teil eines Bundesprojekts zur Landgewinnung in Trockengebieten des Westens und Südwestens war. Im Neville Valley sollte der

Neville River aufgestaut werden und das ganze Tal bewässern, das dadurch fruchtbares Farmland würde. In den Zeitschriftenartikeln, die ich las, wurde der Neville Valley Realty Trust nirgends erwähnt.

Auf der Rückfahrt nach Hollywood dachte ich über das alles nach. Kauften die Leute von Neville Realty die Wasserrechte in staatlichem Auftrag? Kauften sie die Rechte, um sie dann zu Wucherpreisen an den Staat weiterverkaufen zu können? Was hatte der freundliche Onkel Doktor im Vorstand der Rancho Springs Development Corporation zu suchen? Und weshalb waren Mitarbeiter des Neville Valley Realty Trusts in Hollywood aufgekreuzt, um mich in die Mangel zu nehmen?

Vom Büro aus telefonierte ich mit dem Amt für Land Management, Außenstelle Los Angeles. Es dauerte etwa eine halbe Stunde, bis jemand am Apparat war, der das Bewässerungsprojekt Neville Valley überhaupt kannte – und er wußte nichts vom Neville Valley Realty Trust. Was keineswegs bewies, daß diese Firma nicht für den Staat tätig war. Es bewies nur, was ich schon vorher über den Staat wußte.

Ich saß bei offenem Fenster an meinem Schreibtisch, roch die Düfte des Coffee Shops im Erdgeschoß und schob die Dinge, die ich wußte, in meinem Kopf herum, weil ich hoffte, sie würden ein erkennbares Muster bilden. Es war früher Abend. Ich blickte aus meinem Fenster auf den Boulevard unter mir. Niemand briet auf dem Gehsteig Spiegeleier. Irgendwo in einer anderen Straße heulte die Sirene eines Streifenwagens. Bei dieser Hitze würden die Cops alle Hände voll zu tun haben. Bei dieser Hitze wurden die Leute ein bißchen verrückt. Ehemänner begannen, die Fäuste zu ballen und ihre Frauen finster anzustarren. Verhuschte Ehefrauen begannen, erst das Brotmesser und dann ihre Männer zu mustern, die im Unterhemd schnarchend und mit ungeschützter Kehle ein Nickerchen machten. Im Barrio würden die Streifenwagenbesatzungen ihre Hände etwas näher an den Waffen lassen. Und auf den Hügeln, wo die Stars lebten, würden Leute auf Veranden sitzen und auf die Lichter der Großstadt hinabsehen, die in der Abendschwüle blinkten, und das Kondenswasser an den Außenseiten der Cocktailshaker würde herabtropfen und Flecken auf ihren Leinenhosen hinterlassen. Die Hitze machte keinen Unterschied zwischen arm und reich.

Es wurde langsam dunkel, während ich dasaß und auf die schmorende Stadt hinausblickte und nachdachte und nicht weiterkam. So endete ein weiterer vollkommener Tag. Niemand rief an. Niemand besuchte mich. Niemand machte sich etwas daraus, ob ich starb oder mir ein Haus in Encino kaufte.

21

Die Rancho Springs Development Corporation, deren Büro über einer Tankstelle lag, residierte im ersten Stock eines Gebäudes mit blaßbeigem Verputz und den abgerundeten Formen des spanischen Südwestens, die südlich von Oregon allgemein für echt kalifornisch gehalten werden.

Das Gebäude befand sich in der Hauptstraße von Rancho Springs und stand neben einer Imbißbude, in der es Tacos gab, und gegenüber einem Gemischtwarenladen, vor dem drei Wüstenratten in Latzhosen hockten und in der Gluthitze schaukelten und gelegentlich auf die Straße spuckten. Ein großer gelber Kater mit eingerissenem Ohr räkelte sich auf der untersten Stufe der zur Rancho Springs Development Corporation hinaufführenden Treppe, und ich mußte auf dem Weg nach oben über ihn hinwegsteigen.

Drinnen saß an dem einzigen Schreibtisch eine junge Frau mit einem schlimmen Sonnenbrand. Er war so schlimm, daß sie sich etwas steif bewegte, als sie sich nach mir umdrehte. Der Schreibtisch, an dem sie saß, und der Stuhl, auf dem sie saß, waren in diesem Büro die einzigen Möbel. Auf dem Fußboden neben dem Schreibtisch stand ein Pappkarton voller Schnellhefter. Auf dem Schreibtisch stand ein Telefon. Das war alles – nichts an den Wänden, keine Vorhänge an den Fenstern. Der Raum besaß den Charme eines Häufchens Kaffeesatz.

Ich nahm meine Sonnenbrille ab und lächelte die junge Frau an. Ihre Nase schälte sich, und ihr blondes Haar wirkte spröde und künstlich gebleicht. Sie trug eine windige, kurzärmelige weiße Bluse, und ihre dünnen Arme waren feuerrot.

«Ist Dr. Bonsentir da?» fragte ich.

Sie starrte mich verständnislos an. Darüber hinaus wirkte sie geschmerzt und gelangweilt und humorloser als ein Methodistendekan.

«Wer?»

«Dr. Claude Bonsentir», sagte ich. «Ich hatte gehofft, ihn hier anzutreffen.»

«Nie von ihm gehört», sagte sie.

Sie kaute Kaugummi, und ihre Kiefer bearbeiteten ihn langsam und mit eiserner Regelmäßigkeit. Zwischendurch öffnete sie ab und zu den Mund, um einen Teil des Kaugummis mit ihrer Zunge zu einer dünnen grauen Blase zu wölben. Danach schloß ihr Mund sich wieder, und der Kaugummi verschwand.

«Ist das hier die Rancho Springs Development Corporation?» fragte ich.

«Mmh-hmm.» Sie war mit dem Kaugummi beschäftigt.

«Was genau entwickelt Ihre Firma eigentlich?»

Sie bugsierte ihren Kaugummi in eine Backentasche und betrachtete mich so angewidert, als wäre ich aus dem Küchenausguß hochgekrochen.

«Hören Sie, Jack», sagte sie, «die bezahlen mich dafür, daß ich hier sitze und das Telefon abnehme und Nachrichten aufschreibe, und wenn sie was getippt haben wollen, tippe ich's. Wollen Sie 'ne Nachricht hinterlassen?»

«Wer sind ‹die›?»

«Die beiden Jungs, die diesen Laden hier führen. Vinnie und Chuck.»

«Vinnie und Chuck wer?» fragte ich.

Sie schüttelte den Kopf.

«Wollen Sie 'ne Nachricht hinterlassen?» fragte sie.

«Für Vinnie und Chuck, wenn Sie sie mal wieder sehen.»

Sie griff nach Bleistift und Schreibblock.

«Yeah?» fragte sie.

«Dann geben Sie ihnen 'nen dicken Kuß von mir», sagte ich und machte kehrt und marschierte hinaus und ging die Treppe hinunter und stieg über den Kater weg und trat auf die Hauptstraße hinaus. Diese war ungefähr hundert Meter lang und hätte es nicht sein müssen, weil an ihr nur sechs Gebäude standen. Dazwischen lagen unbebaute Grundstücke: hauptsächlich Sand mit etwas Unkraut und hier und dort ein paar Tumbleweeds, die in der windlosen Hitze stillagen.

Ich schlenderte auf ein graues, verwittertes Holzhaus zu, neben dessen Eingang eine Tafel anzeigte, daß sich hier Redaktion und Verlag der RANCHO SPRINGS GAZETTE AND CHRONICLE befanden. Das ebenerdige Gebäude hatte eine Fliegengittertür und zwei Schaufenster. Drinnen teilte eine Theke den einzigen Raum, dahinter standen eine Druckerpresse und zwei Schreibtische.

Eine stämmige Frau, die zu einer Gabardinehose ein weißes Männerhemd trug, lächelte mir beim Hereinkommen freundlich zu. Sie trug ihr weißes Haar kurz und hatte den sonnengebräunten Teint von Wüstenbewohnern, die viel Zeit im Freien verbringen. Sie schien bei bester Laune und Gesundheit.

«Hallo, Fremder», sagte sie. «Wollen Sie eine Anzeige aufgeben? Oder etwas Interessantes melden? In beiden Fällen liegen Sie hier richtig.»

«Informationen», sagte ich.

«Gibt's hier auch», sagte sie. «Ich bin Pauline Snow.

Das einzige, was in dieser gottverlassenen Wüste nicht heiß ist, ist mein Name.»

«Marlowe», sagte ich. Tricks hatten mir bisher nicht weitergeholfen. Ich beschloß, es mal mit der Wahrheit zu versuchen. «Ich bin ein Privatdetektiv aus Los Angeles und bearbeitete einen Fall, in dem die Rancho Springs Development Corporation aufgetaucht ist.»

«Hm-pf!» sagte Pauline Snow mit viel Gefühl.

«Ich bin im Büro gewesen und habe mit der jungen Dame gesprochen, die dort arbeitet. Besser wär's gewesen, mit der Katze zu reden. Die kaut wenigstens keinen Kaugummi.»

«Rita», sagte Pauline Snow mit ebensoviel Gefühl, wie sie *Hm-pf!* gesagt hatte.

«Ja», sagte ich, «das hab' ich mir auch gedacht.»

«Rancho Springs Development Corporation ist ein großspuriger Name für ein zwielichtiges Unternehmen, das daraus besteht, daß zwei Kerle hier aufkreuzen und alles Land aufkaufen, das sie nur kriegen können», sagte sie. «Haben Sie 'ne Zigarette?»

Ich holte meine Packung aus der Tasche und gab sie ihr; sie griff danach, schüttelte eine Zigarette heraus, nahm sie zwischen die Lippen und gab mir die Packung zurück. Ich hielt ihr ein Streichholz an die Zigarette. Sie inhalierte tief und stieß den Rauch durch die Nase aus. Sie musterte mich.

«Privatdetektiv, was?»

Ich nickte bescheiden.

«Nun, Sie haben die Statur dafür, das muß man Ihnen lassen.»

«Warum kaufen sie Land auf?» fragte ich. «Was hat Rancho Springs an sich, das mir entgangen ist?»

«Es liegt nur dreißig Meilen östlich von Pasadena», sagte sie.

«Ideal für Fans der Rosenparade», sagte ich. «Sonst noch was?»

«Keine Ahnung, Marlowe. Aus dieser Sache wird kein Mensch schlau. Dieses Gebiet ist praktisch eine Wüste. Keine Landwirtschaft, keine Industrie, von allem verdammt wenig. Ein paar Leute graben hier draußen noch immer nach Gold, und ein paar gottverdammte Dummköpfe wie mein Mann und ich kommen her, weil sie an saubere Luft und Freiheit denken. Dann legt der Maler Dreckskerl sich hin und stirbt mir weg, und ich muß diese Zeitung nun schon seit sieben Jahren allein machen.»

«Wenig rücksichtsvoll», sagte ich. «Vielleicht wissen Vinnie und Chuck mehr als wir.»

«Vincent Tartabull und Charles Gardenia. Das will ich in ihrem Interesse hoffen, denn vorläufig gehört ihnen jede Menge des wertlosesten Landes, das Gott je erschaffen hat.»

«Sind sie von hier?» fragte ich.

«Zum Teufel, nein», sagte Pauline Snow. «Sie sind vor ungefähr 'nem halben Jahr hier aufgekreuzt und haben das Loch über der Tankstelle gemietet, die eigentlich selbst ein verdammtes Loch ist, wenn man's recht überlegt, und haben diese blöde Rita eingestellt. Und haben angefangen, Land aufzukaufen. Nichts leichter als das, niemand will es, jeder ist höllisch froh, wenn er's verkaufen und dann abhauen kann. Hier lebt eigentlich nur, wer nicht verkaufen kann.»

«Wissen Sie, woher die beiden kommen?»

«Los Angeles», sagte sie.

«Woher wissen Sie das?»

«Ich war früher Reporterin beim *Plain Dealer* in Cleveland, Mr. Marlowe. Jetzt bin ich bloß 'ne dicke alte Kuh ohne Ehemann, die in East Overshoe ein schäbiges kleines Wochenblatt herausgibt. Aber ich habe noch nicht alles vergessen, was ich mal konnte.»

«Ich habe den Eindruck, Mrs. Snow, daß Sie gar nichts vergessen haben – und daß Sie früher eine ganze Menge gewußt haben.»

«Sie wissen, was Frauen gern hören, Mr. Marlowe. Das wissen Sie genau!»

«Noch irgendwelche weiteren Informationen über die beiden Kerle?»

Sie schüttelte den Kopf. «Ich versuche seit einiger Zeit, ihnen auf die Schliche zu kommen», sagte sie, «aber bisher ohne Erfolg. Ich werde einfach nicht schlau aus ihnen.»

«Kennen Sie einen gewissen Bonsentir, Dr. Claude Bonsentir?»

«Klar. Sein Name steht im Gründungsvertrag, der beim hiesigen Innenministerium hinterlegt ist.»

Ich grinste sie an. Und nickte ihr voll spöttischer Bewunderung zu.

«Kennen Sie zufällig auch seine Sockengröße?» fragte ich. «Irgendwelche besonderen Kennzeichen?»

«So gut bin ich auch wieder nicht, Marlowe. Ich habe den Gründungsvertrag eingesehen – wie Sie vermutlich auch. Mehr als das weiß ich nicht. Hat mir nicht weitergeholfen.»

«Kann ich mir denken. Aber ich will Ihnen was Nützliches erzählen», sagte ich. «Es gibt irgendeine Verbindung zwischen dieser Klitsche, der Rancho Springs Development Corporation, und einer anderen droben im Neville Valley, die sich Neville Valley Realty Trust nennt.»

«Neville Valley», sagte sie. «Liegt das nicht im Norden, irgendwo in den Bergen?»

«Yeah, ungefähr zweihundert Meilen nördlich von Los Angeles in der Sierra Nevada», sagte ich. «Und wissen Sie, was diese Firma tut?»

«Woher denn, verdammt noch mal?» fragte sie.

«Das war eine rhetorische Frage, Mrs. Snow. Sie kauft Wasserrechte auf.»

Sie starrte mich an und öffnete ihren Mund und machte ihn wieder zu und wandte sich ab, um eine zusammengerollte Kalifornienkarte aus einem Aktenschrank neben der Druckerpresse zu holen.

Sie rollte sie auseinander und breitete sie auf ihrem Arbeitstisch aus und beugte sich mit aufgestützten Händen darüber und ließ den Kopf hängen, während sie die Landkarte studierte. Nach ein paar Minuten begann sie schweigend zu nicken und nickte weiter, während sie die Karte zusammenrollte und wieder verstaute. Als sie an die Theke zurückkam, nickte sie immer noch.

«Geben Sie mir noch 'nen Glimmstengel», sagte sie.

Ich gab ihr einen. Und Feuer. Nachdem sie ihre Zigarette angezündet und eine Lunge voll Rauch ausgeatmet hatte, bückte sie sich hinter der Theke und suchte einen Augenblick herum und brachte dann eine Flasche Rye und zwei Gläser zum Vorschein.

«Wir brauchen einen kleinen Schluck Whiskey, glaub' ich, während wir über diese Sache nachdenken.»

Ich kippte die zwei Daumenbreit, die sie einschenkte, mit einem einzigen Schluck. Sie genauso. Sie atmete zufrieden aus und schenkte dann nochmals ein.

«Sie glauben also, daß diese Leute das Wasser aus dem Neville Valley hierher leiten wollen, damit ihr billig gekauftes Wüstenland dann ein Vermögen wert ist?»

«Möglich», sagte ich.

«Na, das wäre doch was!» sagte sie.

«Das Problem ist nur», sagte ich, «daß dort oben irgendein staatliches Landgewinnungsprojekt läuft, mit dem das Neville Valley bewässert werden soll.»

«Und Sie vermuten, daß jemand es zu stehlen versucht. Das Wasser.»

«Keine Ahnung», sagte ich. «Ich versuche nur, eine junge Frau zu finden, und wohin ich auch blicke, stoße ich auf eigenartige Geschichten, und der Fall wird größer und größer.»

«Nun, vielleicht kann ich mich hier ein bißchen umsehen», sagte sie. «Sind Sie irgendwo erreichbar?»

Ich gab ihr meine Karte. Sie las die Adresse. «Hollywood, nicht wahr?»

«Klar», sagte ich. «Schnüffler für Stars.»

«Hören Sie mal», sagte sie, «da fällt mir was Verrücktes ein. Nehmen wir an, wir würden feststellen, daß nicht alles, äh, koscher ist – an dieser Sache, meine ich –, bei wem, zum Teufel, würde man den Diebstahl eines Flusses anzeigen?»

Ich kippte den Rest meines zweiten Drinks und fuhr mir mit dem Rücken meines Zeigefingers über die Lippen.

«Vermutlich bei mir», sagte ich.

22

Ich hatte meinen Wagen gegenüber der Tankstelle geparkt, über der die Rancho Springs Development Corporation ihr Rattenloch hatte. Als ich zu meinem Auto zurückkam, war es durch einen schwarz-weißen Streifenwagen mit einem großen Silberstern auf den vorderen Türen blockiert. In dem Doppelkreis, der den Stern umgab, standen die Wörter RANCHO SPRINGS POLICE.

An meinem Wagen lehnten zwei feine Vertreter der hiesigen Ordnungsmacht. Wahrscheinlich die einzigen Vertreter der hiesigen Ordnungsmacht. Einer von ihnen war ein großer, hagerer, drahtiger Kerl mit einem buschigen Walroßschnauzbart. Er trug ein beiges Hemd und eine durch häufiges Waschen fadenscheinig gewordene Khakihose und einen breitkrempigen weißen Zehngallonenhut mit Schweißflecken am Band. An sein Hemd war ein Stern gepinnt, auf dem *Chief* stand, und er trug im Westernstil einen alten Colt Kaliber 44, der in einem abgewetzten Lederhalfter steckte, das an einem breiten Patronengürtel hing. Der Lauf seines Colts mußte mindestens 25 Zentimeter lang sein.

Der zweite Kerl, der an meinem Wagen lehnte, war um die fünfzehn Zentimeter kleiner als sein Chief und etwa einen Meter breiter. Er hatte überhaupt keinen Hals, und sein rotes Gesicht mit den Hängebacken schien direkt aus dem Körper zu wachsen, und das ausgebleichte Khakihemd spannte sich über seinem Wanst, daß die Knöpfe abzuplatzen drohten und die klaffenden Lücken zwischen den Knöpfen blasse Haut sehen ließen. Auch er trug einen großen Hut, der ihn noch untersetzter wirken ließ. Die blonden Augenbrauen über den kleinen Augen waren ausgebleicht und bildeten zwei weiße Striche in seinem roten Gesicht. Auf seinem Silberstern stand *Sergeant*. Seine Dienstwaffe war eine Automatik Kaliber 45 in einer beim Militär üblichen Tasche an einem Webgurt, den er so eng trug, daß sein Wanst darüberquoll.

«Ist das Ihr Wagen?» fragte der dicke Cop.

«Schön, was?» fragte ich. «Wollen Sie sich mal reinsetzen?»

«Was soll das heißen, verdammt noch mal?» sagte der dicke Cop.

«Tschuldigung», sagte ich. «So schnell wollte ich nicht reden.»

«Sie werden bald reden, so schnell Sie können, und zwar in der hinteren Zelle unter den hellen Lampen.»

«Je kleiner das Nest, um so wilder die Polizisten», sagte ich.

Der dicke Cop griff an seine Pistolentasche.

«Wollen Sie das noch mal sagen, Großmaul?» fragte er.

Der Chief legte dem dicken Cop eine Pranke groß wie ein Baseballhandschuh auf die Schulter.

«Laß nur, Vern», sagte er mild. «Kein Grund, dich auf 'nen Wettbewerb für Großschnauzen mit diesem Kerl einzulassen. Wir sagen ihm schlicht, was wir auszurichten haben, und schauen, daß er weiterkommt.»

«Hab' mir gleich gedacht, daß ihr was auszurichten habt», sagte ich.

Der dicke Cop funkelte mich weiter an, die Hand ständig an seiner Pistolentasche. Ich hätte ihm die Nase abschießen und meine Waffe wegstecken können, bis er die Tasche aufgekriegt hätte.

«Cleverer Bursche», sagte der Chief locker. «Hab' gleich gemerkt, daß Sie'n cleverer Bursche sind, als Sie hier aufgekreuzt sind. In der City gibt's 'ne Menge cleverer Burschen, denk' ich. Aber nicht allzu viele kommen her, um mit uns Kaktusratten Sand zu fressen.»

«Haben Sie diesen Kerl tatsächlich als Cop eingestellt?» fragte ich und nickte zu dem dicken Cop hinüber, «oder halten Sie ihn sich bloß als Schattenspender?»

«Vern ist brauchbar. Macht gute Arbeit mit dem Gummiknüppel. Aber er ist nicht immer so höflich, wie er sein sollte, denk' ich. Welchen Zweck hat Ihr Besuch in unserer Stadt, Mr. Marlowe?»

«Haben Sie den von der Zulassung?» fragte ich. «Oder von Rita?»

«Zulassung», sagte der Chief. «Rita könnte sich an keinen Namen erinnern, der ihr gesagt worden ist.»

Ich nickte. Danach kurzes Schweigen.

«Wir haben Sie was gefragt, Stadtratte.»

«Ich bin als Privatdetektiv hier, weil ich einen Fall bearbeite.»

«Welchen Fall?» fragte der Chief.

«Vertraulich», sagte ich.

Der Chief nickte kurz, und der dicke Cop traf meine rechte Schulter mit dem Gummiknüppel. Die Schmerzen schossen meinen Arm entlang bis zu den Fingerspitzen und nach oben in den Kopf. Der dicke Cop war verdammt schnell mit seinem Gummiknüppel. Ich hatte nicht einmal gesehen, daß er ihn rausgezogen hatte.

«Wenn er noch mal damit zuschlägt», sagte ich zu dem Chief, «haue ich ihm seinen Knüppel in die Fresse.»

Mit einer kaum merklichen Bewegung hielt der Chief plötzlich seinen altmodischen Westerncolt in der Hand und drückte ihn unter mein Kinn. «Hören wir doch alle auf, um den heißen Brei rumzuschleichen», sagte er. «Sie sind hier unterwegs gewesen und haben sich nach der Rancho Springs Development Corporation erkundigt. Das paßt uns nicht. Uns paßt's nicht, wenn großkotzige, breitmäulige Privatdetektive aus der City in unserer Stadt rumwieseln und Fragen nach unseren Angelegenheiten stellen. Vor allem Vern hier gefällt das gar nicht.»

«Das hab' ich mir schon gedacht», sagte ich. Die Mündung seines Colts blieb fest gegen die weiche Stelle unter meinem Kiefer gedrückt.

«Darum verlangen wir, daß Sie damit aufhören, Sie cleverer Bursche. Wir wollen, daß Sie sich in Ihre Kiste setzen und aus Rancho Springs abhauen und nie mehr zurückkommen. Sollten Sie nämlich zurückkommen, haben wir ganz hinten 'ne Zelle ohne Fenster, aber mit 'ner ganz hellen Lampe, wo Vern mit Ihnen quatschen kann, bis alles klar ist. *Comprende?*»

«Yeah», sagte ich. «Soweit kann ich Ihnen folgen.»

Der Chief drehte meinen Kopf mit der Mündung seines Colts zum Wagen hinüber.

«Mach die Fliege!» sagte er.

Mein rechter Arm war gefühllos und pochte heftig. Ich konnte ihn kaum bewegen, versuchte aber, mir nichts anmerken zu lassen. Ich öffnete die Autotür mit der linken Hand, als sei das bei mir ganz normal, und stieg ein und ließ den Motor an. Die beiden Cops setzten sich in ihren Streifenwagen und rollten beiseite und an ihnen vorbei fuhr ich Richtung Ortsausgang. Sie folgten mir bis zum Ortsschild, wo sie wendeten und nach Rancho Springs zurückfuhren. Sie zogen eine flache Staubfahne hinter sich her und verschwanden langsam im Rückspiegel. Kein Tag ohne neue Freunde.

23

Ich erwachte mit einer Idee. Außerdem erwachte ich mit einem Arm, in dem es wie Zahnschmerz pochte, und ich hatte ein Ziehen im Unterkiefer und eine druckempfindliche Stelle hinter dem Ohr. Aber hauptsächlich war es die Idee. Ich erinnerte mich an eine Äußerung Vivians über eine Art Landsitz, den Simpson in der Wüste haben sollte. Ich wälzte mich aus dem Bett und rief sie an, während der Kaffee durchlief.

«Ach, ich weiß nicht», sagte sie verschlafen. «Irgendwo hinter Pasadena.»

«Kannst du dich an den Namen erinnern?»

«Springs, irgendwas mit Springs», sagte sie. «Ich bin nie dort gewesen. Ich weiß nur, daß Daddy manchmal hingefahren ist, als er noch gesund war.»

«Rancho Springs?»

«Das klingt richtig. Sehen wir uns bald, Phil?»

«Hoffentlich», sagte ich und legte auf.

Phil?

Ich rief Pauline Snow an.

«Marlowe», sagte ich. «Wissen Sie zufällig, ob in der näheren Umgebung von Rancho Springs ein Kerl namens Randolph Simpson lebt?»

«Ein Kerl namens Randolph Simpson? Mein Gott, Marlowe, wo haben Sie die letzten dreißig Jahre gesteckt? Randolph Simpson ist kein ‹Kerl›. Um Himmels willen, da könnten Sie gleich ‹ein Kerl wie John D. Rockefeller› sagen!»

«Lebt er dort?»

«Klar. Das weiß hier jeder.»

«Haben Sie irgendwie Zugang zu ihm?»

«Natürlich nicht. Zu Randolph Simpson hat niemand Zugang. Warum?»

«Ich glaube, daß er in die Sache mit dem Bewässerungsprojekt und den Wasserrechten verwickelt ist.»

«Simpson?»

«Dr. Bonsentir ist sein Arzt.»

«Das heißt noch lange nicht, daß er an irgendwelchen Machenschaften beteiligt ist.»

«Vor einigen Tagen», sagte ich, «haben ein paar harte Burschen mich an einem regnerischen Abend in Hollywood ziemlich in die Mangel genommen. Sie haben mir empfohlen, Randolph Simpson und Dr. Bonsentir in Ruhe zu lassen.»

«Weil Sie in dieser Sache mit den Wasserrechten rumgestochert haben?»

«Weil ich eine junge Frau suche, die aus Bonsentirs Sanatorium zu Simpson gekommen ist. Die Burschen, die mir aufgelauert haben, fahren einen Buick, der auf den Neville Valley Realty Trust zugelassen ist.»

«Auf die Leute, die im Norden Wasserrechte aufkaufen?»

«Mmh-hmm.»

«Das beweist noch nicht, daß Simpson darin verwickelt ist. Könnte ja bloß um die junge Frau gegangen sein.»

«Weshalb fahren sie dann einen Wagen, der auf den Neville Valley Realty Trust zugelassen ist? Und ist es wohl ein Zufall, daß es eine Verbindung zwischen Neville Valley und Rancho Springs zu geben scheint, daß Simpson einen Landsitz in Rancho Springs hat und daß sein Arzt im Vorstand der Immobilienfirma sitzt, die Grundstücke in Rancho Springs aufkauft?»

«Okay», sagte Pauline Snow, «Sie haben recht. Das ist nichts, mit dem Sie vor Gericht gehen können, und erst recht nichts, was ich drucken kann – noch nicht. Aber es ist etwas.»

«Wie steht's mit Vinnie und Chuck?» fragte ich. «Haben Sie was über die beiden?»

«Nur ihre Adressen», sagte sie. «Wollen Sie die?»

Ich wollte. Sie kramte einige Minuten lang in der Nähe des Telefons, während ich Zucker und Sahne in meinen Kaffee tat und ihn mit kleinen Schlucken trank. Dann kam sie zurück und gab mir eine Adresse in Los Angeles.

«Geschäftsadresse, nehme ich an», sagte sie. «Ich kenne L. A. nicht so gut, aber sie klingt nach Zentrum, finde ich.»

«Stimmt», sagte ich. «Ich besuche die beiden mal. Ich bin Ihnen dankbar für alles, was Sie über Randolph Simpson rauskriegen können.»

«Was versuchen wir eigentlich, Marlowe? Genau?»

«Woher, zum Teufel, soll ich das wissen?» sagte ich. «Ich habe den Auftrag, das Mädchen zu finden. Und das versuchen wir, denke ich.»

Ich aß etwas Toast und trank den restlichen Kaffee und war nach einer Stunde mit schmerzendem Arm, aber wieder klarem Kopf in Richtung Zentrum unterwegs.

Die Firma Gardenia-Tartabull Insurance & Real Estate residierte in einem Gebäude auf dem Bunker Hill in der Nähe der Fourth Street, das jedermann beeindruckt hatte, als es erbaut worden war. Jetzt war es weniger eindrucksvoll, aber unter dem angesammelten Schmutz leuchtete noch der Glanz seiner Jugend hervor. Aus der Eingangshalle erhob sich zum Dach hinauf der Lichtschacht, in dem die Eisenkäfige der Aufzüge auf und ab fuhren und umlaufende schmiedeeiserne Geländer die Stockwerke markierten. Ich fand Gardenia-Tartabull im fünften Stock hinter einer Milchglastür, auf der unter dem Firmennamen in kleinen schwarzen Buchstaben *Notare* stand.

Drinnen saß hinter einem nahezu leeren Schreibtisch eine Rothaarige mit üppiger Mähne in einem hautengen grünen Kleid. Sie war mit übereinandergeschlagenen Beinen auf ihren Stuhl zurückgelehnt damit beschäftigt, ihre Fingernägel sehr sorgfältig in einem genau zu ihrer Haarfarbe passenden Flammenrot zu lackieren. Ich wartete eine Minute, bis eine kurze Unterbrechung einzutreten schien. Sie sah nicht auf.

«Haben Sie hier noch 'nen anderen Job», fragte ich, «oder ist das der einzige?»

«Sekunde», sagte sie. Sie runzelte in großer Konzentration die Stirn, und zwischen den glänzend roten Lippen war ihre Zungenspitze zu sehen. Ich angelte mir den Stuhl neben der Tür, drehte ihn um und setzte mich rittlings darauf, so daß ich beide Unterarme auf die Lehne stützen konnte. Dann ließ ich mein Kinn auf den Armen ruhen und sah ihr beim Lackieren zu.

«Wie lange brauchen Sie im allgemeinen dafür?» fragte ich.

Sie antwortete nicht, sondern schüttelte nur den Kopf und runzelte die Stirn noch etwas tiefer, während sie einen glatten Pinselstrich über den Ringfingernagel führte. Blieben noch acht zu lackieren.

«Sie brauchen nicht aufzusehen», sagte ich. «Und Sie brauchen nicht zu sprechen. Nicken Sie einfach oder schütteln Sie den Kopf. Ist Gardenia oder Tartabull da?»

Sie nickte. Ihr kleiner Nagellackpinsel schwebte über dem zweiten Fingernagel. Sie konnte nicken, oder sie konnte ihre Nägel lackieren, das war klar, aber sie konnte nicht beides gleichzeitig.

«Tartabull?»

Sie schüttelte den Kopf.

«Gardenia?»

Sie nickte. Ich sah mich im Vorzimmer um. An den Wänden standen vier oder fünf grüne Aktenschränke aus Stahl, und hinter ihrem Schreibtisch sah ich zwei Türen mit Milchglaseinsätzen. Auf einer stand CHARLES GARDENIA, auf der anderen VINCENT TARTABULL. Ich schob meinen Stuhl zurück.

«Danke für Ihre Hilfe», sagte ich und stand auf und ging an ihrem Schreibtisch vorbei auf Gardenias Tür zu. In diesem Augenblick hätte sie beinahe gesprochen, aber ich hatte die Tür zu Gardenias Büro schon geöffnet, bevor sie etwas sagen konnte, und danach war's zu spät. Als ich die Tür hinter mir zumachte, sah ich sie wieder den Kopf senken und auf ihre Fingernägel starren.

Hinter seinem Schreibtisch, auf dem die *Los Angeles Times* ausgebreitet lag, saß einen Krapfen mampfend der fette Kerl im Leinenanzug, den ich beobachtet hatte, als er droben im Norden auf dem Parkplatz des Neville

Valley Realty Trusts aus dem schwarzen Buick geklettert war. Er trug wieder denselben Anzug. Neben der Zeitung auf seinem Schreibtisch stand eine Tasse Kaffee, aus der sich leichter Dampf kräuselte. Am kleinen Finger der Hand, die den Krapfen hielt, glitzerte ein Brillantring. Gardenia starrte mich ausdruckslos an, während er das abgebissene Krapfenstück kaute und hinunterschluckte. Dann trank er einen kleinen Schluck Kaffee.

«Was woll'n Sie?» fragte er dann.

«Mein Name ist Marlowe», sagte ich. Das schien ihn nicht zu beeindrucken. «Ich bin Privatdetektiv und bearbeite einen Fall, bei dem ich immer wieder auf bestimmte Geschäfte stoße – darunter auch auf Ihre.»

«Und was wären Ihrer Meinung nach meine Geschäfte?» fragte Gardenia.

«Ich weiß, daß Sie als Rancho Springs Development Corporation im Geschäft sind.»

«Tatsache?» fragte Gardenia. Sein Krapfen schien ihn weit mehr zu interessieren als alles, was ich zu sagen hatte.

«Und ich weiß, daß Sie in Geschäftsverbindung mit dem Neville Valley Realty Trust stehen.»

«Yeah?»

«Yeah.»

Ich kam mir vor wie in einem Film, den ich schon mal gesehen hatte. Gardenia stopfte sich das letzte Stück Krapfen in den Mund, trank noch einen Schluck Kaffee.

«Was für 'nen Fall bearbeiten Sie also?» fragte er.

«Ich suche eine junge Frau.»

«Ist das alles?» fragte Gardenia. «Zum Teufel, von mir

aus können Sie die draußen mitnehmen. Die taugt nämlich nichts.»

«Aber im Nagellackieren ist sie große Klasse.»

«Yeah.» Gardenia kramte unter einigen Papieren herum und brachte einen weiteren Krapfen zum Vorschein. Er biß davon ab und kaute zufrieden.

«Wer ist also die junge Frau, die Sie suchen?»

«Carmen Sternwood. Ihr Vater war General Guy Sternwood. Vielleicht haben Sie von ihm gehört. Er war in der Ölbranche.»

Gardenia schüttelte den Kopf. «Nö, nie gehört. Warum kommen Sie wegen dieser Sache zu mir? Ich kenn' keine verschwundenen Miezen.»

«Ich glaube, daß sie bei Randolph Simpson ist.»

«Und?» Gardenia zuckte mit den Schultern. «Ich kenne Randolph Simpson nicht.»

«Haben Sie nicht geschäftlich in Rancho Springs zu tun? Er lebt dort draußen.»

«Wie ich so höre, lebt er an allen möglichen Orten», sagte Gardenia. Unser Gespräch interessierte ihn nicht. Er betrachtete seine Hand, mit der er den Krapfen gehalten hatte, und leckte sich einen Krümel vom Zeigefinger.

«Ein paar harte Burschen mit einem auf den Neville Valley Realty Trust zugelassenen Wagen haben mich neulich nachts auf der Straße angehalten und verlangt, daß ich Randolph Simpson in Ruhe lasse.»

Gardenia zuckte mit den Schultern.

«Außerdem haben sie verlangt, daß ich Dr. Bonsentir

in Ruhe lasse. Und nicht weiter nach Carmen Sternwood suche.»

Gardenia rieb seine Hände aneinander, um sie von etwa nicht abgeleckten Krümeln zu befreien. Dann beugte er sich leicht nach vorn über den Schreibtisch und nahm eine Zigarre aus einem Lederhumidor und steckte sie sich zwischen die Lippen und knipste ein Tischfeuerzeug an und zündete sich damit die Zigarre an.

«Hören Sie, wie heißen Sie gleich wieder?»

«Marlowe.»«

«Okay, Marlowe, ich sehe ein, daß Sie ein Problem haben. Aber ehrlich gesagt ist das nicht mein Problem, wenn Sie wissen, was ich meine, und ich finde, daß ich schon mehr als genug Zeit dafür geopfert habe.»

«Sie wissen nicht etwa zufällig, wo Carmen Sternwood ist?»

«Marlowe, von mir kriegen Sie hundert Punkte für Hartnäckigkeit, aber ich weiß nicht, wo sie ist, oder wer sie ist, und deswegen auch nicht, wie's ihr geht. Sie glauben, daß sie bei diesem Kerl Randolph Simpson ist – warum fahren Sie dann nicht 'raus zu ihm und fragen nach ihr?»

Ich nahm eine Geschäftskarte aus der Tasche und legte sie auf den Schreibtisch.

«Mit der *Dieser-Kerl-Simpson*-Masche haben Sie's ein bißchen übertrieben, finde ich», sagte ich.

Gardenia zuckte mit den Schultern und breitete seine Hände aus. Die Handflächen waren sauber und rosig weich. Die Fingernägel waren manikürt und poliert.

«Falls Ihnen was einfällt, können Sie mich anrufen», sagte ich.

«Wird gemacht», sagte Gardenia. Er stemmte sich hoch. Sein Wanst spannte sein weißes Hemd fast zum Zerreißen. Er streckte die rechte Hand aus.

«Danke fürs Vorbeikommen.»

Ich schüttelte den Kopf, ohne seine Hand zu ergreifen.

«Für solchen Scheiß bin ich schon zu alt», sagte ich.

Das machte ihm nichts aus. Er lächelte, sank in den Sessel zurück, griff nach seiner Kaffeetasse und begann wieder in der *Times* zu lesen, wobei er die Druckzeilen mit dem Zeigefinger entlangfuhr, während seine Zigarre in derselben Hand ihren wohlduftenden Rauchfaden zur Decke emporschickte.

Ich ging, ohne beim Hinausgehen die Tür zu schließen. Das sollte ihm eine Lehre sein.

24

Morris Isaacson hatte seine Anwaltskanzlei mit zwei Sekretärinnen in West Hollywood unweit der Kreuzung Horn Avenue und Sunset Boulevard. Er lehnte sich in seinen großen Drehsessel zurück und legte seine kleinen Füße auf den Schreibtisch und bewunderte seine auf Hochglanz geputzten Schuhe.

«Wasserrechte», sagte er nachdenklich. «Das ist ein Ausdruck aus dem Westen. Östlich des Mississippi haben sie Anliegerrechte. Das bedeutet, daß jeder, der zum

Beispiel an einem Fluß lebt, ihm unbegrenzt viel Wasser entnehmen darf. Westlich des Mississippi gibt's, nachdem's hier draußen ziemlich trocken ist, Wasserrechte, die den Anliegern je nach Größe ihrer anliegenden Grundstücke einen Anspruch auf bestimmte Wassermengen garantieren.»

«Und diese Rechte kann man verkaufen?»

«Kaufen oder verkaufen», sagte Isaacson. Er hatte einen dünnen grauen Schnurrbart und glattes silbergraues Haar und eine kräftige Nase. «Keine Anliegerrechte, die sind ans Land gebunden. Wasserrechte dagegen, klar, die können gekauft und verkauft werden.»

«Ist daran irgendwas illegal?»

«Nicht mehr als an jedem anderen Geschäft. Betrug muß natürlich ausgeschlossen sein, dafür gelten die üblichen Bestimmungen. Aber Wasserrechte sind an sich nichts Besonderes.»

«Und wenn ich an irgendeinem Fluß sämtliche Wasserrechte aufkaufen würde, könnte ich über das Wasser frei verfügen?»

«Richtig.»

«Würde der Staat Wasserrechte aufkaufen?»

«Klar, das hat er überall im Westen getan.»

«Würde er mit dem Ankauf eine Privatfirma beauftragen?»

«Marlowe, woher, zum Teufel, soll ich das wissen? Soviel ich beurteilen kann, ist der Staat zu allem fähig.»

Ich schwieg nachdenklich.

«Ich will kein Spielverderber sein, Marlowe, aber dazuhocken und zuzusehen, wie Sie nachdenken, bringt mir kein Geld. Ihnen die Sache mit den Wasserrechten zu erklären, hat mir auch nicht gerade verdammt viel eingebracht.»

«Ich bin Ihnen was schuldig», sagte ich.

«Das weiß ich selbst», sagte Isaacson. «Aber Sie besitzen nichts, womit Sie zahlen könnten. Vielleicht komme ich eines Tages zu meinem Honorar, wenn's mal Schwierigkeiten mit einem Mandanten gibt.»

Ich stand kommentarlos auf und ging. Als ich ins Büro zurückkam, saß der käsige Blonde, der Eddie Mars auf Schritt und Tritt folgte, im Wartezimmer und hatte die Beine ausgestreckt und den Hut ins Gesicht gezogen. Ich ging wortlos an ihm vorbei und sperrte die innere Tür auf und öffnete das Fenster, um die heiße Luft hereinzulassen, und setzte mich hinter meinen Schreibtisch. Eine Minute später kam der Blonde hereingeschlendert – giftiger als zwei Skorpione. «Eddie will, daß Sie in den Club rüberkommen», sagte er. Seine Lippen bewegten sich kaum, während er sprach, und er mußte seinen Kopf in den Nacken legen, um unter der Hutkrempe hervorsehen zu können.

«Schon möglich», sagte ich.

«Es geht um die Sternwood-Mieze», sagte Blondie.

«Welche?»

«Vivian. Eddie sagt, daß Sie rüberkommen sollen. Sie ist dort. Jemand hat ihr 'ne Abreibung verpaßt.»

«Wer?»

«Hat Eddie nicht gesagt. Ich soll Sie bloß rüberbringen.»

«Ich bringe mich selbst», sagte ich.

Blondie schüttelte den Kopf. «Eddie hat gesagt, daß ich Sie rüberbringen soll.»

Ich stand auf. «Sie wollen mich rüberbringen? Damit können Sie gleich anfangen. Aber Sie werden denken, sie wären in 'nen Propeller geraten.»

«Stark heute», sagte Blondie.

«Stark, schnell und von fast allen angewidert, mit denen ich diese Woche zu tun gehabt habe.»

Blondie zuckte mit den Schultern. «Eddie hat nichts davon gesagt, daß ich Sie umlegen soll. Wir sehen uns im Club.»

Er machte kehrt und marschierte hinaus. Ich folgte ihm eine Minute später und erreichte den Cypress Club vor ihm.

Bei Tageslicht sah er schäbiger aus, wie alle Clubs. Die baulichen Mängel, die die indirekte Beleuchtung dezent verdeckte, wirkten im Sonnenschein betrüblich real. Die Stellen, wo die Fassadenfarbe im stetigen Pazifikwind abgeblättert war, traten bei Tageslicht deutlich hervor! Im Halbdunkel schien alles besser auszusehen.

Mars war die Ausnahme. In einem perlgrauen Sportsakko, zu dem er ein dunkelgraues Hemd trug, dessen Kragenspitzen über die Revers hinausragten, sah er bei Tageslicht genauso gut aus. Vivian war bei ihm im Büro, als ich hereinkam.

Sie sah nicht gut aus. Ihre Oberlippe war geschwollen, und um ein arg zugerichtetes Auge entwickelten sich die dunklen Ringe eines klassischen Veilchens. Was sie an

Make-up getragen haben mochte, war verschmiert, und ihre Frisur war zerzaust, und sie sah verzweifelt und ängstlich und verwundbar aus. Und schön.

«Was ist passiert?» fragte ich.

Sie sah zu Eddie hinüber, und er antwortete an ihrer Stelle.

«Sie hat 'nen Anruf aus Bonsentirs Sanatorium gekriegt – Carmen sei wieder da, und sie solle hinkommen. Anstatt mich anzurufen, ist sie gleich hingefahren. Droben am Mullholland Drive haben zwei Schläger sie von der Straße abgedrängt, ein bißchen in die Mangel genommen und aufgefordert, Sie zurückzupfeifen.»

«Sonst würde was passieren?»

Mars nickte. Sein Gesichtsausdruck blieb beherrscht, aber seine Augen glitzerten.

«Laß die Finger von dieser Sache, Marlowe», sagte Vivian mit erstickter Stimme. «Verdammt noch mal, laß die Finger davon und verschwinde aus unserem Leben, damit wir ein bißchen Frieden haben.»

«Und was noch?» fragte ich. «Ich lasse Carmen gehen, wo immer Bonsentir sie hinschickt, und dich tun, was zwei Schläger dir auftragen? Das nennst du Frieden?»

Vivian blickte zu Eddie hinüber, bevor sie wieder mich ansah.

«Er hat recht, Süße», sagte Mars mit so kalter und ausdrucksloser Stimme, daß sie nicht menschlich klang.

Sie starrte erst ihn an und dann mich und brach dann in Tränen aus. «Seht mich an», sagte sie, «seht mich bloß an!» Und sie weinte noch heftiger, aber das Weinen tat ihr weh, deshalb bekam sie es unter Kontrolle. Mars sagte kein Wort, aber er durchquerte den Raum und legte ihr einen Arm um die Schultern. Vivian stand steif da.

«Ich hab' dich angerufen», sagte sie mit mühsam beherrschter Stimme zu mir. «Du bist nicht dagewesen. Deshalb bin ich losgefahren, und als es dann passiert war, bin ich zu Eddie gekommen.»

«Du brauchst nichts zu erklären», sagte ich.

Mars starrte mich an. Wahrscheinlich hörte er gar nicht, was gesprochen wurde. Seine Augen glitzerten wie Eis.

«Was unternehmen wir wegen dieser Sache, Soldat?»

«Irgendwas», sagte ich. «Sind wir jetzt Verbündete?»

Mars nickte. «Vorläufig schon», sagte er. In Gedanken schien er woanders zu sein. «Das bedeutet nicht, daß wir Kumpels sind, Soldat. Es bedeutet nur, daß wir gemeinsame Interessen haben.»

«Yeah», sagte ich.

«Was wirst du jetzt tun?» fragte Vivian.

«Irgendwas», sagte ich.

«Wenn's dir wieder besser geht, Süße, schicke ich dich mit ein paar meiner Jungs nach Hause», sagte Mars. «Marlowe und ich müssen miteinander reden.»

«Und ich sitze nur so rum, während ihr Männer über mein Leben entscheidet», sagte Vivian.

«Hast du 'ne bessere Idee?» fragte ich.

Sie schüttelte den Kopf, und ihr schlimm zugerichtetes Gesicht verfinsterte sich, als würde sie erneut in Tränen ausbrechen. Aber das tat sie nicht.

«Nein, verdammt noch mal, so haben Frauen seit je gelebt! Daheimbleiben, warten, hoffen, während die Männer ‹etwas tun›. Vielleicht betrinke ich mich.»

«Ich lasse dich von ein paar meiner Jungs bewachen», sagte Mars. «Jetzt tut dir keiner mehr weh.»

«Zum Teufel, nicht weh!» sagte Vivian und wandte sich ab und stürmte hinaus.

Blondie erschien an der Tür, sobald Vivian den Raum verlassen hatte.

«Nimm jemand mit, fahrt sie nach Hause. Bleibt bei ihr.»

Blondie verschwand.

Im Club herrschte die bei Tag für Nachtlokale typische Stille. Mars griff in eine Schreibtischschublade und holte einen Colt Kaliber 45 mit kurzem Lauf heraus und legte ihn auf den Schreibtisch. Er stellte eine Schachtel Patronen daneben. «Haben Sie für all das 'ne Theorie?» fragte er.

«Ich setzte mich in den Besuchersessel vor seinem Schreibtisch und schlug meine Beine übereinander und wippte einen Moment lang mit dem Fuß.

«Ich vermute, daß die Sache mit Carmen eher nebensächlich ist», sagte ich. «Ich vermute, daß es in Wirklichkeit um eine Gaunerei geht, bei der Neville Valley und Rancho Springs eine Rolle spielen. Im Neville Valley, für das ein staatliches Bewässerungsprojekt in Planung ist, kaufen irgendwelche Leute Wasserrechte auf. Und irgendwelche Leute kaufen Grundstücke in einem Nest namens Rancho Springs – wo's keine Quellen gibt –, das östlich von Pasadena in der Wüste liegt.»

«Haben Sie ’ne Ahnung, wer das sein könnte, Soldat?»

«Dazu komme ich gleich», sagte ich. «Ich vermute, daß der Plan darin besteht, Wasser aus dem Neville Valley nach Rancho Springs zu leiten und beim Verkauf abzusahnen, wenn das Land fruchtbar geworden ist, das sie für ein Spottgeld gekauft haben, als es noch furztrocken war.

«Zweihundert Meilen?» fragte Mars.

«Klar», sagte ich. «Ich hab’ ein bißchen rumgeschmökert. Der Los-Angeles-Aquädukt ist genauso lang vom Owens Valley aus bis zur Stadt.»

«Sie kaufen also billiges Land, stehlen irgendwo Wasser, um das Land fruchtbar zu machen, und verkaufen es teuer weiter», sagte Mars.

Ich nickte. «Ich vermute, daß Bonsentir daran beteiligt ist und daß Simpson daran beteiligt ist. Für solche Geschäfte braucht man ’ne Menge Kapital. Und ich vermute, daß sie die für das Bewässerungsprojekt im Neville Valley zuständigen Regierungsbeamten bestochen haben, und ich vermute, daß sie auch die Behörden in Rancho Springs gekauft haben. Neulich haben mich ein paar Wüstenpolizisten aus dem Ort verjagt.»

«Man ist also ein bißchen unfreundlich zu Ihnen gewesen», sagte Mars.

«Das bin ich gewöhnt», sagte ich. «Sie haben dieses geile Geschäft also abgeschlossen und unter Kontrolle, und dann trapse ich – Marlowe, der Schnüffler – auf der Suche nach Carmen Sternwood herum, und alle kriegen kalte Füße vor Angst, ich könnte rauskriegen, was sie im Neville Valley vorhaben.»

«Warum sind Sie dann nicht einfach umgelegt worden?» fragte Mars. Er zog das Einstecktuch aus der Brusttasche seiner Jacke, faltete es sorgfältig zusammen und steckte es wieder hinein.

«Sie haben geglaubt, mich in Angst und Schrecken zu versetzen. Ein Mord erregt zuviel Aufsehen.»

«Warum haben sie Carmen nicht einfach zurückgeschickt?» fragte Mars. «Sie glauben ja, daß sie bei Simpson ist.»

«Schwer rauszukriegen», sagte ich. «Möglicherweise hat's was damit zu tun, daß Simpson nicht ganz richtig tickt. Er hat soviel Geld, daß er wahrscheinlich nicht wie Sie und ich denkt, Eddie.»

«Und er hat gute Beziehungen», sagte Mars.

«Verdammt gute», sagte ich. «Die Leute, die ihn schützen, werden von anderen geschützt. Ich glaube, daß er glaubt, er könne ungestraft alles tun und lassen, was ihm einfällt.»

«Mein Mädchen lasse ich nicht von ihm verprügeln!» sagte Mars.

Das war kein Thema, über das ich mit ihm diskutieren wollte. Ich ging nicht darauf ein.

«Was nicht reinpaßt, ist der Mord. Und vielleicht braucht er gar nicht reinzupassen; vielleicht ist er bloß zufällig, ganz ohne Zusammenhang mit dem Rest passiert.»

«Der Nuttenmord?»

«Yeah. In einem Zündholzbriefchen in ihrer Handtasche hat die Telefonnummer der Sternwoods gestanden.»

«Das hab' ich gelesen», sagte Mars. «In der Zeitung haben aber keine Namen gestanden.»

«Auch die Sternwoods haben etwas Einfluß», sagte ich.

«Glauben Sie, daß Carmen ihr die Nummer gegeben hat?»

«Keine Ahnung. Von dem Mord weiß ich so gut wie überhaupt nichts. Ich wollte, er hätte nichts mit dieser Sache zu tun, macht alles nur undurchsichtiger.»

«So ein geiles Geschäft», sagte Mars, «werden die sich nicht von Ihnen vermasseln lassen.» – «Genau.»

«Bei so 'nem Geschäft sind vielleicht fünfzig, vielleicht hundert Millionen Dollar drin.»

«Yeah.»

«Die lassen Sie umlegen, wenn's sein muß», sagte Mars. «Ich würd's tun.»

«Das hat schon mal jemand versucht», sagte ich. «Und zwar einer von Ihren Leuten.»

Mars nickte nachdenklich.

«Sie sind mir ziemlich egal, Soldat», sagte er. «Aber damit Vivian Sie vom Hals hat, müssen wir dieses Geschäft auffliegen lassen.»

«Ich auch», sagte ich. «Und wir müssen Carmen finden.»

«Unsere kleine Miss Hotpants», sagte Mars und schüttelte den Kopf. «Ihrer Schwester täten Sie einen Gefallen, wenn Sie sie unter die Erde brächten.»

«Dafür bin ich nicht engagiert worden», sagte ich.

«Vielleicht könnte man Sie dafür engagieren, daß Sie Ihren Auftrag vergessen», sagte Mars.

«Sie wissen genau, daß das nicht in Frage kommt, Eddie», sagte ich.

«Yeah», sagte er. «Clever sind Sie nicht, Soldat. Aber ich muß sagen, daß Sie hartnäckig sind. Okay, dann finden wir also auch Carmen.»

Ich nickte. Eddie Mars und ich. Partner. Geradezu Kumpels. Zwei clevere Jungs Schulter an Schulter. Mars und Marlowe. Marlowe und Mars. Klang irgendwie gut. Ich hatte das Gefühl, ich müsse heimfahren und gurgeln.

Was ich tat.

25

Ich saß ohne Jacke und mit Krawatte auf Halbmast in meinem Büro, trank einen Schuß Rye aus einem Wasserglas und überlegte eben, ob ich noch einen nehmen oder zum Abendessen gehen sollte, als Bernie Ohls hereinkam.

«Cocktailstunde?» fragte er.

«Klar», sagte ich. «Ich mach's mir gemütlich, trinke ein paar von dieser Sorte und sage mir her, was tagsüber so passiert ist. Das ist sehr gesellig.»

«Wollen Sie ins Leichenschauhaus mitkommen und sich 'ne Leiche ansehen?»

«Was könnte reizvoller sein?» fragte ich.

Ohls ließ seine Sirene auf der ganzen Fahrt im Berufsverkehr durch die Stadtmitte eingeschaltet.

«Hat's die Leiche eilig?» fragte ich.

«Wozu ist man ein Cop, wenn man die Sirene nicht

benutzen darf?» fragte Ohls. «Sowieso der einzige kleine Vorteil in diesem Beruf.»

Das Leichenschauhaus von L. A. County war kühl und düster und an einem heißen Tag angenehm. Unsere Schritte waren laut, als wir hinter dem Leichenwärter die Reihe der übereinander angeordneten Schubfächer entlanggingen, die an Karteikästen für Tote erinnerten. Die Leiche, die der Wärter herauszog, war die einer weißhaarigen alten Frau mit seltsam verdrehtem Hals. Eine alte Frau, die ich kannte. Vielleicht konnte sie jetzt ihr Haus sehen.

«Mrs. Swayze», sagte ich.

«Ihre Personenbeschreibung paßt auf sie», sagte Ohls.

«Genickbruch?»

«Der Gerichtsarzt hat sie noch nicht untersucht», sagte Ohls. «Aber so sieht's aus.»

«Wo ist sie aufgefunden worden?»

«An der Küstenstraße.»

«Glauben Sie, daß sie anderswo ermordet und dort abgeladen worden ist?»

«Wir wissen nicht, ob ein Mord vorliegt», sagte Ohls. «Sie kann gestürzt sein.»

«Unsinn, Bernie», sagte ich, «Sie sind schon zu lange Cop, um so was zu glauben. Sie ist Patientin in Resthaven, eine wichtige Zeugin hinsichtlich Carmen Sternwoods Verschwinden, und wenn wir sie befragen wollen, ist sie weg. Und jetzt wird sie tot aufgefunden – als zweite Frau, die was mit dem Fall Sternwood zu tun gehabt hat.»

«Klar», sagte Ohls. «Aber ich bin auch schon lange

genug Cop, um zu warten, bis der Gerichtsarzt mir erzählt, was er festgestellt hat.»

«Und was ist mit dem Sanatorium?»

«Was soll damit sein? Wir haben nicht den geringsten Beweis dafür, daß Bonsentir nicht sauber wie Seife ist. Zwei Leute, die er angeblich entlassen hat, erweisen sich möglicherweise als Problemfälle. Können wir seinen Laden deshalb dichtmachen?»

«Der ist dreckig wie die Hölle», sagte ich.

«Klar», sagte Ohls. «Sie wissen es, und ich weiß es. Können Sie damit einen Staatsanwalt überzeugen? Einen Richter? Die Geschworenen? Die Antwort kennen Sie, Marlowe.»

«Okay, wenn ich sie jetzt reinschiebe?» fragte der Leichenwärter.

Ohls nickte. Geräuschlos schloß sich das Schubfach auf geölter Schiene.

Ohls und ich ließen sie dort und gingen wieder nach draußen, wo das Leben pulsierte und die Spätnachmittagssonne die Farbe von altem Messing hatte.

Der Verkehr war unterdessen schwächer geworden, und Ohls ließ seine Sirene ausgeschaltet und schwamm im Verkehrsstrom mit in Richtung Hollywood zurück.

«Hab' noch 'ne harte Nuß für Sie, Marlowe», sagte Ohls unterwegs.

Ich hatte den Hut tief in die Stirn gezogen, damit mich die untergehende Sonne nicht blendete, und während ich so in meinem Sitz lehnte, kam ich mir älter vor als der Mount Rainier.

«Yeah?»

«Lola Monforte», sagte Ohls. «Die zerstückelte Leiche im Canyon.»

«Yeah.»

«Ich hab' Ihnen erzählt, daß sie früher Filmschauspielerin gewesen ist. Wir haben ihren ehemaligen Agenten aufgetrieben. Er sagt, daß sie ein Problemfall gewesen ist – eine trinkende Nymphomanin.»

«Sonst noch was?» fragte ich.

«Er sagt, daß sie 'ne Zeitlang in Resthaven gewesen ist, um sich von ein paar Ticks kurieren zu lassen.»

Ich blieb unbeweglich unter meiner Hutkrempe. Ohls und ich schwiegen. An der V-förmigen Abzweigung, wo der Hollywood Boulevard vom Sunset Boulevard wegführt, hielt Ohls sich links.

«Wir glauben, daß das die Sternwood-Connection ist», sagte Ohls. «Freundinnen, Kleinmädchengeschwätz über ihr gemeinsames Hobby, ‹ruf mich an, Schätzchen, wenn du wieder draußen bist›, sie notiert sich die Telefonnummer in einem Zündholzbriefchen.»

«Ich vermute, daß auch die Monforte als geheilt entlassen worden ist», sagte ich.

«Erraten!» sagte Ohls.

«Und Sie haben nicht vor, den Laden dichtzumachen?» fragte ich.

«Eigentlich hoffen wir, daß Sie was für uns finden, Marlowe, damit wir genau das tun können.»

Ich spürte einen Eisklumpen in der Magengrube. Wo steckte Carmen?

«Klar», sagte ich unter meiner Hutkrempe hervor. «Ist mir ein Vergnügen.»

26

Im Gebäude war es still, und mein Büro war dunkel. Ich saß allein darin, nippte an einem Drink und starrte durchs offene Fenster in die heiße kalifornische Nacht hinaus. Auf dem Boulevard unter mir röhrten schnelle Wagen den Sunset Strip hinauf und hinunter, wobei ihre Fahrer manchmal mit Zwischengas schalteten, um den Motor aufheulen zu lassen. Neonreklamen strahlten ihre leuchtenden Farben nach oben und in mein Büro, wodurch in dem unbeleuchteten Raum helle wechselnde Lichtmuster entstanden. Einige der Muster waren grellrot wie Blutflecken auf meinen Wänden.

Wohin ich in diesem Fall auch sah, stieß ich auf Dr. Bonsentir, und hinter ihm lauerte Randolph Simpson, der von Mal zu Mal einen bedrohlicheren Schatten warf. Randolph Simpson, der Mann mit Geld, der Mann mit Macht, der Mann mit den perversen sexuellen Gelüsten. Carmen sollte bei ihm sein, und ich sollte sie zurückholen. Danach wurde es vertrackt.

Simpson mußte in den Betrug mit den Wasserrechten verwickelt sein. Dieser Betrug erforderte jede Menge Kapital. Dieser Betrug erforderte, daß eine Menge Leute bestochen oder eingeschüchtert oder beides wurden. Und es erforderte als Koordinator einen Mann, der sich den

Teufel um die acht- bis zehntausend Menschen droben im Neville Valley scherte, deren Lebensarbeit in der Folge dieses Betrugs zu Staub verfallen und vom Wind verweht werden würde.

Von der Straße drifteten Benzindunst und Grillgeruch herauf und durchs offene Fenster meines Büros. Etwas schwächer waren die Düfte von Hibiskus und Bougainvillea und des strengen Eukalyptus'. Und eben noch wahrnehmbar, beinahe von den Abgasschwaden und Kochgerüchen überdeckt, war der Geruch des sich von Asien heranwälzenden Meeres im Westen. Ich fühlte mich alt und müde und schmutzig wie nach einem Ringkampf in einer Kiesgrube.

Ich dachte ans Abendessen. Es reizte mich überhaupt nicht. Ich dachte über Vivian mit ihrem geschwollenen Gesicht und ihrer in die dunkle Tragödie ihrer Familie verstrickten Seele nach – und daran, wie ihre Lippen sich angefühlt hatten und wie ihr Körper sich an jenem Abend in ihrem Boudoir so leidenschaftlich an mich gedrängt hatte.

Und ich dachte über Rusty Regan nach, den ich nie kennengelernt hatte und der schon vor einiger Zeit den langen Weg dorthin zurückgelegt hatte, wo Lola Monforte und Mrs. Swayze jetzt waren. War es ein friedlicher Schlaf, fragte ich mich, oder träumten sie? Und wenn, was träumten sie? Alpträume? Und würde auch ich Alpträume haben, wenn mich der Große Schlaf überfiel? Und wenn ich welche hätte, würde einer davon mich zu jenem Tag führen, an dem Carmen Schießunterricht mit der kleinen Kanone von mir gewollt hatte. Ich hatte sie ihr abgenommen, als sie versuchte, Joe Brody auf den langen Weg zu schicken.

Ich ging wieder um den Sumpf herum und stellte die Büchse in der Mitte des Windenrads auf. Sie gab ein prima Ziel ab. Wenn sie die Büchse verfehlte, was sie bestimmt tun würde, dann würde sie vermutlich doch das Rad treffen. Eine kleine Kugel konnte da auf keinen Fall durchschlagen. Sie traf jedoch nicht einmal das.

Ich ging wieder um das Gesenk herum auf sie zu. Als ich etwa noch zehn Fuß von ihr entfernt am Rand des Öltümpels war, zeigte sie mir alle ihre scharfen, kleinen Zähne und hob die Pistole und fing an zu zischen.

Ich stand wie erstarrt, die abgestandene, stinkende Brühe im Rücken.

«Bleib stehen, du Schweinehund», sagte sie.

Die Pistole zielte auf meine Brust. Ihre Hand schien ganz ruhig zu sein. Das Zischen wurde lauter, und ihr Gesicht wirkte wieder wie ein abgeschabter Knochen. Gealtert, verderbt, vertiert, und nicht mal zu einem netten Tierchen.

Ich lachte. Ich ging auf sie zu. Ich sah, wie ihr dünner Finger sich am Abzug spannte und an der Spitze ganz weiß wurde. Ich war etwa sechs Fuß von ihr entfernt, als sie losballerte.

Die Pistole gab einen scharfen Knall, ohne Kraft, ein brüchiges Platzen im Sonnenlicht. Ich sah keinen Rauch. Ich blieb wieder stehen und lachte sie aus.

Sie feuerte noch zweimal, sehr schnell. Ich war sicher, daß sie kein einziges Mal verfehlt hätte. Es waren fünf Kugeln in der kleinen Pistole. Vier hatte sie abgefeuert. Ich sprang auf sie zu.

Ich wollte den letzten Schuß nicht ins Gesicht bekommen, deshalb wich ich zur Seite aus. Sie gab's mir in aller Sorgfalt, völlig unbekümmert. Ich meinte etwas vom heißen Atem der Pulverladung zu spüren.

Ich richtete mich auf. «Mein Gott, sind Sie süß», sagte ich.

Ihre Hand, die die leere Pistole hielt, begann heftig zu zittern. Sie ließ die Waffe fallen. Ihr Mund fing an zu flattern. Ihr Gesicht fiel auseinander. Dann schraubte sich ihr Kopf zum linken Ohr herum, und Schaum trat auf ihre Lippen. Ihr Atem machte ein winselndes Geräusch. Sie wankte.

Ich fing sie auf, als sie stürzte. Sie war schon bewußtlos. Ich stemmte ihr mit beiden Händen die Zähne auseinander und stopfte mein Taschentuch als Propfen dazwischen. Ich brauchte meine ganze Kraft dazu. Ich hob sie auf und hievte sie in den Wagen, dann holte ich die Pistole und steckte sie in die Tasche. Ich zwängte mich hinters Steuer, setzte zurück und nahm die Strecke, die wir gekommen waren, den ausgefurchten Feldweg zum Gatter hinaus und wieder den Berg hoch, nach Hause.

Carmen lag zusammengekrümmt in der Wagenecke, reglos. Ich war schon mitten auf der Auffahrt zum Haus, als sie sich rührte. Plötzlich riß sie weit und wild die Augen auf. Sie setzte sich gerade.

«Was ist passiert?» keuchte sie.

«Nichts. Warum?»

«Jawohl ist was passiert», kicherte sie. «Ich habe mich naß gemacht.»

«Das kommt davon», sagte ich.

Ich stand auf und kippte den Rest meines Drinks in den Ausguß und spülte das Glas aus. Ich krempelte meine Manschetten hoch und spritzte mir kaltes Wasser ins Gesicht und rieb es mit dem Handtuch trocken. Ich trat ans Fenster und machte es zu und wandte mich ab und verließ das Büro und fuhr heim ins Hobart Arms, um zu schlafen. Es zu versuchen.

Ob ich träumte, weiß ich nicht mehr.

27

Als ich morgens ins Büro kam, klingelte mein Telefon. Pauline Snow war am Apparat, als ich mich meldete.

«Marlowe», sagte sie. «Ich weiß nicht, ob Ihnen das weiterhilft, aber hier draußen gibt's 'ne Wüstenratte, die in der Nähe von Randolph Simpsons Haus den Tatort eines Mordes entdeckt haben will. Der alte Dummkopf ist meistens besoffen, und ich bin mir nicht sicher, ob er nicht schon Gespenster sieht.»

«Wie kommt er darauf, daß dort ein Mord passiert ist?» fragte ich.

«Er sagt, daß dort alles voller Blut ist.»

«Legen Sie auf und schauen Sie aus dem Fenster», sagte ich. «Sie sehen dann, wie ich meinen Wagen parke.»

Als ich ankam, hatte Pauline Snow einen großen Krug Eistee gemacht, und wir saßen in der Redaktion und tranken davon, während sie redete.

«Ich habe angefangen, mich mit der Rancho Springs Development Corporation zu befassen – und auch mit Randolph Simpson, da Sie anscheinend geglaubt haben, er sei irgendwie in diese Sache verwickelt.»

In meinem Tee schwammen eine Zitronenscheibe und eine Menge Eis. Ich fügte etwas Zucker hinzu und wartete, bis er sich aufgelöst hatte und der Tee wieder klar geworden war. Die Wüstenhitze war wie ein Gewicht, das auf allem lastete.

«Deshalb hab' ich rumgefragt, ganz beiläufig. Weiß irgend jemand was über die Rancho Springs Development Corporation? Weiß jemand was Ungewöhnliches über Randolph Simpson? In dieser Stadt habe ich eine Menge Kontakte, was kein Wunder ist, schließlich habe ich die Hälfte meines verdammten Lebens hier verbracht, und die Nachricht von meiner Fragerei hat die Runde gemacht.

Als erstes ist dann Cecil vorbeigekommen. Cecil Coleman ist der hiesige Polizeichef. Er wollte wissen, weshalb ich Fragen stelle, und ich habe ihm gesagt, daß ich im Zeitungsgeschäft bin, in dem man eben Fragen stellt. Und er hat gesagt, er würde mir raten, lieber mit der Fragerei aufzuhören. Und ich habe gesagt, ich dächte schon an einen Leitartikel darüber, daß unsere Polizei außer Rasern, die hier durchkommen, eigentlich niemals jemand zu verhaften scheint. Und er hat gesagt, das sollte ich auch lieber lassen. Und wir haben uns 'ne Zeitlang angegiftet, und dann ist er gegangen und hat gesagt, ich würde noch von ihm hören.»

«Er ist ein schlimmer Feind», sagte ich.

«Marlowe, in meinem Alter ist sogar ein Feind noch besser als Langeweile.»

«Was ist mit dem Tatort?» fragte ich.

«Nun, Shorty, das ist die Wüstenratte, hat von jemand gehört, wofür ich mich interessiere, und ist hier reingekommen und hat gesagt, er könne mir eine Story für die Zeitung erzählen. Also habe ich ihm 'nen Whiskey eingeschenkt, und er hat sich hingesetzt und mir erzählt, er habe in einem alten, verlassenen Bergwerksstollen rumgestochert – das tun hier viele Wüstenratten, weil sie hoffen, liegengebliebenen Goldstaub zu finden – und gleich hinter dem Eingang eine Art Raum, vermutlich nur eine Ausweitung des Stollens, entdeckt, der über und über, so sagt er, mit Blut bespritzt war. Nach Shortys Schilderung ist der ganze Raum mit getrocknetem Blut bedeckt. Das wollte ich Sie nur wissen lassen. Möglicherweise hat er alles erfunden, aber ...»

«Hat Shorty mit den Cops gesprochen?» fragte ich.

«Er sagt nein, und ich glaube ihm. Leute wie Shorty werden von Cecil ziemlich kurz abgefertigt.»

«Oder von Vern», sagte ich.

«Sie kennen die beiden?»

«Yeah. Wo liegt dieser Bergwerksstollen?»

«Südöstlich von hier», sagte Pauline. «Ich fahre Sie hin.»

«Nicht nötig», sagte ich.

«Ich bin früher Kriminalreporterin gewesen, Marlowe. Ich habe schon Blut gesehen. Erschreckt mich nicht.»

«Mich schon», sagte ich.

Sie hatte einen Ford-Pick-up, und sie fuhr für die hiesigen Straßen zu schnell. Oder vielleicht war ihre Fahrweise passend für die Straßen und für mich zu schnell. Ich beschloß, daß das unwichtig war. Wir fuhren aus der Stadt und nach Südosten durch das flache, heiße Land. Es gab reichlich Tumbleweeds und hier und da einen Saguaro-Kaktus, der in der stillen Wüstenluft irgendwie majestätisch wirkte. Die Straße war unbefestigt und verschlechterte sich bald zu zwei dünnen Fahrspuren, auf denen der Pick-up klappernd und schwankend weiterholperte.

Der Stollen führte waagrecht in einen etwa zweihundert Meter von der Straße entfernten niedrigen Hügel. Sein Eingang war mit Grubenholz abgestützt, und die Abraumhalde aus taubem Gestein erstreckte sich bis etwa fünfzig Meter vom Stolleneingang. Zwischen Stollen und Straße waren noch schwache Spuren von Wagenrädern zu erkennen, und das einzige Geräusch, das ich auf unserem Weg zur Goldmine hörte, war das des Wüstenwindes, der fast ungehindert über Hunderte von Meilen hinwegwehte und am Stolleneingang Staub aufwirbelte und das dürre Gras bewegte.

Im Stolleneingang wurde das Windgeräusch zu einem hohlen Pfeifen, das an ein Lokomotivsignal erinnerte, obwohl es bei weitem nicht so laut war. Pauline Snow knipste ihre mitgebrachte große Taschenlampe an, und wir gingen sechs bis sieben Meter weit über das unter unseren Schuhen knirschende feine Geröll, bis der Stollen nach einer leichten Biegung etwas weiter wurde, bevor er abzufallen begann. Dort waren Wände und Geröllboden mit dunkel verkrustetem Blut überzogen. Ich konnte es riechen: Der Geruch war nicht mehr so stark, wie er ursprünglich gewesen sein mußte, aber er hing trotzdem noch unverkennbar in der Luft. Blut war an die Wände gespritzt und in breiten Strömen auf dem Boden zusammengelaufen, wo es um die wenigen Steine herum zu großen Lachen geronnen war. Ich hörte Pauline tief Luft holen.

«Vielleicht sollten Sie doch lieber beim Wagen bleiben», sagte ich.

«Nein.»

Das Licht ihrer Taschenlampe wanderte langsam durch den Raum. An einer Wand hob sich etwa in Schulterhöhe ein blutiger Händeabdruck schwarz ab von dem rötlichen Gestein des Stollens. Schwarze Tropfspuren zeigten, wo Blut gegen die Wände gespritzt und langsam herabgelaufen war.

Ich ging in die Hocke und untersuchte die eingetrockneten Blutlachen, deren Oberfläche im Lichtschein der Taschenlampe schwach glänzte. Wie jedesmal staunte ich über die Blutmenge, die ein menschlicher Körper faßt. Zwischen einigen kopfgroßen Felsbrocken glitzerte etwas Metallisches.

«Dort drüben», sagte ich, und Pauline leuchtete sofort in die Richtung, in die ich zeigte. Ich ging hinüber und hob eine Knochensäge auf. Ich faßte sie vorsichtig an, obwohl die Chance, brauchbare Fingerabdrücke an ihr zu finden, etwa so groß war wie die, daß ein Berggeist aus dem Schacht hervorkommen und erzählen würde, was sich hier abgespielt hatte. Ich suchte langsam den Boden ab. Etwas weiter im Stolleninneren entdeckte ich zwischen Felsbrocken ein Skalpell, das ich ebenfalls ganz vorsichtig anfaßte. Da im Mordraum sonst nichts zu finden war, folgten wir dem Stollen noch ein kleines Stück weit. Nichts wies darauf hin, daß jemand vor uns dort gewesen war. Wir kehrten in den Blutraum zurück.

«Was halten Sie davon?» fragte Pauline Snow.

«Ich glaube, ich weiß jetzt, wo Lola Monforte zerstükkelt worden ist», sagte ich.

«Sie meinen die Tote, die in L. A. zerstückelt aufgefunden worden ist?»

«Yeah.»

«Glauben Sie, daß es hier passiert ist?»

«Yeah. Wo liegt Simpsons Besitz von hier aus gesehen?»

Wir waren auf dem Rückweg aus dem Stollen. Ich hatte die Knochensäge und das Skalpell mitgenommen.

Bei Tageslicht sah ich den eingravierten Herstellernamen in der Nähe des Griffs, wo ihn kein Blut verdeckte. *Williamson Surgery* stand dort. Tief atmete ich die heiße Wüstenluft ein, um den schwachen Geruch nach altem Blut aus meiner Lunge zu kriegen.

«Möglicherweise sind wir auf Simpsons Besitz», sagte Pauline. «Ihm gehören hier draußen zwei Drittel von allem.»

«Können wir uns mal umsehen?» fragte ich. «In den besiedelten Gebieten?»

«Klar.»

Wir gingen zu ihrem Pick-up zurück. Ich legte die Säge und das Skalpell hinter den Beifahrersitz, und wir fuhren weiter den Radspuren folgend nach Osten. Nach etwa zwanzig Minuten erreichten wir eine Asphaltstraße.

«Die gehört Simpson», sagte Pauline. «Führt von hier aus bis zur Interstate. Er hat sie für sich bauen lassen.»

«Wie's jeder täte», sagte ich.

Nachdem wir eine weitere Viertelstunde lang auf der Straße nach Süden gefahren waren, erhob sich vor uns aus der Wüste ein Bauwerk aus Tausendundeiner Nacht. Dreigeschossig hoch gemauert mit einem Turm und einem hohen Steinwall, der im Sonnenlicht glitzerte.

«Kein Burggraben?»

«Vielleicht drinnen», sagte sie. «Das weiß ich nicht.»

Als wir nahe genug herangekommen waren, konnte ich die in die Mauerkrone eingelassenen Glasscherben sehen. Hinter ihr waren Baumspitzen sichtbar, was bedeutete, daß es Wasser geben mußte. Das Haus und die Mauern waren in Blaßrosa gehalten, das in feurigen Wüstensonnenuntergängen vermutlich pinkfarben wurde. Pauline hielt etwa hundert Meter von der Zitadelle entfernt an und ließ den Motor laufen. Zum ersten Mal, seit wir uns kannten, wirkte sie ängstlich wie nicht einmal zuvor im Bergwerksstollen.

«Simpson empfängt nicht gern Besuch», sagte ich.

«Nein.»

Der Komplex von Simpsons Landsitz in der Wüste schien so groß wie eine mittlere Stadt. Innerhalb der Mauern lag eine Start- und Landebahn – ohne Zweifel für Simpsons Privatflugzeug. Dieser Teil des Geländes und die niedrigen Gebäude am anderen Ende des Landeplatzes waren zusätzlich mit Stacheldraht gesichert.

«Wir sollten nicht allzu lange bleiben», sagte Pauline. Während wir dort standen, spielte sie unbewußt mit dem Gaspedal und ließ den Motor aufheulen.

«Schwer, dort reinzukommen», sagte ich.

«Schwer? Mein Gott, Marlowe, das ist unmöglich! Dazu bräuchten Sie 'ne ganze Armee!»

Die Mauer war zu hoch, als daß man in die Zitadelle hätte hineinsehen können. Von unserem Standort aus war kein Lebenszeichen zu erkennen. Aber Carmen Sternwood war möglicherweise dort drinnen. Daumenlutschend, kichernd, und vielleicht bekam sie gelegentlich zur Erinnerung an die gute alte Zeit einen Anfall. Soviel ich wußte, gefiel es ihr dort drinnen. Soviel ich wußte, war Randolph Simpson ihr Traummann. Soviel ich wußte, war er auch Lola Monfortes Traummann gewesen.

«Wir müssen hier weg, Marlowe», sagte Pauline.

«Klar», sagte ich, und sie wendete mit ihrem Pick-up, daß der Kies spritzte, und ließ Simpsons Bastion schneller hinter sich, als wir hergekommen waren.

28

Wir waren wieder in Pauline Snows Redaktion, und ich telefonierte mit Bernie Ohls.

«Das gehört zum San Bernardino County», sagte Ohls eben. «Ich veranlasse, daß die Staatsanwaltschaft in San Berdoo jemand hinschickt, der sich dort umsieht.»

«Und eine Blutprobe entnimmt?»

«Das nenne ich eine Idee», sagte Ohls. «Und wir könnten sie sogar mit Lola Monfortes vergleichen, um zu sehen, ob es die gleiche Blutgruppe ist.»

«Sie können von Glück sagen, daß Sie's mit 'nem ausgebildeten Profi zu tun haben.»

«Schauen Sie bei mir vorbei, wenn Sie wieder in Los Angeles sind», sagte Ohls und legte auf.

«Ich hab' Sie aus der Sache rausgehalten», sagte ich zu Pauline Snow. – «Mir macht's nichts aus, mit drin zu sein.»

«Das würde sich ändern, wenn Simpson ein paar seiner Jungs vorbeischickt – oder die hiesige Polizei, die vermutlich die gleiche Sprache spricht.»

«Ich hab's Ihnen schon mal gesagt, Marlowe. Um Angst zu haben, bin ich zu alt und zu dick. Außerdem werden die wissen wollen, wie Sie den Stollen gefunden haben, und wie ich die Cops kenne, geben sie sich nicht damit zufrieden, daß Sie die Aussage verweigern.»

«Ich finde, Sie sollten bei irgend jemand außerhalb von Rancho Springs wohnen, bis die Sache vorbei ist.»

Sie schüttelte den Kopf. «Nein», sagte sie. «Ich bin mit drin, und ich bleibe hier. So lange es dauert.»

Die Vertreter der Staatsanwaltschaft San Berdoo erwiesen sich als zwei Kriminalbeamte und ein Spurensicherer. Wir fuhren miteinander zum Stollen hinaus, und die Kriminalbeamten sprachen mit uns, während der Spurensicherer am Tatort meditierte.

Ich gab ihnen die Säge und das Skalpell, und sie erklärten mir, ich hätte die Beweismittel nicht anrühren dürfen, und ich erklärte ihnen, ich sei ganz ihrer Meinung. Daß es besser gewesen wäre, sie zurückzulassen, damit jemand anderer sie mitnehmen konnte. Und sie sagten, sie bräuchten kein cleveres Bürschchen aus Los Angeles, das sich um ihr Beweismaterial kümmere, und ich sagte, es spiele keine Rolle, woher das clevere Bürschchen komme, solange eines da sei, und wir kamen erstklassig miteinander aus. Einer der Kriminalbeamten war ein großer Aschblonder mit Sommersprossen und humorvollen Augen, der aussah, als würde er gelegentlich einen Schluck trinken.

«Werden Sie mit der Polizei in Rancho Springs zusammenarbeiten?» fragte ich ihn.

Er grinste und sah zu seinem Partner hinüber, einem dunklen, schlanken Cop namens Hernandez.

«Werden wir mit Cecil zusammenarbeiten, Manny?»

Der Dunkle schüttelte den Kopf. Er schien ziemlich schweigsam zu sein, und sein aschblonder Partner glaubte offenbar, dieses vermeintliche Manko ausgleichen zu müssen.

«Manny sagt nein», sagte er. «Manny sagt's nicht, aber er denkt vermutlich, daß Cecil nicht besser als Katzenkotze ist, und wir arbeiten nicht mal wegen Falschparkens mit ihm zusammen – von einem möglichen Mord ganz zu schweigen.»

«Das ist mir nur recht», sagte ich.

Sie nahmen unsere Aussagen zu Protokoll und machten ausdruckslose Gesichter, als von Randolph Simpson die Rede war, und forderten uns auf, uns für weitere Befragungen zur Verfügung zu halten. Danach fuhren wir in die Redaktion zurück, und die Jungs aus San Berdoo fuhren nach San Berdoo zurück.

«Seien Sie sehr vorsichtig!» sagte ich zu Pauline Snow. «Diese Sache ist größer und scheußlicher, als wir uns hätten vorstellen können.»

«Ich bin jetzt nicht in Gefahr», sagte sie. «Zu viele Leute wissen, was ich weiß. Es hat keinen Zweck, mich umzubringen. Zum Teufel, jetzt weiß der Staatsanwalt in San Bernardino davon!»

«Richtig», sagte ich, «aber diese Leute sind heimtükkisch. Und Sie sind allein.»

Sie griff in eine Schublade ihres Schreibtischs und brachte einen altmodischen Western-Colt zum Vorschein.

«Nicht völlig», sagte sie.

Als ich am späten Nachmittag nach Los Angeles zurückfuhr, schien mir auf dem größten Teil der Strecke die Sonne in die Augen. Die Berge im Norden waren sonnendurchglüht und unbelebt. Auf der Fahrt durch Pasadena konnte ich weit rechts unten die Rose Bowl erkennen. Vor mir lag das San Fernando Valley: üppiggrün und exakt parzelliert.

Ich wußte, daß Simpson Lola Monforte ermordet hatte.

Ich wußte es nicht so, daß ich's hätte beweisen können, aber ich wußte es. Auf die gleiche Weise wußte ich, daß Lola Monforte in Resthaven gewesen und an Simpson weitergereicht worden war, genau wie Carmen Sternwood an ihn weitergereicht worden war, als Lola ihn zu langweilen begonnen hatte. Ich konnte nur hoffen, daß er ihrer noch nicht überdrüssig war. Ich wußte, daß Simpson und Bonsentir gemeinsam den Aufkauf der Wasserrechte im Neville Valley betrieben. Marlowe, der Superspürhund. Weiß alles, beweist nichts.

Ich rollte die North Figueroa Street hinunter, fuhr durch den Highland Park und den Elysian Park auf den Sunset Strip hinaus und nach Westen weiter – vorbei an Hamburger-Ständen und rosa Stuckfassaden, hinter denen Hot Dogs verkauft wurden, und Bestattungsunternehmen, die wie Missionskirchen herausgeputzt waren, und Luxusrestaurants, die wie griechische Tempel oder französische Landgasthöfe aussahen. Hier und dort ragte aus dem allgemeinen Schund ein bescheidenes Haus mit Putz- oder Holzschindelfassade und breiter, tiefer Vorderveranda heraus und erinnerte mich daran, daß hier auch Menschen wohnten – nicht gerade oft, aber doch oft genug, um die Erinnerung an frühere Zeiten zu wecken, in denen Los Angeles eine in der Sonne träumende behagliche, verschlafene Stadt gewesen war.

Es war schon spät, als ich Hollywood erreichte, und dort blieb mir nichts anderes übrig, als nach Hause zu fahren und über all die unbeweisbaren Dinge nachzudenken, bis ich einschlief.

29

Ich träumte die ganze Nacht von einem blutroten Raum und hatte beim Aufwachen das Gefühl, kein Auge zugetan zu haben. Der Morgen war kaum heller, als die Nacht gewesen war. Die Hitze war noch immer bedrückend, und über mir grollte Donner, während ich aus meinem offenen Fenster starrte. Über den Hollywood Hills im Norden zuckten Blitze, und ich konnte die hinter den Hügeln, draußen im San Fernando Valley, heranziehenden schweren Regenfälle erahnen. Wieder zuckte ein Blitz herab, diesmal näher, und der rollende Donner folgte in kürzerem Abstand.

Ich ging in die Küche, um Kaffee zu machen, und während ich ihn in die Filtertüte löffelte, brach der Regen mit einem Brausen wie ein Sturmwind herunter. Ich trat ans offene Fenster, aber der Regen fiel in einer gleichmäßigen Kaskade senkrecht vom Himmel, so daß ich das Fenster nicht zu schließen brauchte. Unter mir auf der Franklin Avenue klatschte der Regen aufs heiße Pflaster und verdampfte in niedrigen Schwaden über der Straße.

Auf den Gehsteigen bildeten sich Pfützen, und die wenigen Fußgänger rannten mit Zeitungen oder Handtaschen über ihren Köpfen, um sich ins Trockene zu retten. Das Laub wirkte schon grüner; es glitzerte dunkel im Regen, der brausend aus den Wolken stürzte, die sich unmittelbar über den Dächern aufzutürmen schienen. Die Hügel konnte ich nicht mehr sehen. Der Regen war zu dicht, und die Wolken hingen zu tief, außer wenn wieder Blitze herabzuckten, jetzt viel näher, fast gleichzeitig mit dem Donner.

Ich frühstückte, zog meinen Trenchcoat an und machte mich auf zur Arbeit. Die Temperatur war um schätzungsweise fünfzehn Grad gefallen, und das Gewitter war in gleichmäßig strömenden Regen übergegangen, der den ganzen Tag und vielleicht noch länger anzuhalten versprach. Obwohl es früher Vormittag war, fuhren die Autos mit eingeschalteten Scheinwerfern, und in den Häusern brannte Licht, das durch die Düsternis hell aus den Fenstern strahlte. Ich folgte der Franklin Avenue nach Westen, rollte die Highland Avenue zum Sunset Boulevard hinunter und fuhr den Laurel Canyon zum Mullholland Drive hinauf, wobei ich mit zusammengekniffenen Augen durch den Regen steuerte, den meine Scheibenwischer kaum bewältigen konnten.

Im Wageninneren war es stickig schwül, aber ich machte mir nichts daraus. Ich hatte einen Plan. An Simpson kam ich nicht heran: Ich konnte nicht beweisen, daß er etwas Illegales getan hatte – obwohl es schwierig ist, in diesem großen, wundervollen Land reich zu werden, ohne etwas Illegales zu tun. Ich wußte nicht einmal, wo Simpson sich aufhielt, in welcher Festung, hinter welchem Wall. Aber ich wußte, wo Dr. Claude Bonsentir war, und ich wußte, daß zwischen Simpson und ihm eine Verbindung existierte, die vielleicht erkennbar würde, wenn ich Bonsentir lange genug beobachtete.

Vielleicht würde Bonsentir mich zu Simpson führen. Vielleicht würde Simpson zu ihm kommen. Vielleicht würde ein Talentsucher der MGM mich dort warten sehen und mir einen Vertrag anbieten. Das war nicht gerade ein teuflischer Plan, aber der einzige, der mir einfiel, und immerhin besser, als zu Hause zu bleiben und aus einem Schachbuch Partien gegen mich selbst zu spielen.

Ich mußte mich mit dem Wagen den Laurel Canyon hinaufkämpfen: Die Straße schlängelte sich in einer Serie von Haarnadelkurven aus der Ebene auf der Hollywooder Seite in die Höhe, und da die Fahrbahn glitschiger als der Weg zur Hölle war und der Gegenverkehr sehr zur Straßenmitte tendierte, um nicht über den Rand zu geraten und in den Canyon zu stürzen, war das keine Kurverei für zimperliche Gemüter.

Ich schlängelte mich vorsichtig über den Mullholland Drive weiter, kam auf der Gefällestrecke durch den Coldwater Canyon zurück und parkte über Resthaven an der Straße, von wo aus ich hinter einer Deckung aus Azaleen auf das Sanatorium hinunterblicken und es beobachten konnte. Und beobachten. Und einen Schluck aus der Flasche Rye nehmen, die ich im Handschuhfach hatte. Und beobachten. Und eine Zigarette rauchen und einen weiteren Schluck Rye nehmen und beobachten. Und meine Pfeife stopfen und genau richtig zum Brennen bringen und das Fenster einen Spalt weit öffnen, damit ein wenig Dampf und Rauch entweichen konnte. Und beobachten.

Das war der erste Tag. Am zweiten Tag tat ich nichts anderes. Es regnete weiter. Ich beobachtete. Der Peloponnesische Krieg wurde geführt. Die Akropolis und das Forum Romanum wurden erbaut, und ich trank einen weiteren Schluck Rye und beobachtete. Der Nachmittag zog sich endlos hin. Am Vormittag des dritten Beobachtungstages ließ der Regen nach, und bis mittags kam die Sonne heraus, aber es war eine milde Sonne. Die Hitze war abgeklungen, und die tropfnasse Landschaft wurde von einer leichten Pazifikbrise allmählich getrocknet.

Der Rye in meiner Flasche stand noch daumenhoch, als Dr. Bonsentir mit dem Beachboy und dem Mexikaner aus dem Haupteingang seines Sanatoriums kam und zu einem dort geparkten großen schwarzen Cadillac ging und im Fond einstieg. Der Mexikaner nahm vorn auf dem Beifahrersitz Platz, und der Beachboy setzte sich ans Steuer, und sie fuhren los – mit mir als Anhängsel. Einen Wagen allein zu beschatten, ist nicht einfach – und eigentlich nicht lange möglich, wenn die Verfolgten auf Anhängsel achten.

Aber Bonsentir und seine Freunde wirkten ruhig und unbesorgt, während sie den Coldwater Canyon hinunterfuhren und am Sunset Boulevard nach Westen abbogen. Ich achtete darauf, daß möglichst immer zwei bis drei Autos zwischen uns waren, und wechselte häufig die Fahrspur, um an verschiedenen Stellen des Rückspiegels zu erscheinen. Falls sie mich ausgemacht hatten, ließen sie sich nichts anmerken. Wir folgten dem Sunset stadtauswärts, vorbei an Parade-Villen und weiten Rasenflächen und reich verzierten hohen Zäunen. Vorbei an Gartenstatuen und von Privaten bewachten Einfahrten, hinter denen Filmstars und berühmte Regisseure den protzigen Reichtum ihrer Villen versteckten, und das taten, was jeder tut, wenn er allein ist und keine Rolle zu spielen braucht.

Wir hielten nach Süden und nahmen die Küstenstraße durch Bay City. Heute tänzelte der Pazifik uns entgegen. Er glitzerte nach dem Regen wie sauber geschrubbt in der neuen Sonne und brandete üppig über dem sauberen weißen Strand. Links über uns ragte Bay City auf: nach dem Dauerregen der letzten Tage ebenfalls frisch gewaschen, aber trotzdem leicht heruntergekommen, wie nur Küstenstädte herunterkommen können – voll falscher Versprechungen und mit Fassaden, deren Farben sich in der salzhaltigen Luft ablösten.

Der Cadillac vor mir fuhr stetig nach Süden, und die Küstenstädte glitten an uns vorüber. Manhattan Beach, Hermosa Beach. Knapp südlich von Redondo Beach verließen wir bei Palos Verdes in einem spitzen Winkel die Küstenstraße und fuhren dann in weitem Bogen um ein Wäldchen aus verkümmerten Zedern herum zum Wasser hinunter. Ich blieb zurück und folgte dem Cadillac nur ganz langsam.

Als ich die letzte Kurve nahm, sah ich den Cadillac auf dem reservierten Teil der betonierten Fläche vor einer Pier halten. Auf der Pier stand ein weißgestrichener Schuppen. Die Pier selbst führte geradewegs ins Meer hinaus, und an ihrem Ende saßen zwei Jungs mit Angelschnüren im Wasser. Ich fuhr an dem geparkten Cadillac vorbei und wieder die weit ausholende Zufahrt zur Küstenstraße hinauf. Oben parkte ich meinen Wagen auf dem Bankett und hastete zu Fuß in Richtung Pier hinunter und blieb hinter einigen verkümmerten, vom Wind zerrupften Zedern in Deckung, um zu beobachten.

In meinem Anzug und mit Straßenschuhen kam ich mir fehl am Platz und etwas unbeholfen vor. Der Sand unter meinen Füßen gab bei jeder Bewegung nach, und der Seewind peitschte in den Zedernästen vor mir. Der Cadillac stand noch mit laufendem Motor und hochgekurbelten Fenstern auf seinem Parkplatz. Keiner stieg aus. Niemand tat etwas, das ich erkennen konnte. Ich trat gelegentlich von einem Fuß auf den anderen, holte eine Zigarette heraus und schaffte es beim dritten Versuch, sie gegen den Wind anzuzünden, indem ich das Streichholz zwischen den hohlen Händen hielt und dem Wind den Rücken zukehrte.

Die beiden auf dem Pier sitzenden Jungs fingen nichts. Eine einzelne Möwe kreiste hoffnungsvoll über ihnen und wartete. Einige hundert Meter weiter draußen glitten mehrere kleinere Seevögel, grau mit weißer Brust, dicht über die Wellenkämme hinweg, stießen manchmal herab, um irgendwas Kleines aus dem Wasser zu holen, und flogen dann wieder in Formation dicht über den Schaumkronen weiter.

Gegen halb drei Uhr tauchte am Horizont ein Schiff auf. Um drei lag es vor dem Strand, etwa fünfhundert Meter von der Pier entfernt. Locker dahingeredet war es eine Jacht. Und das Empire State Building ist locker dahingeredet ein Wolkenkratzer. Sie war schätzungsweise hundertzwanzig Meter lang und hatte zwei schrägstehende Schornsteine und mindestens drei Decks und war frisch lackiert mit einem blitzenden Lack in Vanillegelb. Am Heck stand in blauen Lettern der Name: RANDOLPH'S RANGER.

Während ich die Jacht beobachtete, ließen sie über zwei Krane am Heck ein Rennboot zu Wasser, und ein Mann in vanillegelbem Matrosenanzug kletterte über eine Strickleiter ins Boot. Nach kurzer Pause, in der er sich an den Hebeln zu schaffen machte, hallte ein gedämpftes Röhren herüber, und das Boot spritzte in weiter Kurve von der Jacht weg und zog einen schäumenden Streifen Kielwasser hinter sich her, während es die Pier ansteuerte. Als es näherkam, konnte ich das Brummen seines starken Motors hören.

Dr. Bonsentir stieg hinten aus dem Cadillac aus. Der Mexikaner verließ den Beifahrersitz, und die beiden gingen zur Pier. Das Motorboot legte an der Treppe an, und der Matrose hielt es dort. Es dümpelte vor sich hin, während Bonsentir und der Mexikaner die Treppe hinunterstiegen. Der Mexikaner half Bonsentir ins Boot und hüpfte mit affenartiger Geschicklichkeit hinterher, und der Matrose wirbelte das Steuerrad lässig herum, gab Gas und fuhr das Rennboot zur *Randolph's Ranger* zurück. Der Beachboy legte den Rückwärtsgang ein und wendete mit dem Caddy und fuhr in Richtung Küstenstraße an mir vorbei. Er trug eine große Sonnenbrille und war zu sehr damit beschäftigt, sein Aussehen im Rückspiegel zu überprüfen, um mich in den Büschen zu bemerken.

Das Rennboot fuhr längsseits an die Jacht heran, deren Fallreep inzwischen herabgelassen worden war, und Bonsentir und der Mexikaner gingen an Bord. Das Rennboot drehte langsam ab zum Heck der *Randolph's Ranger*.

Sobald der Caddy außer Sicht war, machte ich mich auf die Socken zu der Hütte auf der Pier. Von meinem Beobachtungsplatz aus hatte ich gesehen, daß eine Telefonleitung zu ihr hinunterführte. Der alte Knabe, dem der Laden gehörte, hatte schütteres weißes Haar und einen Schmerbauch, der sein Unterhemd ausbeulte. Auf seinen dünnen Armen und den nicht vom Unterhemd bedeckten Schultern hatte er einen üblen Sonnenbrand. Einer seiner Schneidezähne fehlte, und er rauchte eine dünne braune Zigarette, die in seinem Mundwinkel hing. Ihre Asche war über einen Zentimeter lang.

«Kann ich mal bei Ihnen telefonieren?» fragte ich.

«Nich' öffentlich», sagte er. «Is' privat.»

«Das heißt nicht, daß man Sie fürs Telefonieren nicht bezahlen könnte.»

«Wohin woll'n Sie telefonier'n?»

«Ortsgespräch», sagte ich. «Las Olindas.»

«Das is' kein Ortsgespräch», sagte er.

Ich zog einen Zehner aus meiner Geldbörse. «Glauben Sie, daß das ungefähr hinkommt?»

Ich konnte seine grau verfärbte Zungenspitze sehen, mit der er sich die Lippen leckte, in denen eine qualmende Zigarette hing. Durch diese Bewegung löste sich die Asche und fiel auf sein Unterhemd. Er wischte sie geistesabwesend weg, während er den Zehner betrachtete.

«Yeah», sagte er. «Das könnte hinkommen, wenn Sie nicht zu lange reden.»

«Okay, wenn ich zwischendurch mal Luft hole?»

Er nahm den Zehner und stopfte ihn ungefaltet in die Tasche seiner Khakihose und ging zur Tür der Hütte und lehnte sich mit dem Rücken zu mir an den Türpfosten. So sollte ich ungeniert telefonieren können. Ich wählte die Nummer des Cypress Clubs und hatte Eddie Mars am Apparat.

«Marlowe», sagte ich. «Ich bin hier unten bei Palos Verdes auf einer Pier, ungefähr zehn Meilen südlich von Redondo, und glaube, daß ich Simpson gefunden habe.»

«Bleibt er wohl dort?»

«Weiß ich nicht. Er ist auf seiner Jacht, die ungefähr eine Viertelmeile vor der Küste liegt. Im Augenblick liegt sie vor Anker.»

«Bleiben Sie, Soldat», sagte Mars. «Ich komme runter.»

«Haben Sie ein Boot?» fragte ich.

«Ich kann eines kriegen», sagte Mars.

«Gut», sagte ich. «Augenblick.»

Ich hielt die Sprechmuschel zu. «Wo sind wir hier?» fragte ich.

Der Alte an der Tür drehte sich um und bemühte sich, den Überraschten zu spielen, als hätte ich ihn aus seinen Gedanken gerissen.

«Hier?»

«Yeah. Ich beschreibe meinem Freund den Weg.»

«Fair Harbor», sagte er.

Ich gab diese Information an Mars weiter.

«Halten Sie die Stellung, Soldat. Bin schon unterwegs.»

«Ich bin da, Eddie, und blase schon mal meine Schwimmflügel auf.»

Mars legte auf, und ich auch. Durchs Fenster des Schuppens sah ich das Rennboot wieder von der Jacht ablegen und in Richtung Pier laufen. Ich drehte mich um und lehnte mich so an die Theke und ließ meine Jacke offen, daß der Alte meine Waffe im Schulterhalfter sehen konnte.

«Hören Sie», sagte ich, «mein Name ist Armstrong, Geheimagent der Regierung der Vereinigten Staaten. Ich darf Ihnen keine näheren Einzelheiten verraten, aber es geht um einen wichtigen Fall, bei dem die Jacht dort draußen eine Rolle spielt. Deshalb möchte ich nicht, daß Sie irgend jemand von diesem Telefongespräch erzählen.»

Der Alte starrte auf den Colt unter meiner Achsel. Und er dachte an den Zehner in seiner Hosentasche.

«Klare Sache.» Er nickte heftig. «Klare Sache, Captain. Zum Teufel, ich bin zehn Jahre bei der Navy gewesen. Auf mich können Sie sich verlassen.»

«Gut», sagte ich. «Maul halten!» fügte ich dann hinzu, weil ich das schon immer mal hatte sagen wollen und niemals eine bessere Gelegenheit dazu bekommen würde. Der Alte nickte wieder heftig, und ich lehnte mich an den Türrahmen und bemühte mich, den gelangweilten, aber trotzdem hellwachen Ausdruck eines harten Burschen zu imitieren, den G-men zur Schau trugen.

Das Rennboot kam in eleganter Kurve an die Pier, und der Matrose nahm das Gas weg und ließ das Boot geschickt gegen die Treppe treiben. Nachdem er die Bugleine festgemacht hatte, sprang er aus dem Boot und kam die Pier entlang auf den Schuppen zu. Er war ein großer, kräftiger Kerl mit riesigen Pranken und einer auf den rechten Unterarm tätowierten blauen Seeschlange. Er musterte mich prüfend. Ich trat zur Seite, um ihn vorbeizulassen, und er betrat den Schuppen.

«Wir brauchen Eis», sagte er zu dem Alten.

«Ja, Sir», sagte der Alte. «Das hab' ich draußen im Kühlschrank. Fünfkilostange? Zehn?»

«Zwei Zehner», sagte der Matrose. «Bringen Sie sie ins Boot.»

«Hier ist, äh, ‹cash und carry› üblich», sagte der Alte.

«Einverstanden. Ich zahle cash, und Sie tragen das Eis zum Boot», sagte der Matrose. Danach entstand eine Pause, bis der Alte «Klare Sache!» sagte und seinen Schuppen verließ und zu dem großen Kühlschrank auf der Meerseite ging. Der Matrose schlenderte hinter ihm her, blieb in meiner Nähe stehen und lehnte sich an den Schuppen, während der Alte seine große Zange und ein Gummituch für die Schulter holte und die Eisstange zum Motorboot hinuntertrug.

«Hübsche Brise», sagte der Matrose.

«Aye», sagte ich.

«Zum Segeln hier?» fragte er.

«Nein.»

«Aus der hiesigen Gegend?»

«Sind Sie vom Amt für Volkszählung?»

«Hey, Freundchen, das ist 'ne höfliche Frage gewesen.»

«Ich liebe es, *Freundchen* genannt zu werden», sagte ich. «Fast so sehr wie höfliche Fragen.»

«Keine gute Idee, sich mit mir anzulegen, Freundchen.»

«Zum Teufel nicht», sagte ich.

Der Matrose dachte eine Zeitlang darüber nach und kam zu dem Schluß, der Aufwand lohne sich nicht. Er zuckte mit den Schultern und schlenderte die Pier entlang zu seinem Boot zurück. Er setzte sich hinein und wartete, bis der alte Knabe die zweite Eisstange angeschleppt hatte. Dann ließ er den Motor an und legte mit Vollgas ab und fuhr zu der Jacht zurück.

Der Alte kam von der Landestelle herauf. Sein Gesicht war rot, und er schnaufte hörbar.

Ich nickte und blinzelte ihm mit Verschwörermiene zu. Er verschwand in seinem Schuppen. Ich wartete. Das hatte ich in letzter Zeit viel getan. Eigentlich hatte ich kaum etwas anderes getan, außer gelegentlich mit einem Totschläger behandelt oder mit einer Schußwaffe bedroht zu werden. Rechnete ich den Zehner, den ich dem alten Knaben für die Telefonbenützung gezahlt hatte, war ich bei diesem Job mindestens neun Dollar im Minus. So konnte ich nicht reich werden.

Fünfhundert Meter entfernt lag die *Randolph's Ranger* ruhig vor Anker und bewegte sich kaum merklich in der langen Dünung jenseits der Brandungslinie. Dort draußen auf den Wogen trieben die Antworten auf eine Menge

Fragen. Möglicherweise war Carmen Sternwood nur fünfhundert Meter von mir entfernt: süß wie ein Marienkäfer, bloß viel dümmer und mit dem Moralgefühl einer Hyäne. Und hier stand Marlowe, der edle Retter. Und Randolph Simpson, den ich nie persönlich kennengelernt hatte, der aber ein Leichenzerstückler und ein Dieb von monumentaler Größenordnung zu sein schien – ganz zu schweigen von Claude Bonsentir und seinem Mexikaner und vermutlich einem halben Dutzend Grubenottern.

Eine erlesene Gruppe, ich kann's kaum noch erwarten, mit euch zusammenzutreffen. Ausgesucht feine Gesellschaft. Marlowe, der Allzweckgast, paßt wie selbstverständlich zu Mördern und Psychopathen, ist der Freund aller und ein enger Verbündeter von Eddie Mars, dem Spieler, Revolverhelden, Universalgauner.

Himmel und Meer wetteiferten miteinander um das tiefere Blau. Die schäumende Brandung warf die Sonnenstrahlen zurück und ließ die Luft moussierend erscheinen. Ein kleine Jacht, ein Zweimaster, segelte um die Landzunge im Süden und lief parallel zur Küste und ging zuletzt vor Anker. Eine schlanke junge Frau mit glatter brauner Haut und hellblondem Haar stieg in das Beiboot, das sie im Schlepp hatten, und kam zur Pier gerudert. Sie trug weiße Shorts und weiße Bootsschuhe und ein blauweiß gestreiftes Top und eine Sonnenbrille mit so riesigen Gläsern, daß ihr halbes Gesicht verdeckt war. An Bord konnte ich einen jungen Mann in ähnlicher Aufmachung sehen, der das Ankertau aufschoß und das Großsegel reffte.

Die Blondine kaufte etwas Eis und einen Laib Brot und weitere Kleinigkeiten und trug die Einkäufe in einer braunen Papiertüte, als sie wieder ins Freie kam. Der alte Knabe überschlug sich beinahe, als er ihr die Fünfkilostange Eis zum Boot hinuntertrug. Ihre Beine waren vollkommen glatt und hatten die Farbe von gutem Sherry. Sie bedankte sich bei dem Alten mit einem strahlenden Lächeln, von dem das Eis geschmolzen wäre, wenn er's noch getragen hätte. Er revanchierte sich mit einem lächerlichen Raffzahngrinsen, und sie legte von der Pier ab und ruderte mit kurzen, mühelosen Schlägen zu ihrer Jacht zurück.

Der alte Knabe und ich sahen ihr gemeinsam nach, bis sie wieder an Bord war und das Großsegel gesetzt war. Der Zweimaster nahm langsam Fahrt auf, durchquerte die Bucht, umrundete die Landzunge im Norden und kam außer Sicht. Wir waren wieder allein. Ich, der Alte und *Randolph's Ranger*.

30

Die beiden Jungs gaben die Anglerei auf und gingen. Als sie an mir vorbeikamen, hörte ich sie darüber streiten, bei wem die meisten Fische beinahe angebissen hatten.

Eddie Mars kreuzte ungefähr zwanzig Minuten später auf. Er trug einen dicken weißen Rollkragenpullover und eine Bootsmütze mit langem Schirm. Begleitet wurde er von Blondie, der in der salzhaltigen Luft und vor dem

Sandstrand der Bucht besonders blaß und verstädtert wirkte. Er trug eine Sonnenbrille und eine Windjacke aus beigem Gabardine. Die beiden parkten ihren langen schwarzen Wagen vor der Pier und kamen auf den Schuppen zu, meinem derzeitigen Zuhause.

«Simpson dort draußen?» fragte Mars, indem er zu der Jacht hinübernickte.

«Ich wette drauf», sagte ich.

«Ich bin selbst ein Spieler», sagte Mars. «Hab' ein Boot herbestellt.»

«Wann kommt es?»

«Geduld, Soldat, das braucht seine Zeit. Am besten machen wir's uns alle in der Sonne gemütlich und trinken was Kaltes.»

Blondie ging in den Schuppen und kaufte eine Flasche Ginger Ale und trabte dann zum Wagen und holte eine Flasche guten Bourbon und brachte sie mit zurück. Wir kippten einen Schuß in Papierbecher, die der Alte lieferte, und fügten Eis und Ginger Ale hinzu und genehmigten uns einen Drink. Der alte Knabe starrte die Drinks an wie ein Ertrinkender einen Rettungsschwimmer, aber Mars übersah ihn.

«Ich hab' ein bißchen darüber nachgedacht, wie Sie diese Stelle entdeckt haben», sagte Mars, «und ich vermute, daß Sie dazu Bonsentir beschattet haben müssen.»

«Yeah.»

«Wie lange haben Sie ihm aufgelauert?»

«Ungefähr drei Tage», sagte ich.

«Ohne Hilfe?»

«Ohne.»

Mars schüttelte den Kopf und grinste. Sein Grinsen war so warmherzig wie das eines Pfandleihers, der den Brillantring deiner Mutter begutachtet.

«Sie hängen sich rein, Soldat, das muß man Ihnen lassen.»

Dazu hatte ich nicht viel zu sagen, deshalb ging ich nicht weiter darauf ein, sondern trank einen kleinen Schluck Bourbon mit Ginger Ale. Um die Jacht herum schaukelten einige auf Abfälle wartende Möwen graziös auf den Wellen. Dann waren unsere Pappbecher leer. Blondie mixte eine zweite Runde. Wir nahmen sie zur Brust. Um die Landzunge im Norden kam ein großer Kabinenkreuzer mit erhöhtem Kommandostand und einer Schwertfischreling am Bug.

«Das sind wir», sagte Mars.

Das Boot war nicht auffälliger als ein Krokodil in einer Badewanne.

«Damit können wir uns problemlos unbemerkt an sie ranmachen», sagte ich.

«Es ist gar nicht einfach», sagte Mars, «schnell ein Boot zu besorgen. Das da gehört 'nem Kerl, der damit geschmuggelt hat, bevor er zu alt geworden ist. Hat 'nen starken Motor.»

Der Kabinenkreuzer lief mit schäumender Bugwelle an der *Randolph's Ranger* vorbei und legte an unserer Pier an.

«Alle an Bord!» sagte Mars und leerte seinen Pappbecher. Wir gingen die Pier entlang und stiegen die Treppe hinunter und kletterten an Bord. Der Kabinenkreuzer war alt, aber gepflegt. Das Messing war blankgeputzt, und Teak und Mahagony hatten den Glanz von jahrelanger Handpolitur.

Am Steuer stand ein großer, hagerer Kerl mit einem Strohhut, den er tief in die Stirn gedrückt hatte. Er hielt den Kabinenkreuzer mühelos auf der Stelle, während wir an Bord kletterten. Die Besatzung bestand aus einem Schläger mit Blumenkohlohren und Boxernase, den ich schon einmal gesehen hatte, und drei weiteren harten Typen, die ich nicht kannte. Keiner von ihnen sah wie ein Hochseeangler aus.

Mars nickte dem Steuermann zu. Er legte ab und steuerte das Boot mit einer lässigen Handbewegung geschickt von der Pier weg. Die Motoren liefen praktisch im Leerlauf, während wir uns der Jacht näherten.

«Haben Sie 'nen Plan, Soldat?» Mars lehnte an der Reling und schob eine Hand so in die Hosentasche, daß nur noch sein manikürter Daumen sichtbar blieb.

«Wir sollten irgendwo vor der Küste warten. Falls sie ablegen, folgen wir ihnen. Ansonsten gehe ich nach Einbruch der Dunkelheit an Bord.»

«Allein?»

«Yeah. Gehen wir alle an Bord, kommt's zu 'ner Schießerei, und ich will nicht, daß Carmen zwischen die Fronten gerät.»

«Ihr würd's gefallen», sagte Mars und starrte aufs Wasser hinaus. «Sie würde kichern und an ihrem Daumen lutschen und sich wahrscheinlich naßmachen.»

«Mein Auftrag ist nicht, sie erschießen zu lassen.»

«Wieviel kriegen Sie eigentlich dafür?»

«Für diesen Job? Einen Dollar.»

Mars lachte.

«Sie verdienen sich Ihr Geld wirklich, Soldat.»

«Yeah. Ich kann's kaum erwarten, es anzulegen.»

«Wie wollen Sie zur Jacht rüberkommen?» fragte Mars.

Ich nickte zu dem kieloben auf dem Vordeck liegenden Beiboot hinüber.

«Irgend jemand kann mich rüberrudern, schätze ich.»

«Und dort läßt der Wachhabende Seite pfeifen?»

«Vielleicht merken sie nichts», sagte ich. «Wir müssen's versuchen.»

Mars zuckte mit den Schultern.

«Behalt' die Jacht in Sicht», sagte er zu dem Steuermann mit dem Strohhut. Danach starrte er wieder aufs Meer hinaus. Wir verließen die Bucht und nahmen eine Position vor der südlichen Landzunge ein, wo die Motoren das Boot gegen Wind und Strömung auf Kurs hielten. Die Jacht blieb, wo sie war, und der Tag zog sich hin und die Minuten schleppten sich wie widerwillige Schulkinder. Mars studierte die Kimm. Ich studierte die Jacht. Der Kerl mit dem Strohhut hielt den Bug in den Wind gedreht, und die restlichen Besatzungsmitglieder spielten Karten. Marlowe und die Piraten.

Von unserem Liegeplatz aus hatte ich einen guten Blick auf die *Randolph's Ranger*. Ihr Fallreep war noch herabgelassen, und das Motorboot war daran festgemacht. Sie machte nicht den Eindruck, als werde sie bald auslaufen.

An Deck bewegte sich gelegentlich eine Gestalt in Weiß, die einen Rundgang machte, aber keinen bestimmten Auftrag zu haben schien. Alle Action fand unter Deck statt.

Die Minuten krochen weiter, als wälzten sie riesige Felsblöcke vor sich her, und die Sonne blieb scheinbar auf ewig am Himmel, bewegte sich kein bißchen nach Westen, näherte sich dem Rand des Pazifiks nicht im geringsten und stand glühend über mir, während ich wartete.

Am Spätnachmittag raste das Rennboot einmal mit schäumendem Kielwasser zur Pier, um weiteres Eis zu holen, aber das war alles. Die Möwen dümpelten geduldig auf dem stumpfblauen Wasser. Wir hingen unbeweglich, wie scheintot, vor der Südspitze von Fair Harbor, bis die Sonne endlich kurz vor meinem 95. Geburtstag – übrigens sogar recht plötzlich – unter der Kimm verschwand und die Dunkelheit einsetzte.

Als es dann so dunkel war, wie es in der Nacht werden würde, brachten wir das Beiboot zu Wasser, und Blondie machte sich bereit, mich hinüberzurudern.

«Er wartet in der Nähe, nachdem er Sie an Bord abgesetzt hat», sagte Mars. «Er ist dann da, wenn Sie zurückkommen wollen.»

«Kann er rudern?» fragte ich.

Blondie achtete nicht auf mich. Er saß im Beiboot und hatte die Hände an den Riemen.

«Blondie ist gut», sagte Mars. «Unterschätzen Sie ihn nicht.»

«Klar ist er das – genau wie ich. Ich fahre rüber, tanze

zwei Runden mit Simpson und komme mit Carmen zurück. Die werden glauben, sie seien von Piraten geentert worden.»

«Wie lange sollen wir warten, bevor wir Sie dort rausholen?» fragte Mars.

«Das müssen Sie selbst entscheiden. Aber lassen Sie mir genügend Zeit. Simpson ist auf Schritt und Tritt von seiner Privatarmee umgeben, und Ihre Munition reicht unter Umständen nicht aus.»

Mars schenkte mir sein düsteres Lächeln.

«Warten wir's ab, Soldat. Warten wir's ab.»

Ich kletterte ins Heck des Beiboots hinunter, und Blondie legte sich leicht in die Riemen, und wir glitten durchs dunkle, stille Wasser auf die Jacht zu.

31

Es war nicht so finster, wie ich's mir gewünscht hätte. Die Sterne leuchteten hell, und ein fast voller Mond hing über dem schwarzen Wasser und der bewegungslosen Jacht. Blondie brachte das Beiboot geschickt ans Fallreep. Ich konnte leise Stimmen hören, als werde an Bord gefeiert, obwohl dort ebensogut ein Mord passieren konnte. Die Stimmen waren undeutlich. Die ruhige See schlug sanft gegen den Rumpf der Jacht. Mehr war nicht zu hören. Keine Geräusche von Wachen an Deck.

Ich trat aus dem Boot aufs Fallreep, und Blondie ruderte kommentarlos weg. Ich tastete nach dem beruhigenden Gewicht der Waffe in meinem Schulterhalfter und stieg dann leise das Fallreep zum Deck hinauf. Es war eine milde Nacht und das Meer gab gerade soviel Kühle ab, daß man sich erfrischt fühlte. Das Deck schien leer zu sein, als ich es betrat, aber ich wußte, daß ich hier oben zuvor einen Matrosen gesehen hatte, und kauerte unbeweglich hinter einem Rettungsboot, um zu horchen. Im Augenblick waren nur der Wellenschlag und die undeutlichen Stimmen unter Deck zu hören. Die Takelage knarrte leise. Ich wartete.

Ich sah in die Richtung, in der Mars' Kabinenkreuzer liegen mußte, konnte aber nichts erkennen. Er lag abgedunkelt hinter der Landzunge. Auch Blondie im Beiboot war nicht zu sehen. Von unten drang ein schrilles Kichern herauf, das viel höher als die anderen Geräusche war und bei dem mir ein kalter Schauer über den Rücken lief. Es klang wie das Kreischen eines Wesens, das klagend nach seinem dämonischen Liebhaber rief. Carmen!

An Deck hörte ich plötzlich das leise Schlurfen von Füßen in Tennisschuhen. Und dann sah ich ihn in einem weißen Matrosenanzug mit weißem Webkoppel und Dienstwaffe. Genau wie bei der Navy, wenn man sich die Tennisschuhe wegdachte. Ein bißchen verschlafen, von endlosen Decksrunden gelangweilt, ging er an mir vorbei, ohne mich wahrzunehmen, und marschierte in Richtung Bug weiter. Ich schlich nach achtern auf eine Luke zu und erreichte sie und war schneller drin, als die Schönheit der Jugend vergeht.

Unter Deck wurden die Stimmen deutlicher, und ich

konnte leises Gläserklirren hören. Ich stieg eine Stufe weiter hinunter und noch eine, bis ich den Gang sehen konnte, der offenbar vom Bug bis zum Heck führte und an dem auf beiden Seiten Kabinen lagen. Etwas vor mir am Fuß der Treppe stand eine Tür offen, hinter der ich Stimmen hörte.

Ich stieg die letzten Stufen hinunter und legte eine Hand auf den Türknopf der Kabine nebenan. Er ließ sich leicht drehen, und als ich den dunklen Raum betrat, wußte ich, daß er leer war. Ein leerer Raum hat eine andere Atmosphäre. Dort entdeckte ich, was ich zu finden gehofft hatte. Wie auf vielen Schiffen waren unter der Decke Lüftungsgitter in die Wände eingelassen, um in der sonst stehenden Luft unter Deck für etwas Zirkulation zu sorgen. Dieses Lüftungsgitter war offen. Ich zog einen Stuhl heran und stellte mich darauf und blickte durchs Gitter.

Sie waren zu dritt: Dr. Claude Bonsentir, Carmen Sternwood und ein großer, verweichlicht aussehender Kerl mit wallender Lockenmähne und einer großen Hornbrille, der Randolph Simpson sein mußte. Sie hockten auf Sitzkissen um ein niedriges Tischchen, auf dem eine ziselierte Messingplatte ruhte, und aßen mit den Fingern. Was sie aßen, schienen irgendwelche gekochten Körner mit daruntergemischten Früchten zu sein. Nicht gerade sauber mit den Fingern zu essen, aber das schien keinen von ihnen zu stören.

Carmen trug eine weite seidene Pumphose und ein Seidentop, das über dem Hosenbund einen breiten Streifen Haut freiließ. Soviel ich sehen konnte, schien sie keinen Edelstein im Nabel zu tragen. Sie aß mit einer Hand und spielte mit der anderen in Simpsons Haar, indem sie sich die Locken um die Finger wickelte und wieder freiließ. Ein cleveres Mädchen, unsere Carmen! Nie verlegen, wenn es darum ging, unterhaltend zu sein. Sie trug keine Schuhe, und ihre Zehennägel waren blau lakkiert. Gelegentlich hörte sie auf, in Simpsons Haar zu wühlen, um mit kleinen Bissen ein gelbgetigertes Kätzchen zu füttern, das ihr jedesmal eifrig die Finger ableckte und sich dann enttäuscht hinsetzte und kläglich miaute.

Simpson trug ein geblümtes Hemd über einer weißen Leinenhose. Bonsentir hatte den weißen Leinenanzug an, mit dem ich ihn morgens aus Resthaven wegfahren gesehen hatte. Er beugte sich über das Tischchen und füllte Carmens Glas mit einer roten Flüssigkeit aus einer Kristallkaraffe. Sie trank einen Schluck davon und kicherte. Ihre Augen waren weit und schienen fast nur aus Pupillen zu bestehen. Und ihr gekünstelt fröhliches Kichern paßte sehr gut zu dem schwachen medizinischen Geruch, der mir durchs Lüftungsgitter in die Nase stieg. Die Kabine war mit Gobelins und großen Topfpalmen luxuriös ausgestattet. Simpson starrte Bonsentir an, dessen Stimme ich jetzt hörte: tief und bedeutungsschwer wie die Stimme Gottes aus den Wolken in einem zweitklassigen Film.

«Du bist zu mächtig, Randolph, er kann dir nichts anhaben. Das kann niemand. Wir können unser Leben wie bisher weiterführen.»

Simpson sah ihn gebannt an, wie die Statisten in

schlechtsitzenden Sandalen und mottenzerfressenen Gewändern in dem zweitklassigen Film an Gottes Lippen gehangen hätten. Er nahm einen Schluck von der rötlichen Flüssigkeit in seinem Glas. Carmen klaubte mit drei Fingern ihrer rechten Hand Körner und Früchte von der Messingplatte und schaufelte sie in Simpsons Mund. Er schluckte fast alles, ließ aber einen kleinen Teil auf sein Hemd tropfen. Carmen wischte es mit einer kirschroten Damastserviette ab. Und fütterte das hungrige Kätzchen mit einem Krümel.

«Er läßt nicht locker», sagte Simpson. «Er taucht überall auf, fragt alle aus. Er hat die alte Goldmine gefunden.»

«Er ist ein kleiner Mann», verkündete Bonsentir salbungsvoll, «ein *kleiner* Mann. Wir schlagen ihn einfach tot, wie man Fliegen totschlägt.»

Ich spürte einen Kloß im Hals. Sie redeten von mir.

Simpsons hohe Stimme war nicht ganz fest. Er starrte Bonsentir an und beugte sich leicht zu ihm hinüber. Carmen ließ ihre Hand über seinen Oberschenkel gleiten und nahm eine einzelne Weinbeere von der Platte und steckte sie sich in den Mund. Sie kaute sie langsam, während sie ihre Wange an Simpsons linkem Arm rieb. Das Kätzchen miaute.

«Er hat die *Mine* gefunden! Er und die neugierige Alte von der Zeitung.»

«Er hat nichts Wichtiges gefunden. Du besitzt die Macht, Randolph. Du hast die Kraft, und ich kenne sie und kann sie aus dir rausholen.»

«Und der *Plan*», jammerte Simpson mit zittriger Stimme. «Er ist in Neville Valley gewesen – und in Springs. Er *weiß* alles!»

Bonsentir nahm Simpsons Hand in seine und drückte sie.

«Ich werde ihn beseitigen lassen, Randolph. Er belästigt dich. Ich lasse ihn beseitigen.»

«Was ist, wenn er auspackt?»

«Bei wem sollte er auspacken? Bei der Polizei? Die Polizei gehört uns, Randolph. Wir haben den Oberbürgermeister und den Gouverneur und die Abgeordneten in der Tasche. Alle gehören uns, Randolph. Kalifornien gehört dir.»

Sie schwiegen, während Bonsentir Simpsons Hand hielt.

«Ja!» Simpsons Stimme war jetzt nicht mehr so weinerlich. Carmen rieb ihre Wange an seinem Arm und streichelte mit ihrer Hand seinen Oberschenkel. Das Kätzchen miaute wieder. Simpson starrte es irritiert an.

«Als du die Männer zu ihm geschickt hast», sagte Simpson, «hast du gesagt, sie würden ihn zum Aufhören zwingen.» Seine Stimme nahm wieder den hohen Jammerton an. «Aber er hat nicht aufgehört. Und du hast die Männer zu Vivian geschickt, und sie hat gesagt, er arbeite gar nicht für sie, und selbst als sie ihr wehgetan haben, hat sie nichts anderes gesagt. Und er hat nicht aufgehört. Das gefällt mir nicht!»

«Was haben sie Vivian getan?» fragte Carmen und kicherte erneut – ein perlendes, verderbtes Kichern, das ich manchmal noch jetzt im Traum höre. Weder Simpson noch Bonsentir achteten auf sie.

«Er wird dich nicht mehr belästigen», sagte Bonsentir.

Carmen hörte auf, Simpsons Oberschenkel zu streicheln, und nahm ihren merkwürdigen kleinen Daumen in den Mund und begann leicht daran zu lutschen, drehte ihn hierhin und dorthin, als wolle sie seinen Geschmack ganz auskosten.

«Wollt ihr ihn etwa umbringen?» fragte sie, ohne den Kopf von Simpsons Schulter zu nehmen.

Simpson lächelte sie an, als sei er ihr Großvater. «Möchtest du uns dabei helfen?»

Carmens perlendes Kichern stieg in ihr hoch und hielt an, während sie ernsthaft nickte. Ihren Daumen ließ sie dabei im Mund, und ihre großen Augen waren leer wie ein Geisterhaus.

«Carmen *mag* das», sagte sie und öffnete den Mund und zeigte ihre scharfen kleinen Zähne.

«Ich weiß», sagte Simpson, dessen Stimme jetzt sonor und gelassen klang. «Und ich mag Carmen.»

Danach stand sie auf und küßte ihn auf die Stirn.

«Carmen muß mal kurz für kleine Mädchen», sagte sie und hüpfte fröhlich aus der Kabine, sorglos wie ein Schmetterling. Simpson blickte ihr nach und sah dann zu Bonsentir hinüber. Das Kätzchen miaute und rieb sich an seinem Schenkel. Er starrte es sekundenlang angewidert an. Dann stand er plötzlich auf und packte das Kätzchen am Nackenfell. Das Tier kreischte. Simpson durchquerte mit zwei, drei großen Schritten die Kabine und warf das Kätzchen aus dem offenen Bullauge. Dann kam er zurück und nahm wieder Platz.

«Bald», sagte er mit dunkler, gutturaler Stimme. «Ich fühle es kommen. Bald ist Carmen an der Reihe.»

«Sie hat sich länger gehalten als viele», sagte Bonsentir.

«Ich stelle mir gern vor . . .», sagte Simpson, und die Worte quollen ihm schleimig aus dem Mund. «Ich stelle mir gern vor, wie ihr Gesicht im ersten Augenblick des Erkennens aussieht, wenn sie begreift, was mit ihr geschehen wird.»

Die beiden Männer schwiegen, als schwelgten sie in dieser Vorstellung. Dann ging die Tür auf, und Carmen schwebte wieder herein.

«Fertig!» verkündete sie und ließ sich auf das Sitzkissen neben Simpson fallen und lehnte ihren Kopf an seine massige Schulter. Er hob ihr Kinn mit einer Hand und küßte sie hart auf die Lippen. Ihr kleiner Körper zappelte erregt wie ein Fisch am Angelhaken.

Ich stieg von meinem Stuhl und schlich zur Tür und öffnete sie einen Spalt weit. Es wurde Zeit, sie da rauszuholen. Der Korridor war leer. Ich öffnete die Tür weiter und trat aus der Kabine. Ich machte drei Schritte auf die nächste Tür zu und griff unter die Jacke, um meinen Revolver zu ziehen. Plötzlich schlang sich ein Stahlseil, dicker als die Tragseile der Brooklyn Bridge, um meinen Hals, und ein Schraubstock umklammerte meine Revolverhand. Ich konnte den Besitzer riechen, es war der Mexikaner. Und es war kein Stahlseil, es war sein Unterarm. Ich versuchte, ihn mit dem Absatz auf den Rist zu treten, aber das Seil wurde noch enger. Ich rammte ihm meinen linken Ellbogen in die Rippen. Das hatte soviel Wirkung, als hätte ich ihm eine Scheibe türkischen Honig über den Schädel gehauen.

Ich fühlte, wie der Druck in meinem Kopf zunahm. Ich sah nur noch rote Schleier vor den Augen. Mein Revolver und meine Schießhand wurden noch immer unter der Jacke festgehalten. Ich versuchte, mich zu bücken und ihn über meine Schulter zu werfen, aber ich hätte ebensogut versuchen können, eine Eiche auszureißen. Ich bekam keine Luft mehr. Die rötlichen Schleier wurden dunkler und röter und hüllten mich zuletzt ganz ein, und ich versank in ihnen und verschwand.

32

Als ich aufwachte, saß ich in einem hellen kleinen Raum ohne Möbel auf dem Fußboden. Ich schloß kurz die Augen und öffnete sie dann wieder. Eine starke Lampe schien mir ins Gesicht. Mein Hals schmerzte, mein Schädel pochte. Ich nahm wahr, daß das beruhigende Gewicht des Revolvers unter meinem linken Arm verschwunden war. Ich blinzelte mit zusammengekniffenen Augen an der Lampe vorbei und konnte Gestalten erkennen, allerdings nicht sehr deutlich. Eine von ihnen war offenbar der Mexikaner mit dem massiven Oberkörper und den langen Armen. Die anderen konnte ich nicht identifizieren. Ich hatte einen Geschmack im Mund, als hätte ich Löschpapier gegessen.

«Er scheint wieder bei Bewußtsein zu sein.» Das war die Stimme Dr. Bonsentirs, die irgendwo aus den Wolken kam. «Wie praktisch, Mr. Marlowe, daß Sie gerade jetzt zu uns gekommen sind, wo wir entschieden haben, daß wir Sie finden müssen.»

Ich stemmte meine Füße ein und schob mich mit dem Rücken an der Wand hoch und richtete mich auf. Der Mexikaner kam hinter der Lampe hervor und trat näher an mich heran. Ich sah, daß mein Revolver in seinem Gürtel steckte. Immerhin hatte er keinen Knoten in den Lauf gemacht.

«Warum bringen wir ihn nicht einfach gleich um?» Simpsons Stimme kam tief und heiser aus dem Dunkel hinter der Lampe. «Dann brauchen wir gar nicht mehr daran zu denken.»

Ich hörte Carmens erbarmungsloses Kichern.

«Ich halte es für besser», sagte Bonsentir, «damit zu warten, bis wir wieder auf See sind. Das macht die Beseitigung der Leiche einfacher und sicherer.»

«Ich fahre nicht gern nachts», sagte Simpson. Seine Stimme klang wieder schrill. Wie das Nörgeln eines kleinen Jungen, der nicht frühzeitig ins Bett gehen will.

«Ich weiß, Randolph. Das ist in Ordnung. Wir behalten ihn hier, bis wir morgen früh auslaufen.»

«Zu spät!» sagte ich. «Zu viele Leute wissen Bescheid.»

«Wer weiß Bescheid?» fragte Simpson. «Ich hab' dir gesagt, Claude, daß er's anderen Leuten erzählt hat! Wer weiß davon? Was wissen sie?» Seine Stimme wechselte die hohen und tiefen Töne wie in einem Flötensolo.

«Das behauptet er natürlich, Randolph. Er ist in größter Gefahr, und das weiß er. Er behauptet das und hofft, daß es ihn retten wird, aber er hofft vergeblich.»

«Bernie Ohls, der Chef-Ermittler des Staatsanwalts, weiß davon», sagte ich. «Und Taggert Wilde, der Staatsanwalt, und die Staatsanwaltschaft San Bernardino und Captain Gregory, der Leiter des Vermißtendezernats, und ein harter Bursche namens Eddie Mars, der in diesem Augenblick etwa hundert Meter von hier entfernt ist – mit einer ganzen Bootsladung wilder Kerle, die sich bereithalten, hier rüberzukommen und Ihnen die Ohren abzuschießen.»

«Eddie Mars kenn' ich», sagte Carmen aufgeregt. «Wie toll! Ein vertrauter Name.»

Simpson trat nach vorn ins Lampenlicht. Sein weichliches Gesicht war gerötet.

«Aufhören!» sagte er, und seine Stimme glitt die gesamte Tonleiter herunter. Das hörte sich unheimlich an und wäre zu jedem anderen Zeitpunkt ein interessantes Phänomen gewesen. «Sie versuchen, mir Angst einzujagen. Niemand weiß Bescheid. Ich bin zu mächtig. Keiner kann über mich Bescheid wissen. Und Sie halten jetzt den Mund, weil Sie umgebracht werden!» Dieser letzte Satz wurde in tiefstem Baß gesprochen.

Mein Kopf war dem Platzen nahe, und mein Genick tat weh, und ich hatte Halsschmerzen, und mir war leicht schwindlig, und ich hatte es satt, in grelles Licht starren und mich von einem zu groß geratenen Muttersöhnchen anquatschen zu lassen. Ich schlug zu. Angesichts meines Zustands war es ein ziemlich guter Schlag. Ich spürte, wie seine Nase unter meiner Faust breit wurde, und sah Blut kommen. Er kreischte im Ton von zersplitterndem Glas und taumelte rückwärts, die Hände vors Gesicht geschlagen. Blut quoll ihm zwischen den Fingern hervor, und er heulte wie eine Feuerwehrsirene. Ich wollte mich nach dem Mexikaner umdrehen, aber dann traf mich etwas seitlich am Kopf, und ich kehrte wieder an einen Ort zurück, an dem ich mich in letzter Zeit zu häufig aufgehalten hatte.

33

Als ich diesmal wieder zu mir kam, war ich allein. Die einzige Lichtquelle war eine schwache Glühbirne an der Kabinendecke. Alle Teile meines Körpers, die vorher weh getan hatten, taten jetzt noch weher, und dazu hatte ich eine schmerzhafte Prellung am linken Kiefer unmittelbar vor dem Ohr. Ich lag eine Weile nur da und kämpfte gegen die Übelkeit an. Außer einem leichten Heben und Senken der Jacht durch die Dünung nahm ich keine Bewegung im Schiff wahr. Ein Blick aus dem Bullauge zeigte mir, daß es noch dunkel war.

Zeit zum Aufstehen. Ich konnte es schaffen. Einsdreiundachtzig groß, fünfundachtzig Kilo schwer. In Topform konnte ich einfach aufstehen. Ich versuchte, meine Beine anzuziehen, aber sie fühlten sich wie Seetang an. Ich entschied mich für einen Kompromiß, indem ich zur Wand hinüberkroch und mich an ihr langsam in sitzende Haltung hochstemmte. Sogar das schwache Licht tat mir in den Augen weh. Ich kniff sie zusammen. Vielleicht würde ich doch nicht gleich aufstehen. Statt dessen könnte ich mir Übersicht über die Kabine verschaffen, während ich mich ausruhte.

Viel gab es nicht zu sehen. Die grelle Lampe, die mich geblendet hatte, war mit sämtlichen Möbeln verschwunden. In einer Ecke stand ein weiterer Pflanzkübel mit einer blühenden Tropenpflanze, und auf dem Boden lagen zwei Seidenkissen, die vermutlich auf einer Couch gelegen hatten. Sonst war dies ein unmöblierter Raum mit Stahlwänden in Elfenbeinweiß und einem Bullauge, durch das ich mich nicht hindurchzwängen konnte.

Meine Armbanduhr war kaputt, vermutlich bei einem Fall in Trümmer gegangen. Ich wußte nicht, bei welchem. Ich war so oft zu Boden gegangen, daß es irgendwann passiert sein konnte. Auf meinem Hemd fand ich Spuren von Blut, das aus Simpsons Nase geflossen sein mußte, als ich ihm die Gerade verpaßt hatte. Das gewährte mir eine gewisse Befriedigung.

Mit heftigen Schmerzen und häufigen Erholungspausen kam ich endlich auf die Beine. Die Kabine drehte sich. Einige Augenblicke lang stand ich schwankend am Rande eines Abgrunds. Dann legte sich das. Ich war auf den Beinen. Ich schob mich an der Wand entlang zur Tür und versuchte, sie zu öffnen. Sie war abgesperrt. Welche Überraschung! Einen anderen Ausgang gab es nicht. Ich betrachtete die Topfpflanze. Sie war echt, sie wuchs in richtiger Erde. Aus ihren Blättern ragte eine große purpurrote Blüte in Trompetenform. Wer so reich wie Randolph Simpson war, konnte sich überall mit blühenden Pflanzen umgeben.

Ich starrte die Topfpflanze eine Minute lang an und setzte mich dann wieder auf den Fußboden und hielt still, bis der Raum sich nicht mehr drehte und zog meinen rechten Schuh und die Socke aus. Danach schlüpfte ich strumpflos in den Schuh und kam langsam wieder auf die Beine. Allmählich hatte ich den Bogen raus. Eines Tages würde ich wahrscheinlich aufstehen können, wann immer ich wollte. Falls ich diesen Tag noch erlebte.

Ich machte mich sorgfältig daran, die Socke zu etwa zwei Dritteln mit Erde aus dem Pflanzkübel zu füllen. Dann knotete ich sie zu und schlug mir damit leicht in die offene Hand. Sie fühlte sich ungefähr richtig an. Ich ging ans Bullauge und öffnete es und atmete die kühle Meeresluft einige Male tief ein. Dann durchquerte ich den Raum und stellte mich neben das Schloß der Kabinentür und begann, mit der linken Hand gegen die Tür zu hämmern.

«Laßt mich raus!» brüllte ich, so laut ich konnte. «Laßt mich hier raus!»

Ich mußte noch mehrmals brüllen und gegen die Tür hämmern, bevor ich im Gang Schritte und Schlüsselklirren hörte. Dann wurde die Tür geöffnet. Der Mexikaner, der noch immer meinen Revolver im Gürtel stecken hatte, kam herein, und ich schlug ihm meine mit Erde gefüllte Socke hinter dem linken Ohr gegen den Schädel. Mit aller Kraft. Er stöhnte und stolperte vorwärts und ging in die Knie, und ich traf ihn erneut mit meinem selbstgebastelten Totschläger, diesmal quer über den Hinterkopf, und er seufzte und fiel nach vorn aufs Gesicht. Ich trat ihn gegen den Kopf und hockte mich dann neben ihm nieder und griff unter seinen Leib und zog meinen Revolver aus seinem Gürtel.

Die Schlüssel, mit denen er die Tür aufgesperrt hatte, lagen eineinhalb Meter vor seiner ausgestreckten Hand auf dem Boden. Ich hob sie auf und trat in den Gang hinaus und sperrte die Kabinentür hinter mir ab. Nun hatte ich das beruhigende Gewicht meines Colts wieder, und diesmal behielt ich die Kanone in der Hand. So viele Leute hatten sie mir weggenommen, daß ich sie kaum noch wiedererkannte.

Der Gang war leer und still. Die Türen auf beiden Seiten waren geschlossen. Ich ging den Gang entlang und horchte an sämtlichen Türen. Hinter allen war es still, nur in einer Kabine schnarchte jemand. Wer das war, ließ sich nicht ausmachen. Ich schlich weiter und hörte hinter der letzten Tür an Backbord das vertraute Kichern. Ich versuchte sie zu öffnen. Sie war abgesperrt. Ich begutachtete das Schloß und probierte dann einen der Schlüssel aus dem Bund, den ich dem Mexikaner abgenommen hatte. Er paßte, und ich öffnete leise die Tür.

Carmen war in der Kabine, Simpson ebenfalls. Das Licht brannte. Er lag mit Handschellen ans Bett gefesselt auf dem Bauch, und Carmen – in einer Verfassung, die ich allmählich satt hatte – war splitternackt. Sie stand über Simpson gebeugt, kicherte ihr Kichern und schlug ihn mit einer goldverzierten Elfenbeinhaarbürste auf den Hintern.

Ich trat über die Schwelle und schloß leise die Tür hinter mir. Carmen sah mit ihren großen Augen auf, die nur aus Pupillen zu bestehen schienen, und lächelte.

«Dich kenn' ich», sagte sie. «Du hast 'nen komischen Namen.»

«Doghouse Reilly», sagte ich.

Simpson drehte den Kopf zur Seite und starrte mich an, und ich grinste befriedigt, als ich den dicken weißen Pflasterverband über seiner Nase und die sich abzeichnenden dunklen Ringe unter seinen Augen sah. Als er den Mund aufmachte, trat ich rasch auf ihn zu und steckte den Revolverlauf hinein.

«Keinen Muckser», sagte ich.

Er bekam große Augen, aber er blieb still. Sein unbekleideter Körper war blaß und schwammig. Ich sah mich in der Kabine um. An einem Wandhaken neben dem Bett hing ein Spitzennegligé. Ohne den Revolverlauf aus Simpsons Mund zu nehmen, sagte ich zu Carmen: «Zieh' das an!»

Sie lächelte das ihr eigene versponnene leere Lächeln und nahm ihren Daumen in den Mund. Wie immer sollte ich daraufhin einen Luftsprung machen und die Hakken zusammenschlagen. Wie immer funktionierte das nicht.

«Keinen Laut, sonst bring' ich Sie um», sagte ich.

Ich zog den Revolverlauf aus Simpsons Mund und trat an die Wand und nahm das Spitzenneglígé vom Haken und klemmte mir den Colt unter einen Arm, während ich Carmens Arme durch die Ärmel steckte und die beiden Knöpfe zumachte, die das Ding nur notdürftig zusammenhielten. Zu dem Negligé gehörte auch ein Gürtel, den ich um ihre Taille band. Dann nahm ich meinen Colt wieder in die Hand, zog das Bettuch und zwei Decken über Simpsons Kopf, packte Carmen fest am Handgelenk und zog sie auf den Gang hinaus. Als ich die Tür hinter mir schloß, hörte ich Simpson durch zwei Bettdecken gedämpft «Hilfe!» rufen. Fünf Schritte weiter war seine Stimme bereits nicht mehr zu hören.

«Wohin gehen wir?» fragte Carmen. Sie wirkte nicht ängstlich. Sie wirkte erregt. Ihre hochgezogenen Lippen ließen ihre kleinen weißen Zähne sehen. Scharfe Zähne, die weißer waren als Zähne eigentlich sein müssen.

«Heim», sagte ich.

Während wir die Treppe zum Oberdeck hinaufstiegen, hielt ich meinen Revolver in der rechten Hand und umklammerte mit der linken Carmens Handgelenk mit eisernem Griff. An Deck war nur der einzelne Matrose, der am Heck stand und übers dunkle Wasser zur Küste hinüberstarrte.

«Pst!» sagte ich zu Carmen.

Sie kicherte, daß ihre scharfen kleinen Zähne im Sternenschein blitzten, und kreischte, so laut sie konnte. Der Matrose warf sich herum und wollte die Waffe aus seinem Webkoppel ziehen. Ich schoß einmal, und er schrie auf und torkelte gegen die Reling und klappte zusammen. Unter uns hörte ich Türen schlagen und Schritte auf der Eisentreppe. Ich zerrte Carmen an die Reling und steckte meinen Revolver ins Schulterhalfter zurück. Hinter mir flog eine Luke auf, und irgend jemand brüllte: «Dort drüben . . . an der Reling!»

Ich schlang meine Arme um Carmens Taille und hob sie hoch. Sie kreischte wieder, und ich kippte sie über die Reling ins Dunkel und sprang ihr nach. Der Aufprall war schmerzhaft, und dann war ich drin und tauchte mindestens vier bis fünf Meter tief unter, bevor ich umdrehen und wieder nach oben stoßen konnte. Meine nassen Kleidungsstücke zogen mich nach unten, und das Gewicht meines Revolvers unter dem linken Arm war nicht mehr beruhigend. Meine Lungen waren in dieser Nacht schon einmal übermäßig beansprucht worden und protestierten gegen diese neuerliche Überlastung. Ich geriet jetzt in Panik, weil ich fürchtete, es nicht mehr bis zur Oberfläche zu schaffen.

Aber ich schaffte es und tauchte in rabenschwarzem Wasser auf und fing an, mich nach Carmen umzusehen. Ich sah sie keine zehn Meter von mir entfernt im Wasser strampeln. Während ich auf sie zuschwamm, begann jemand auf der Jacht, die Wasseroberfläche mit einer Taschenlampe abzusuchen. Er mußte einen dieser langen Apparate mit sechs Batterien haben, denn der Scheinwerferstrahl war hell und der Lichtkreis groß. Ich erreichte Carmen, die zugleich kicherte und weinte und um sich schlug. Der Lichtstrahl glitt über uns hinweg und wieder zurück, und dann war Blondie da und beugte sich über den Bootsrand, um Carmen reinzuziehen.

Der Lichtstrahl erfaßte uns, und ein Schuß ließ das Wasser hinter dem Beiboot aufspritzen, und dann fielen irgendwo in der Dunkelheit südlich von uns mehrere Schüsse. Vom Rumpf der Jacht surrten Querschläger davon, und die Taschenlampe wurde ausgeknipst, und jemand brüllte: «Deckung!» Dann war Carmen im Boot, und auch ich hatte mich über den Rand hineingewälzt, ohne recht zu wissen, wie ich das geschafft hatte, und Blondie pullte wortlos in die Richtung, aus der das Feuer gekommen war.

«Ich hätte nie gedacht, daß ich mal froh sein würde, dich zu sehen», sagte ich zu ihm.

«Klar», sagte er.

34

Ich will nicht heim», sagte Carmen. Sie saß in eine Wolldecke gehüllt in der winzigen Kapitänskajüte von Mars' Kabinenkreuzer. Wir waren im allerersten Morgengrauen auf der Fahrt zur Pier, während Simpsons Jacht, die zuviel Tiefgang hatte, um uns verfolgen zu können, mit äußerster Kraft voraus um die nördliche Landzunge ablief.

Ich hatte meine Jacke ausgezogen, war aber sonst noch völlig durchnäßt – ganz im Gegensatz zu Mars, der frisch und erholt an der Schiffswand lehnte.

«Ich behaupte trotzdem, wir hätten angreifen und die Sache zu Ende bringen sollen», sagte Mars.

«Schlechte Idee, Eddie. Simpson wird auf Schritt und Tritt von einem Regiment Leibwachen begleitet. Die hätten euch erledigt.»

«Ich hab' ein paar ziemlich gute Jungs mitgebracht, Soldat.»

«Wir wollten Carmen rausholen», sagte ich. «Und wir haben sie.»

«Ich *will* nicht heim», sagte Carmen.

«Damit ist der Fall noch längst nicht erledigt, Soldat.»

«Ich weiß», sagte ich. «Die Anklage könnte auf Körperverletzung, Entführung, Freiheitsberaubung, Mordversuch und Mord in zwei Fällen lauten. Wir haben eine Zeugin.» Ich nickte zu Carmen hinüber.

«Keine sehr tolle Zeugin», sagte Mars. «Glauben Sie, daß Sie Simpson etwas davon anhängen können?»

«Falls wir Simpson mal allein erwischen», sagte ich, «in einem abgelegenen Raum und mit ein paar erfahrenen Cops, die wissen, wie's gemacht wird, redet er wie ein Buch. Nur Bonsentir gibt ihm Halt.»

«Kennen Sie solche erfahrenen Cops?» fragte Mars.

«Ein paar», sagte ich. «Sobald wir an Land sind, rufe ich einen an.»

«Wär' nicht schlecht», sagte Mars, «wenn Sie mich sozusagen aus der Sache rauslassen könnten. Die Cops würden mir nur was anhängen, und was wir hier veranstaltet haben, war vielleicht nicht gerade hundertprozentig legal.»

«Ich tue, was ich kann», sagte ich. «Soviel bin ich Ihnen schuldig.»

«Sie sind mir nichts schuldig, Soldat. Ich hab's nicht für Sie getan.»

«Ich halte Sie trotzdem raus.»

Der Kabinenkreuzer verringerte seine Fahrt und legte mit leichtem Stoß längsseits der Pier an. Es war sehr früher Morgen, und der graue Himmel war im Osten heller. Ich zog Carmen hinter mir her und ging an Land, um meinen Wagen zu holen und ein Telefon zu finden und ein Gespräch zu führen.

35

Wir befanden uns in einem sauberen, hell beleuchteten grauen Raum der Küstenwachstation Long Beach. Ohls war da, rauchte eins seiner Zigarillos und sah aus, als habe er gut gefrühstückt. Ebenfalls anwesend war ein Captain der Long Beach Police, der groß und hager war und einen hervortretenden Adamsapfel und den Gesichtsausdruck eines Mannes hatte, der seinen Job nicht mag. Hinter seinem ordentlich aufgeräumten grauen Dienstschreibtisch saß ein Commander der Küstenwache namens Fenton, der ein hochrotes Gesicht und einen Oberkörper wie ein Bierfaß hatte. Ich saß auf einem Holzstuhl vor seinem Schreibtisch. Carmen, die einen drei bis vier Nummern zu großen Arbeitsanzug der Küstenwache trug, saß auf dem Stuhl neben mir und sah wie Mary Pickford aus. Ohls stand an der Tür, und der Captain aus Long Beach, der Rackley hieß, lehnte neben Fentons Schreibtisch an der Wand.

«Wir brauchen sie nicht», sagte Ohls. «Wir haben Simpson in die Arrestzelle der Küstenwache gesteckt, und er hat gar nicht mehr zu reden aufgehört. Er hat uns von dem geplanten Wasserdiebstahl im Neville Valley erzählt. Er hat gestanden, Lola Monforte und vier oder fünf weitere Frauen aus ganz Amerika ermordet und zerstückelt zu haben. Er hat uns erklärt, Dr. Bonsentir sei an allem beteiligt und sei sein ... äh ... ‹Mentor›, so hat er ihn genannt, glaub' ich, und sein ‹geistlicher Berater›.»

«Wo ist Bonsentir?» fragte ich.

Ohls sah zu Fenton hinüber.

«Er hat 'nen Mexikaner bei sich gehabt», sagte der Commander. «Gebaut wie'n Gorilla. Er hat Widerstand geleistet – um Bonsentir zu schützen, nehme ich an. Einer meiner Leute liegt im Krankenhaus, ein zweiter hat einen gebrochenen Arm. Mein Oberbootsmann, der die Gruppe geführt hat, mußte ihn erschießen.»

«Und?»

«Und während des Kampfes ist Bonsentir verschwunden.»

«Er taucht bestimmt wieder auf», sagte Ohls. «Mit Simpsons Verhaftung haben wir ihm jedenfalls den Geldhahn abgedreht.»

«Darf ich Randolph besuchen?» fragte Carmen.

«Nicht gleich jetzt», sagte Ohls. Er sah mich an. «Wir haben Ihre Aussage, Marlowe – und ihre auch. Und bevor

Simpson zu erzählen aufhört, kriegen wir ihn wahrscheinlich wegen Mordes an Lincoln dran.»

Ich nickte. Carmen lutschte wieder ihren Daumen.

«Moment mal!» sagte Captain Rackley. Sein Adamsapfel hüpfte auf und ab. «Lassen Sie die beiden etwa laufen?»

«Yeah.»

«Dabei hat Long Beach vielleicht auch ein Wörtchen mitzureden», sagte Rackley.

«Long Beach würde immer noch über seine eigenen Handschellen stolpern, wenn Fenton hier nicht aus Höflichkeit angerufen hätte», sagte Ohls. «Nichts von dem, worum es hier geht, ist in Long Beach passiert.»

«Ihre Bemerkung über die Handschellen finde ich kränkend», sagte Rackley.

«Darauf hatte ich gewissermaßen gehofft», sagte Ohls. Er sah zu dem Commander hinüber. «Was dagegen, die beiden laufen zu lassen?»

«Falls es zu 'nem Prozeß kommt, brauchen wir sie», sagte Fenton. «Und ihn auch.»

«Hören Sie», sagte Ohls geduldig. «Dieser Mann wagt sich ganz allein auf ein Schiff voller Kerle mit großen Kanonen, um 'ne verrückte kleine Nymphomanin zu retten. Er wird gewürgt und bewußtlos geschlagen und ertrinkt fast, aber er holt sie raus und bringt sie zu uns. Außerdem klärt er für uns einen sensationellen Mordfall mit einer zerstückelten Frauenleiche auf und verhindert, daß einige Leute droben im Norden um ihren Lebensvorrat an Wasser gebracht werden.»

Ohls paffte an seinem Zigarillo und nahm es aus dem Mund und betrachtete es einen Augenblick.

«Dafür kriegt er ... Wieviel kriegen Sie diesmal, Marlowe?»

«Einen Dollar plus Spesen.»

«Vielleicht 'nen Tank voll Benzin, was?»

«Und zwei Kugeln», sagte ich.

Ohls verschränkte die Arme und starrte Rackley an.

«Glauben Sie wirklich, daß wir den nicht finden, wenn er als Zeuge aussagen soll?»

«Damit hat der Lieutenant recht», sagte ich zu Rackley.

«Glauben Sie etwa, ihm hätte niemand auf die Yacht rauf und wieder runter geholfen?» fragte Rackley. «Die Küstenwache hat achtundzwanzig Einschüsse in Rumpf und Aufbauten gezählt.»

«Ich bin schnell im Nachladen», sagte ich.

«In Long Beach ist das vermutlich unbekannt», sagte Ohls, «aber die meisten guten Cops wissen, wann sie nachfassen und wann sie besser nicht hinsehen. Mir gefällt diese Geschichte genau so, wie Marlowe sie erzählt hat.»

Rackley richtete sich auf.

«Hol's der Teufel», sagte er. «Wie Sie vorhin gesagt haben, ist Long Beach für gar nichts zuständig.»

Er ging an mir und Ohls vorbei und verließ das Dienstzimmer und schloß die Tür energisch, aber nicht zu nachdrücklich hinter sich.

«Irgendwelche Probleme, Commander?» fragte Ohls.

«Lassen Sie sie laufen», sagte Fenton.

«Wie ich die Sache sehe, gibt's ohnehin kein Verfahren», sagte ich. «Simpson hat 'ne verdammt weiche Birne, und seine Anwälte werden auf Unzurechnungsfähigkeit plädieren und Erfolg damit haben.

Wir waren aufgestanden. Fenton und ich schüttelten uns die Hand.

«Wohin gehen wir?» fragte Carmen. «Ich bin todmüde.»

«Heim», sagte ich. «Euer Mädchen bringt dich zu Bett.»

«Nicht du?» fragte sie und ließ ihre Zungenspitze zwischen den Lippen sehen und blickte mich mit schräggelegtem Kopf aus den Augenwinkeln heraus an, ganz Vampir.

«Ich bin auch müde», sagte ich. «Ich überlasse es lieber dem Mädchen.»

Auf dem Parkplatz stand mein Auto neben der schwarzen Limousine, die Ohls als Dienstwagen fuhr.

«Danke, Bernie», sagte ich.

Ohls nickte und öffnete seine Autotür und blieb mit einem Bein im Wagen stehen und lehnte sich aufs Dach.

«Sie muß auch irgendwo untergebracht werden», sagte er.

«Ich weiß.»

«Einer von uns muß sich darum kümmern», sagte er. «Mir wär's lieber, wenn Sie's täten. Aber einer von uns muß es tun.»

«Wird gemacht», sagte ich.

Ich öffnete meine Beifahrertür, und Carmen stieg ein. Ich schloß die Tür hinter ihr und ging auf meine Seite hinüber. Ohls war noch immer nicht eingestiegen und lehnte weiter auf dem Autodach.

«Bonsentir wird hinter Ihnen her sein», sagte Ohls.

«Yeah», sagte ich.

«Früher oder später», sagte Ohls.

«Gut!» sagte ich. «Er wird glauben, er sei kopfüber in einen Mixer geraten.»

Ohls nickte langsam und stieg in seinen Wagen und ließ den Motor an und fuhr weg. Ich sah ihm nach. Dann setzte ich mich neben Carmen und ließ den Motor an und fuhr in Richtung Hollywood los – mit bleischweren Augendekkeln. Und mit dem Rest in kaum besserer Verfassung.

36

Du hast's also geschafft!» sagte Vivian Regan.

Ich saß vormittags in ihrem riesigen Salon und hatte die Füße auf einem Sitzkissen hochgelegt. Ich lehnte meinen Kopf in den großen Lederohrensessel, in dem ich saß, und ließ die Augen zufallen. Meine Sachen waren an mir getrocknet, und ich sah wie etwas aus, das in einem Gully angeschwemmt worden ist. Schlimmer noch fühlte ich mich.

«Ich war sicher, sie würden dich umbringen», sagte Vivian.

«Irrtum», sagte ich.

«Ja, ich hab' mich geirrt. Und ich bin schrecklich froh, daß ich mich geirrt habe.»

«Yeah.»

Stille schien ein wesentliches Element des Hauses zu sein: Bestandteil der Bausubstanz, in den Bodenbrettern und Dachbalken, den Verputz durchdringend. Vivian saß mit untergeschlagenen Beinen mir gegenüber auf der breiten lavendelfarbenen Seidencouch. Diesmal trug sie eine Art Hausanzug aus schwarzer Seide und eine Perlenkette von der Art, die man im Tresor läßt, und nur als Imitation spazierenführt.

«Hilfst du mir mit Carmen?» fragte sie.

«Ich suche ein Heim für sie und sorge dafür, daß sie aufgenommen wird und daß sie dort bleibt», sagte ich.

«Muß sie vor Gericht?»

«Das glaube ich nicht. Ich bezweifle, daß es zu einem Prozeß kommen wird. Ich glaube, daß sich alles diskret arrangieren läßt. Daß Simpson und sie für geisteskrank erklärt und in ein Heim eingewiesen werden.»

Vivian schauderte und schlang die Arme um ihren Oberkörper.

«Geisteskrank», sagte sie. «Ein schreckliches Wort!»

Ich äußerte mich nicht dazu. Vivian stand auf und kam zu mir und stellte sich hinter mich und massierte mir Nacken und Schultern.

«Was ist mit uns, Marlowe? Wir hatten was miteinander neulich nachts.»

Ich nickte.

«Hier wäre Platz für dich, weißt du.»

«Für 'ne Weile», sagte ich.

«Du glaubst nicht, daß es halten würde?»

«Du hast jetzt Angst. Du bist allein. Du hast wieder Sorgen wegen Carmen. Du weißt nicht, wo Bonsentir steckt. Jemand wie ich sieht im Augenblick ziemlich gut aus. Aber wie würde ich nächstes Jahr aussehen? Wie würde ich mich bei Poloturnieren machen? Kriege ich 'nen eigenen Blazer mit eingesticktem Monogramm? Nehme ich Sprechunterricht, damit ich wie'n falscher Engländer reden und mich beim Clubvolk in Del Mar anbiedern kann?»

«Du bist einfach ein Dreckskerl, stimmt's, Marlowe?»

«Ich bin ein Detektiv, Lady. Das hab' ich dir schon früher gesagt. Ich spiele nicht nur Detektiv. Ich arbeite ernsthaft. Ich gehöre dorthin, wo ich bin – in ein lausiges Apartment an der Franklin, in ein schäbiges Büro am Cahuenga. Ich komme selbst für mich auf und tue, was ich kann, und laß mir nichts gefallen. Das ist nicht viel. Aber es gehört mir. Was ich an Grips und Mut und Muskeln mitbekommen habe, gehört mir, und ich setze es für meine Arbeit ein. Und was ich an Geld habe, hab' ich selbst verdient.»

Sie weinte. Mir war selbst ein bißchen zum Heulen.

«Willst du mich zum Abschied küssen?» fragte sie.

«Ich will dich zum Abschied küssen», sagte ich und stand auf und nahm sie in die Arme, und sie drängte sich an mich und öffnete ihren Mund, und wir küßten uns lange. Dann lösten wir uns voneinander, und sie sagte: «Komm nicht wieder. Noch mal ertrag' ich das nicht.» Und sie wandte sich ab und verließ rasch den Salon. Ich stand da und bemühte mich, meinen Atem zu beruhigen.

Während ich das tat, kam Norris herein.

«Mrs. Regan hat mich gebeten, Sie hinauszubegleiten, Sir.»

«Schon unterwegs», sagte ich.

«Ich bin sehr dankbar, Sir, daß Miss Carmen wieder zurück ist.»

«Wir veranlassen, daß sie gut untergebracht wird, Norris.»

«Ja, Sir, das wäre dem General bestimmt recht, Sir.»

«Norris, haben Sie Champagner da?» fragte ich.

«Ja, Sir.»

«Eisgekühlt?» fragte ich.

«Selbstverständlich, Sir.»

«Bringen Sie ihn bitte ins Treibhaus», sagte ich. «Mit etwas Cognac und zwei Gläsern.»

Norris lächelte. «Ja, Sir», sagte er.

Das Treibhaus war ganz so, wie ich es in Erinnerung hatte. Zum Ersticken heiß, triefend vor Feuchtigkeit, mit dicht wachsenden, fleischigen Pflanzen überwuchert. In der Mitte stand genau wie damals der Rollstuhl auf einem roten Orientteppich auf den Fliesen unter dem Kuppeldach. Die Reisedecke hing zusammengefaltet über der Rückenlehne. In der Nähe des Rollstuhls standen zwei Korbsessel. Einzelne vom Glasdach fallende Wassertropfen zerplatzten auf den sechseckigen Fliesen.

Ich setzte mich in einen der Korbsessel und holte eine Zigarette heraus und zündete sie an und atmete den Rauch langsam aus. Norris kam durch den Dschungel und schob einen Teewagen vor sich her, auf dem eine Flasche

Champagner in einem schon dicht mit Wasserperlen benetzten Eiskübel und eine Flasche VSOP-Cognac standen.

«Den Champagner kalt wie Valley Forge», sagte ich zu Norris, «und darunter etwa ein Drittelglas Cognac.»

Norris sagte nichts, aber er mixte zwei Gläser Champagner mit Cognac und reichte mir eines. Wir tranken schweigend. Der Urwald tropfte, der Orchideenduft war wie der Geruch verwelkender Schönheit, *die verdorbene Süße einer Prostituierten*, hatte General Sternwood gesagt. Wir leerten unsere Gläser, ohne ein Wort zu sagen – Norris stehend, ich in dem Korbsessel, in dem ich während meines ersten Besuchs beim General gesessen hatte.

«Er hat das Auge des Soldaten gehabt, Norris», sagte ich. «Wie das Ihre.»

«Wenn ich das sagen darf, Sir», sagte Norris, «dem Ihren nicht unähnlich.»

Dann stellten wir unsere Gläser auf den Teewagen zurück, und ich schüttelte Norris die Hand und ging. Auf dem Weg hinaus sah ich Eddie Mars aus seinem Wagen steigen und zur Haustür schlendern. Er sah mich nicht. An dem langsam schwenkenden Strahl des Rasensprengers vorbei trat ich auf die Straße und setzte mich in meinen Wagen und fuhr davon, ohne mich umzusehen.